# 食全食美 7

尋找失落的愛情 著

風文創 098

# 目錄

# 第三百三十一章 有客遠來

兩天後，寧暉領著葉薇啟程去了鄲縣，俏丫鬟紅梅也跟著去了，寧大山等人也回了洛陽，熱熱鬧鬧的寧家小院，陡然回復了以前的寧靜和冷清。

寧汐沒受什麼影響，每天依舊早出晚歸來回地奔忙，絲毫不寂寞。阮氏整日一個人守在家裡，卻開始有了孤獨寂寞的感覺，不由得暗暗後悔起來。

早知道這樣，當時就不該讓葉薇把那幾個丫鬟都攆回葉家。不然，現在留下一、兩個陪著她說說話解解悶也是好的。

寧汐見阮氏悶悶不樂的，笑著說道：「娘，您要是覺得一個人在家裡待著無聊，不如去鄲縣住些日子吧！」

阮氏顯然意動了，想了想又笑道：「他們走了還沒一個月，我就巴巴的跑過去可不太好，還是算了吧！等妳嫂子懷了身孕，我再去也不遲。」

寧汐倒是想早些回來陪阮氏，可鼎香樓生意極好客似雲來，每天都得忙到子時左右，也只能空嘆奈何。

雖然四皇子已經走了，容瑾卻沒放鬆警惕，那幾個負責保護寧汐的暗衛索性變成了明衛，每天輪班保護寧汐。

一開始鼎香樓的廚子頗不習慣，到後來也漸漸適應了，不免時不時地打趣寧汐幾句。

「汐丫頭，就快嫁到容府做少奶奶享清福了吧！」

「瞧瞧容少爺，可真是體貼入微，這幾個侍衛每天輪著班的來。」

「依我看，這幾個侍衛只怕不是來保護汐丫頭的，是防止有哪些不長眼的愛慕者來騷擾的吧！」

諸如此類的話數不勝數。

寧汐又是無奈又是好笑，偏偏又沒法子解釋，只得任由大夥兒取笑一通，背地裡不知埋怨過容瑾多少回。「你別讓他們再跟著我了，我天天被取笑。」

「不行。」容瑾照例駁回。

寧汐奉上大大的笑臉，討好地商議道：「四皇子都走了這麼久了，你看，我什麼事也沒有，說明他早已經把我這茬給忘了。要不，就別讓他們再跟著我了……」

兩道冷颼颼的目光瞪了過來。「這事沒得商量。」在寧汐面前難得繃緊了面孔，絲毫沒有商量餘地。

寧汐見他這副樣子，不由得洩了氣，別看容瑾平時對著她好脾氣，可一旦固執起來，誰也說不動他。

容瑾見寧汐怏怏不樂的，有心哄幾句，可又拉不下這個臉。僵持了片刻，孫掌櫃喜氣洋洋的聲音忽地在外面響起。「東家老爺少爺就快到了，大夥兒快些出來。」

容瑾挑了挑眉，他們動作倒是挺快的，前幾天剛送了信說要到京城來，今天居然就到了。

寧汐乘機溜了出去。

廚子們聽說東家要來，自然不敢怠慢，一個個忙著將廚房收拾一番，便一起去了鼎香樓的大堂裡等著。

孫掌櫃不時地往外張望，眼中滿是期盼。寧汐一眼便看出了他的心思，忍不住打趣道：「孫掌櫃儘管放心，東家少爺既然來了，一定會將冬雪姊姊帶來的。」

孫掌櫃呵呵笑了，隔了這麼久沒見，說不想閨女那是騙人的。

張展瑜湊過來笑道：「等東家老爺少爺來了，今晚可得好好熱鬧一番，不如乾脆停業一晚，就當是給大夥兒放個假了。」

孫掌櫃慷慨地點頭同意了，廚子們一個個樂得眉開眼笑，索性起鬨道：「張大廚，既是讓我們休息，今天晚上就由你掌廚好了。」

張展瑜爽快地點點頭，又惹來廚子們此起彼伏的道好聲，別提多熱鬧了。

寧汐想了想，低聲說道：「張大哥，今晚至少也得擺個五、六桌，你一個人只怕忙不過來，到時候我和你一起掌廚好了。」

張展瑜不假思索地搖頭。「不用，今晚我一個人忙就行了，妳陪著東家老爺少爺說說話。」鼎香樓上下，除了孫掌櫃，也只有寧汐有這個資格列席作陪。

見寧汐還要說話，張展瑜故作生氣。「怎麼，是不是信不過我的實力？別說五、六桌，十桌、八桌也不在話下。」

寧汐連連舉手告饒。「都是我不好，竟敢小看張大廚的實力。」

張展瑜被逗笑了。

他們兩人有說有笑，無形中把容瑾冷落在了一旁。容瑾冷眼旁觀，心裡暗暗憋了一肚子火氣，面色便不太好看。

就在此時，幾輛馬車在鼎香樓的門前停了下來，領先下馬車的，正是許久未見的陸老爺和陸子言，孫掌櫃頓時激動地迎了上去。

容瑾也揚起笑容，迎了幾步。

寧汐本也想迎過去，遠遠地看到陸子言身邊的美豔女子，不自覺地停住了腳步。算了，還是別表現得太熱情了……

表兄弟見面，自有一番親熱，素來吝嗇笑容的容瑾，今天可是笑容滿面。陸子言明知容瑾有潔癖，卻故意拍了拍容瑾的肩膀。「表弟，好久不見了。」

容瑾斜睨了他一眼，笑罵道：「把你的手拿開。」

陸子言故作委屈。「我大老遠的跑來看你，你竟這麼對我，實在太傷我的心了。早知如此，不來也罷。」一唱作俱佳，把一眾圍觀人等都逗樂了。

孫掌櫃匆匆地掃視一眼，沒見到孫冬雪的人影，心裡失望極了，打起精神笑道：「路途勞頓，東家一定累了，還是進去喝口茶再說話吧！」

陸老爺含笑點頭，領先進了鼎香樓。也沒去什麼雅間，便在大堂中間隨意找了張桌子坐了下來。孫掌櫃忙招呼著跑堂的上茶，好一通忙活。

寧汐夾在其中頗有些尷尬。

論身分，她是鼎香樓的大廚，更是容瑾的未婚妻，本該上前打個招呼，可陸老爺幾人已經圍著桌子坐下了，若是貿然上前，似乎又有些尷尬……

正在左右為難之際，陸子言含笑的目光定定地看了過來。「寧汐妹子，這麼久沒見，該不會不認識我了吧？」

寧汐莞爾一笑，落落大方地走上前去打了招呼。「見過東家老爺，見過東家少爺。」

陸老爺自然知道她如今身分不同，打趣道：「很快就是一家人了，以後可得改口了吧！隨容瑾叫我一聲舅舅就是了。」

在眾人的哄笑聲中，寧汐紅了臉，順勢在容瑾的身邊坐了下來。容瑾見她如此乖巧，之前的些許不快頓時煙消雲散。

坐在陸子言身邊的林氏，一直沒說話，一雙妙目卻有意無意的在寧汐的臉上打量個不停，眸光微閃，不知想到了什麼。

寧汐若無其事地朝她笑了笑。她和林氏素未謀面，可林氏自從下車之後，便一直在留意自己，眼神中隱隱有幾分不善，該不會是有人在林氏面前說過什麼吧……

天色漸暗，鼎香樓外面掛上了歇業的牌子，裡面卻是燈火通明異常熱鬧。廚子們和跑堂打雜的都坐在大堂裡，寧汐隨著容瑾去了雅間，孫掌櫃也列席陪酒。酒過三巡後，陸老爺忽地笑道：「只可惜寧大廚不在，不然，今晚可就更熱鬧了。」

孫掌櫃忙笑道：「老爺，現在該叫寧御廚了。」

陸老爺哈哈一笑。「對對對，我一時口誤，應該罰酒。」

寧汐笑著插嘴道：「東家老爺這次來，應該會住上一陣子。等我爹回來了，一定親自去拜訪東家老爺。」

陸老爺連連笑著點頭，隨口問起了寧有方在宮中做御廚的情景。

沒等寧汐說話，孫掌櫃便搶著說道：「寧老弟在御膳房裡可風光得很，聽說原先最受器重的上官御廚，都被他壓了一頭。」水漲船高，寧有方在御膳房的地位自然也是直線上升。

寧汐抿唇輕笑，忍不住瞄了容瑾一眼。

自己老爹的手藝如何，她很清楚，得到皇上青睞也在情理之中。不過，寧有方能在宮中如此快的站穩腳跟，和容瑾也不無關係。

御膳房裡個個都是人精，誰不知道寧有方是容翰林的準岳父？上趕著巴結討好的人自然不在少數。再有蕭月兒時不時的在皇上耳邊替寧有方說幾句好話，寧有方自然更得皇上另眼相看。

陸老爺聽著孫掌櫃歷數寧有方在御膳房中的風光，心裡不由得升起一絲罕見的悔意。人真是沒有前後眼，誰能想到寧有方竟有這麼風光的時候？早知如此，當日索性就如了陸子言的心意，娶了寧汐也罷……

這個念頭剛在腦海中閃過，陸老爺便又暗暗笑了。

容瑾早已瞄上了寧汐，就算沒有他從中阻攔，只怕陸子言也遠不是容瑾的對手。

陸子言此刻的心情更是莫名的複雜。

當年那個稚嫩的少女，已經褪去了原有的青澀，就像一朵鮮花徐徐綻放，散發出令人目眩神迷的美麗，動人的俏臉似閃爍著一層亮晶晶的光。明知不該多看，可他卻管不住自己的眼睛……

# 第三百三十二章　瓜田李下

容瑾忽地笑著舉杯。「表哥，來，我敬你一杯。」

陸子言訕訕地收回目光，笑著舉杯。

林氏有意無意地看了寧汐一眼，微笑著說道：「寧姑娘，早就聽說妳的大名，今日一見，果然名不虛傳。」這客套的外交辭令，從林氏的口中說出來，卻有點說不出的意味。寧汐若無其事地笑了笑。「多謝少奶奶誇獎。」現在她幾乎可以確定，林氏一定知道了陸子言曾愛慕過她的那點舊事，所以才會表現得如此異常。

林氏笑了笑。「妳別叫我什麼少奶奶了，還是叫我一聲表嫂吧！」

寧汐打從心底不耐煩這樣的妳來我往，敷衍地笑了一笑，便住了嘴。

林氏有心再說什麼，可寧汐卻故意別開了頭，她也只好就此打住。

當著少奶奶林氏的面，孫掌櫃自然不好問起孫冬雪，可心裡卻又著實惦記，終於忍不住試探著問道：「東家少爺，洛陽那邊一切可還好嗎？」

陸子言哪能不明白他的言外之意，笑著說道：「你只管放心，都好得很。」

陸老爺笑著說：「還有個好消息沒來得及告訴你，冬雪那丫頭已經懷了三個月身孕，不宜路途勞頓，所以這次才沒帶她一起過來。」

孫掌櫃眼睛一亮，又是激動又是高興，礙著林氏也在，勉強將這份喜悅按捺了下來。孫冬雪只是個通房丫鬟，主母又過了門，日子自然不算好過。不過，有身孕可就不一樣了。不管生男生女，抬成姨娘也是指日可待的事。

寧汐聽了這個消息，心裡的感覺卻很複雜。

她和孫冬雪相識幾年，原本的情誼因為陸子言消散了十之八、九，這一、兩年更是毫無來往，只在孫掌櫃的口中聽說過零零散散的一些消息。

聽說，陸子言對孫冬雪本就不甚熱情，自從林氏過門之後，孫冬雪的日子就越發艱難。陸子言極少去她的屋子裡留宿，林氏手段又高，將一干下人拿捏得服服貼貼，若不是有勞苦功高的孫掌櫃遙遙的給孫冬雪撐腰，只怕孫冬雪早就被厲害的少奶奶發落了。

孫掌櫃每每提及這些，總要長吁短嘆許久，再有寧汐做對比，便越發懊惱後悔。可木已成舟，再後悔也是無濟於事，也只能盼著孫冬雪日後能過得好些。

對後院中的女人來說，要想快速地站穩腳跟，莫過於盡早懷上子嗣。只要肚中的孩子安然落地，也就有了安身立命的本錢，希望孫冬雪能安然熬到那一天吧！

之前看得頗不順眼的林氏，現在想來也有幾分可憐。自己肚皮還沒動靜，通房丫鬟卻已懷了身孕。若是生了個女嬰也就罷了，要是生個男嬰，今後的日子也別想消停了……

容瑾一直在留意著寧汐的神情，見她漫不經心思緒飄飛，忽地低低地說了句。「汐兒，妳以後不會遇到這樣的事情。」

在觥籌交錯歡聲笑語不斷的宴席中，這句輕飄飄的話就這麼飄進了寧汐的耳中，她怔怔地看了容瑾一眼。

他懶懶地坐著，身子斜斜地靠在椅背上，慵懶而隨意。剛才那句話似乎只是隨口而出，可那雙深邃的黑眸卻漾著前所未見的認真。

寧汐的心狠狠地悸動了一下，然後便化成了一池春水，軟軟的，暖暖的，似要從胸膛處溢出來。

兩人的目光無言的膠著在一起，脈脈情意在彼此眼中流淌，濃膩似糖漿一般。

別人留意到最多會心一笑，陸子言看著卻酸溜溜的，故意取笑道：「大庭廣眾眾目睽睽，你們兩個感情再好也收斂些。」

寧汐紅了臉，容瑾卻挑眉一笑。「表哥坐擁嬌妻美妾，享盡齊人豔福，豈不更讓人豔羨？」

林氏的笑容僵了一僵，不自覺地想起了懷有身孕的孫冬雪，面色就更難看了。

陸子言咳了咳，忙扯開話題。

待酒宴結束之後，一行人自去容府安頓不提。接下來一連數日，孫掌櫃忙著將鼎香樓的營業狀況向陸老爺一一彙報，將整理好的厚厚的帳本搬到了陸老爺面前。陸老爺看了之後，大為滿意。

鼎香樓開業兩年多，除去各類開銷，盈餘十分可觀，竟是將當日投進的本錢都賺了回來。照著眼下這光景，以後豈不是日進斗金？

陸老爺高興之餘，自然也不會虧待了孫掌櫃。慷慨的允諾，將寧有方持有的乾股，盡數送給孫掌櫃。

這可著實不是一筆小數目，孫掌櫃卻堅決推辭不肯要，口口聲聲說道：「做這些事是小的本分，哪裡敢當得老爺這樣的賞賜，小的實在不能要。」

陸老爺見他態度堅決，又是驚訝又是好笑。世上哪有人不愛財的？除非，孫掌櫃另有所求……

陸老爺想了想笑道：「你既然不肯要，我也不勉強你，要是你有別的想法，不妨和我說說看。」

孫掌櫃陪笑道：「果然什麼都瞞不過東家老爺的利眼。小的別無所求，只盼著冬雪能平平安安的生下孩子，將來終身有個依靠，小的現在閉眼也沒遺憾了。」後宅婦人的陰私手段數不勝數，要想平平安安地生下肚中的孩子，必然得有人回護才行。

陸老爺沈吟片刻，點了點頭。「你放心，冬雪腹中的孩子，是我們陸家的骨肉，絕沒人敢動什麼歪心思。」

陸老爺這麼一發話，孫掌櫃就像吃了顆定心丸，總算放了心。

陸老爺忙著看帳，陸子言則去了鼎香樓四處轉悠。前幾日還能勉強克制得住，可再到後來，找藉口去寧汐廚房的次數便漸漸多了。雖然言談之間並不涉及男女之私，可被那麼一雙含情脈脈的眼睛這麼看著，寧汐便覺得渾身都不自在。

她自己自然坦坦蕩蕩，可容瑾卻是天生的小肚雞腸，要是被他知道了，還不知道要狂喝多少飛醋。再說了，那個林氏也不是省油的燈，要是誤會什麼，可就不妙了。有心敲打幾句吧，又怕陸子言顏面難看，真是左右為難啊！

怕什麼來什麼！

這一日，寧汐又在鍋灶前忙碌的時候，輕快的腳步聲伴隨著一聲親切的「寧汐妹子」在身後響起。

寧汐無奈地擠出笑容。「東家少爺，你怎麼又來了？」故意把那個「又」字咬得重重的。

陸子言笑容一頓，旋即若無其事地湊上前來。「前面有孫掌櫃招呼客人，我就到廚房這邊來看看。」

人家擺出一副視察工作的架勢，她還能說什麼？

寧汐本就忙碌，想做出忙得沒時間說話的樣子實在再簡單不過。不一會兒，三、四個爐灶上都放了鍋，這個燒肉那個燒魚再弄個蒸籠做點心，真的是好忙啊好忙！

陸子言看著寧汐忙碌個不停的窈窕身影，眼中閃過一絲自嘲的苦笑。她已經是表弟的未婚妻，他自己更已有了家室，兩人以前不可能，現在更沒了絲毫指望。他這麼厚皮賴臉的來找她，到底是要做什麼？

早已經遲了！從一開始，他就輸給了容瑾。

「寧汐，」陸子言的聲音異常的落寞。「我……我沒別的意思，只是想和妳說說話而已。」妳就這麼不想見我嗎？

寧汐手中的動作頓了頓，旋即俐落地將鍋中的菜餚裝盤。忙妥了之後，才轉過身來，明亮的雙眸定定地看著陸子言。「我相信你。」

還沒等陸子言露出驚喜，就聽寧汐又接著說道：「可是別人不見得相信你毫無私心，要是傳到了少奶奶的耳中，或是被容瑾知道了，他們會怎麼想？」

陸子言啞然。

寧汐淡淡地說了下去。「我和容瑾已經訂了親，或許很快就要成親了。以後我得叫你一聲『表哥』，今天我就厚著臉皮，提前叫一回。表哥，你已經是有家室的人了，說話行事都該注意些分寸，免得瓜田李下惹來別人的閒言碎語，表嫂知道了，定然對我有成見。至於容瑾的脾氣，我想你也十分清楚。」

陸子言無言以對。

寧汐不想再多說，轉過身去繼續忙碌。

陸子言苦笑一聲，黯然轉身，眼角眉梢的落寞，異常的清晰，讓迎面走來的人看了個清清楚楚，眉頭不自覺的皺得緊緊的。

「表哥，你怎麼在這兒？」

陸子言冷不防聽到容瑾的聲音，竟有幾分心虛，勉強笑道：「沒什麼，我就是四處轉轉罷了。」

四處轉轉？說什麼鬼話！陸子言那點心思，幾乎都擺在臉上，他想裝著看不出來都不行。分明是想趁著這機會和寧汐敘敘「舊情」……哼！已經娶了老婆，還這麼不安分！

「表哥還想到哪兒轉轉，我陪你一起去吧！」容瑾似笑非笑地說道。

陸子言咳嗽一聲。「不用了，我自己隨意轉轉，你是來找寧汐的吧！我就不多打擾你們了。」近乎落荒而逃地走了。

容瑾輕哼一聲，笑容徹底沒了，繃著俊臉不吭聲。

寧汐卻沒轉身哄他，依舊在鍋灶前忙碌。容瑾被冷落了近一盞茶時分，終於忍不住張口了。

「妳沒什麼話要和我說嗎？」一副捉姦成雙的妒夫嘴臉。

# 第三百三十三章　這可不是你說了就算

寧汐白了他一眼。「你想聽什麼？你以為依著你表哥的性子，他敢對我說什麼？」頂多就是含情脈脈地看她幾眼罷了。

她說的這些，容瑾何嘗不知道，可自己心愛的女人遭人覬覦的感覺卻揮之不去，這感覺真是糟透了！

只可惜現在的他名未正言不順，吃個飛醋都顯得小肚雞腸。

容瑾沈著臉，狠狠地說道：「等妳爹這次從宮裡回來，我就去商議婚期。」只有把人娶回家才能真正放心。

寧汐噗哧一聲樂了。容瑾吃醋的樣子既彆扭又說不出的可愛。

容瑾瞪了她一眼。「總之，今年年底我們就成親。」現在是九月，離過年還有幾個月，現在商定了婚期，還有充足的時間可以籌備。

呃？他是來真的？

寧汐的臉頰紅撲撲的，大眼閃爍著亮晶晶的光芒。「這可不是你一人說了算的事，等我爹娘都同意了再說。」想了想，又補充了一句。「對了，忘了告訴你，我爹上次還說過，我們兩個的親事暫且不必著急，至少也等過了年再說。」

容瑾的臉黑了一半。過了年再說？一等可又是一年。不行，堅決不行！

「這事妳不用管，我自然會讓妳爹妳娘都點頭同意。」容瑾大言不慚地說道，心裡迅速的琢磨起來。找媒人提親？還是請大哥大嫂出面比較好？似乎都缺些誠意，乾脆自己親自求親好了……

說來也巧，當天晚上，寧有方便回來了。

寧汐見了寧有方自然高興，扯著寧有方的袖子搖來搖去。「爹，您可總算回來了，我都想死您了。」寧有方最吃這肉麻的一套，笑得眼睛都瞇成了一條線。

阮氏笑著瞪了他們兩人一眼。「瞧瞧你們兩個，不過是月餘沒見，怎麼倒像是一年沒見似的。」

寧汐嘻嘻一笑。「娘，您就別顧著說我了。您還不是天天念叨著爹嗎？」

阮氏被調侃得紅了臉。

笑鬧一氣過後，寧汐才說起了正事。「爹，有件事您還不知道吧！陸老爺和少爺一起來京城了，一直惦記著見您一面呢！」

寧有方果然動容了。「我明天就去鼎香樓。」飲水不忘思源，當年若不是陸老爺慧眼識英雄，他也沒機會來京城了。

寧汐腦中忽地又浮起容瑾中午的那番話，猶豫片刻，終於還是忍住沒說出口。一個女孩家張口閉口就說成親的事，實在有些羞人，還是等容瑾張口好了。

第二天一大早，寧有方隨寧汐一起去了鼎香樓。

鼎香樓上下見了寧有方，沒一個不笑臉相迎。寧有方回到熟悉的環境裡，分外的輕鬆愉快，笑著和眾人一一打了招呼。

孫掌櫃笑著迎了過來，用力地拍了拍寧有方的肩膀。「寧老弟，總算盼到你回來了。老爺少爺來了近十天，一直想見你。」

寧有方咧嘴笑了。

過了片刻，陸老爺和陸子言連袂而來，見面自有一番熱鬧寒暄。

陸老爺上下打量寧有方兩眼，連連讚道：「做了御廚，氣度果然不同。」寧有方本就相貌堂堂，如今意氣風發，更是儀表不凡惹人注目。

寧有方心裡得意，口中自然要謙虛幾句。

到了中午，容瑾也來了。鼎香樓最好的雅間被留了出來，由寧汐親自掌廚，做了一桌色香味俱全的美味佳餚。

陸老爺吃得讚不絕口，寧有方滿臉的驕傲，容瑾眼角含笑，陸子言也情不自禁地讚了一句。「寧汐妹子的廚藝真是爐火純青，將來娶到她的人可真是有口福了。」

「那是當然。」容瑾接得異常順溜。

陸子言這才想起將來娶到寧汐的人非眼前的容瑾莫屬，不由得訕訕地笑了笑。

好在林氏不在，不然只怕又要打翻醋罈子了。

容瑾卻更堅定了要早些將寧汐娶回家的決心。待各人酒足飯飽閒談之際，直截了當的提起了婚事。「寧大叔，還有幾個月就要過年了，我想在年前和寧汐成親，您覺得如何？」

寧有方一愣，壓根兒沒想到容瑾會在此時此刻忽然提起這個話題，一時有些為難。他自然捨不得將女兒早早出嫁，可當著這麼多人的面，也不好傷了未來姑爺的顏面……

「這事容我回去和汐兒她娘商議商議。」寧有方選擇了拖字訣。

容瑾鍥而不捨的緊逼一步。「那我晚上去聽您的回信。」寧有方一、兩個月才回來一次，錯過了這一次，又得拖上好久。如果不早些定下婚期，年前成親根本來不及。

容瑾態度如此急切，倒讓寧有方不好推脫迴避，只得笑著點了點頭。

陸老爺湊趣笑道：「早些把婚期定下也好，女兒家還是在家相夫教子最好，免得在外奔波勞碌，也太辛苦了。」

寧有方笑而不語，自己的閨女自己最清楚，她可不是那種閒得住的性子，就算嫁給了容瑾，只怕也不會安安分分的每天守在家裡。

陸子言笑容未減，眼裡卻多了一絲寂寥。

寧有方滿腹心事，下午便回了家裡。阮氏見他皺著眉頭，忍不住問道：「怎麼了？」不是去喝酒敘舊了嗎？怎麼一副心事重重的樣子回來了？

寧有方將容瑾的話說了一遍。「……他今晚會過來，說是要等我們的回信。」這架勢，簡直和逼婚差不多！

阮氏失笑。「這個容瑾，也太沒耐心了。」

寧有方輕哼一聲。「汐兒今年才十五，過了年才十六，我可捨不得閨女這麼早就出嫁。」

阮氏白了他一眼。「我自然更捨不得。暉兒成了親，又遠在鄆縣，想見一面都不容易。

只有汐兒在身邊，我還想著多留兩年呢！」

「那就跟容瑾說一聲，等明年再說。」寧有方不假思索地說。

阮氏遲疑了片刻。「可是，容瑾那個脾氣……」雖說容瑾在他們面前將平日的傲氣和任性藏了七、八分，可他們又豈能不知道容三少爺的高傲脾氣。要是因為這事惹惱了他，留了心結可就不好了。

寧有方一瞪眼。「他有脾氣怎麼了？我這個岳父總不至於還要看他的臉色吧！」

眼見著寧有方的倔強脾氣也上來了，阮氏只得笑著住了口，心裡隱隱有種預感，只怕容瑾不會這麼輕易改變心意……

傍晚時分，容瑾來了。

他含笑進了寧家小院，隨意卻不失禮貌地和寧有方、阮氏兩人打了招呼。

寧有方說話直來直去，不喜歡拐彎抹角，直截了當的說道：「容瑾，我剛才和汐兒她娘商議了，汐兒年齡還小，年底出嫁太早了，還是等明年再說吧！」

這個反應在意料之中，容瑾也不氣餒，不慌不忙地說道：「我知道你們捨不得汐兒早早出嫁，我可以向二老保證，就算汐兒嫁到了容府，也可以隨時回來看望你們，小住幾日也沒問題。你們不會失去女兒，只會多一個兒子。」

寧有方夫婦一起被震住了。

這年頭，嫁出門的女兒潑出門的水，只要一出嫁，便成了別人家的媳婦，有的公婆不會阻撓兒媳和娘家來往。可有些人家則不然，等閒不准兒媳隨意回家探望，越是高門府邸，越是規矩多，容瑾這番話，簡直說到了他們的心坎裡了。

容瑾見他們意動，心裡暗暗一喜，繼續說道：「成親之後，我一定會好好待她疼她。她想做少奶奶享福也好，她想繼續去鼎香樓做事也罷，我都沒意見，你們就放心把她嫁給我吧！」

阮氏早已聽得心軟了，看了寧有方一眼。

寧有方咳嗽一聲，語氣很是溫和。「你們兩個已經訂了親，按理來說，早些成親遲些成親都無所謂。反正，汐兒這輩子注定是你們容家的媳婦，跑也跑不掉。既然這樣，你又何必這麼著急，至少也得等汐兒過了十六歲再出嫁，讓汐兒再多陪我們一年半載的，將來，你們的日子長得很。」

容瑾張口還待說話，寧有方瀟灑的揮揮手。「好了，暫時不說這個了，我還得趕著回宮去，就不多奉陪了。」

容瑾只能眼睜睜的看著寧有方揚長而去，心裡的懊惱就別提了。

阮氏殷勤地笑問：「今晚留下吃晚飯嗎？」

現在就算是端了龍肝鳳膽，他也吃不下。容瑾勉強擠出一絲笑容。「不必了，我還有些事，先回去了。」然後匆匆地轉身離開。

當天晚上，寧汐便知道了容瑾求婚被拒一事，很不厚道地偷樂了半天，想過寧有方、阮氏這一關可不容易。容瑾，你還有得等呢！

阮氏見她眉開眼笑，忍不住打趣道：「妳爹不同意妳年底出嫁，妳就一點都不著急？」

寧汐聳聳肩，笑嘻嘻地說道：「我才不著急呢！」著急的是容瑾好吧！

阮氏想了想，也笑了。「說實在的，今天傍晚容瑾說那些話，我還挺感動的。」看得出來，容瑾確實很在乎寧汐。這對疼女如命的寧家夫婦來說，自然是件窩心的事情。

寧汐抿唇一笑，眼眸異常明亮。

這個容瑾，高傲任性又倔強的侵入她的生活。她從一開始的百般不情願到後來的半推半拒再到現在的甘之如飴，個中滋味，只有她自己最清楚。

那個俊美的絳衣少年，撫平了她所有的情傷，給了她世上最完美的愛情，將來，也會給她世上最好的幸福吧！

# 第三百三十四章　嫂子出馬

容瑾再出現的時候，俊臉繃著，一絲笑容也沒有，像個和大人嘔氣的孩子似的，又有幾分稚氣。

寧汐樂了，調侃道：「容少爺今天心情不好嗎？是誰這麼大的膽子，竟然敢讓堂堂的容家三少爺碰個硬釘子？」

當然是未來的岳父岳母大人。容瑾輕哼一聲，眼神很危險。

這個沒良心的丫頭，他求親碰壁，她不著急也就罷了，竟還閒閒地在一旁看熱鬧。

寧汐咳了咳，好不容易忍住了笑，明媚的大眼瞇成了兩彎月牙兒。「好了好了，別生氣了。爹娘其實很喜歡你，只是捨不得我早早的嫁人，這才拒絕了你，你就別放在心上了，大不了等到明年嘛！」

她的語氣異常輕鬆，容瑾聽得分外不是滋味，斜睨了她一眼。「妳不想早些嫁給我嗎？」

寧汐狡猾地避而不答。「現在不是我想不想嫁的問題，是我爹娘都不同意，我也沒辦法嘛！」她自然是愛容瑾的，可她也愛現在自由自在的生活。

要是嫁了人，堂堂容府三少奶奶天天拋頭露面的做事可不像話。可像李氏和蕭月兒那樣天天待在高高的牆院裡做個整日無所事事的無聊貴婦，她又實在受不了。

一想到這個糾結的問題，寧汐就覺得頭痛，索性不去多想，趁著還沒出嫁，多呼吸點新鮮自由的空氣再說。

容瑾第一輪出擊正式宣告失敗。

容瑾開始積極籌劃第二輪攻勢，請了李氏出面去拜訪阮氏。李氏不愧是名門貴婦，社交手腕和辭令都是一流的。到了寧家之後，並不正面提起婚事，反而和阮氏閒聊起了容瑾和寧汐這對未婚夫妻。

「……我這個小叔，實在有些任性。」李氏故意數落容瑾幾句。「哪有自己這麼上門來催婚期的。就算是想早些成親，也該告訴府裡一聲，請媒人來張口才對。」

阮氏果然主動的替容瑾開解了幾句。「這也不能怪他，他親自張口，也顯得有誠意。」

李氏順著阮氏的話音往下說：「寧大娘心胸寬廣，不介意他失禮就好。」頓了頓，又笑道：「我還從沒見過小叔這樣喜歡一個姑娘。不瞞您說，他院子裡的漂亮丫鬟不少，尤其是翠環，伺候他也有幾年了，要是他動了心思收房，不過是一句話的事。外面仰慕他的姑娘更是數不勝數，可我這個小叔愣是不動心，直到遇上了寧汐，簡直是命裡注定的姻緣。」

阮氏聽著這話，心裡別提多舒坦了。「是啊，容瑾對汐兒真是好得沒話說。」有這樣一個姑爺，也足以讓寧家夫婦驕傲了。

李氏這才笑吟吟地進入了正題。「按理說，今年成親確實早了些，寧汐還沒滿十六，你們想多留個一年半載的，實在是理所當然的事情。只不過，小叔今年已經十七，到明年就十八了，像他這個年齡還沒成親的，可實在少見，也怪不得他這麼著急了。」

這一番話有情有理，既委婉又客氣，倒讓阮氏不好意思了，笑著說道：「依著我的心意，今年年底就成親也是可以的，只是汐兒她爹不肯點頭。我一個婦道人家，也當不了這個家，真讓您見笑了。」

阮氏話說得明明白白，不是她不同意，是寧有方擰巴著不肯點頭。要想早些把寧汐娶回家，得過了寧有方那一關才行。

李氏心領神會，笑了笑，便扯開了話題。

等回了容府，容瑾立刻找了過來，態度前所未有的殷勤客氣。

李氏莞爾一笑。嫁進容府幾年，這可是容瑾第一次對她這麼熱情客氣，未來弟媳的魅力可真是不小啊！

「大嫂，汐兒她娘說了什麼？」容瑾只當沒看見李氏揶揄的笑。

李氏笑著應道：「她倒是沒什麼意見，只說這事得你未來的岳父點頭才行。」

看來，還得在寧有方身上下功夫啊！容瑾點點頭，心中燃起了熊熊的鬥志。岳父大人，你就等著接招吧！我今年年底非把你的寶貝閨女娶回家不可！

第三輪攻勢，當然要從蕭月兒這邊入手。

寧有方在宮中做御廚，外人想見一面不容易，可蕭月兒就不同了，皇宮就是她娘家，隨時回去都行，召見寧御廚閒聊幾句，簡直是手到擒來的小事。

容瑾打定主意，當晚就去找蕭月兒。

容琮見了他，不由得一愣。「這麼晚了，找我有事嗎？」

容瑾利索地丟了個白眼過去。「誰說我來找你了，我是來找二嫂的。」然後朝蕭月兒微微一笑。「打擾二嫂休息，真是不好意思。」

容三少爺的絕世風姿人盡皆知，微笑時的殺傷力更是驚人，只可惜平時很少展露這樣風騷……呃，是溫和的一面。

蕭月兒驚豔不已，簡直捨不得眨眼。「沒打擾，一點都沒打擾。」

容琮心裡直泛酸，斜睨了容瑾一眼。「好了，有什麼事快點說。」

重色輕弟的傢伙！容瑾理都不理他，逕自對蕭月兒笑道：「不知二嫂明天是否有空。若是有空的話，可否回宮一趟？我有一事相求。」

蕭月兒被容瑾的笑臉迷得一愣一愣的，下意識地點了點頭。

容琮看得咬牙切齒，狠狠地瞪了容瑾一眼。「到底是什麼事？」明知道自己長了一副禍國殃民的禍水模樣，還笑得那麼春光燦爛做什麼。

容瑾見容琮兩眼冒火星，唇角勾了勾，總算收斂了笑容，將自己的來意說了出來。

「……所以，我想請二嫂明天回宮一趟，然後召見寧御廚，聊上幾句。」

容琮聽是這事，頓時樂了，眼裡滿是揶揄。「三弟，你都和寧汐訂過親了，還怕她跑了不成。人家不樂意嫁閨女，你就再等等唄！」

容瑾輕哼一聲。「二哥，你別站著說話不嫌腰疼。」他天天和蕭月兒甜甜蜜蜜雙宿雙棲，哪裡知道孤家寡人每天獨守空房的煎熬。

要是換在前世，交了女朋友之後愛怎麼親熱怎麼親熱，什麼都不用顧忌，可這兒卻大大不同。見面還算有機會，想拉個小手親親摸摸什麼的都不行，時時刻刻要顧忌著世俗目光和狗屁的禮教。

總而言之一句話，還是早點把人娶回家的好。

蕭月兒笑道：「這事簡單，交給我就是了，我保證讓你的岳父改變心意。」語氣中滿是自信。

容瑾笑著道謝，然後便走了。

他剛一走，容琮便皺著眉頭說道：「月兒，妳有把握嗎？」能辦成自然皆大歡喜，可要是出師不利了，該怎麼和容瑾交代？

蕭月兒自得的挑了挑眉。「當然有把握。這點小事要是都辦不好，我哪還好意思做人家嫂子。」一副驕傲自滿的得意樣子。

容琮哭笑不得，只得隨她了。

第二天，蕭月兒收拾一番之後，便回了宮。皇上口中雖然打趣過幾回，可每次蕭月兒一回宮，就算朝中事務再繁忙，也會特地抽出時間陪蕭月兒吃頓午飯，一享天倫之樂。

蕭月兒邊吃邊笑咪咪地讚道：「寧御廚的廚藝真好，這道糖醋魚真是好吃。」酸中帶甜，味道真是好極了，蕭月兒吃得津津有味，筷子幾乎就沒停過。

皇上啞然失笑。「妳倒是生了張巧嘴，一嚐就知道是寧御廚的手藝。」

蕭月兒嘻嘻一笑。「那是當然。」不用猜也能知道。皇上吃的飯菜，有大半都是出自寧有方的手。

待吃得差不多了，蕭月兒又笑道：「父皇，今天的菜特別合我胃口，派人去把寧御廚叫來好不好，我想親自見見他。」

皇上含笑點頭，身邊的太監利索的跑去御膳房叫人。蕭月兒在心裡迅速地盤算著待會兒該說些什麼。

皇上忽地笑著問了一句。「月兒，妳今天回宮，是不是有什麼事情？」

蕭月兒吐吐舌頭，乾脆俐落地點頭承認了，笑容嬌俏又可愛。「什麼都瞞不過父皇。」

皇上想了想，笑道：「妳想見寧御廚，是不是和寧汐那個丫頭有關？」

蕭月兒瞪圓了大眼。「父皇，您怎麼一猜就中了。」

皇上被逗得開懷一笑。這事還用猜嗎？蕭月兒每次回宮，張口閉口總要提寧汐幾次，他不自覺地便對寧有方也多了幾分關注。雖然寧有方廚藝確實不錯，可進宮還不到一年，要不是他有意無意地顯露出青睞，寧有方也不可能有現在這般風光。

蕭月兒見皇上心情不錯，也起了淘氣之心。「父皇這麼厲害，再猜猜看，我要見寧御廚會是為了什麼事？」

皇上興致勃勃的猜了起來。「寧御廚剛從家中回來幾日，家裡應該沒什麼事情才對，應該不是寧汐求妳來的，可又和寧汐有關……嗯，一定是容瑾求妳入宮的吧！」

不是吧！要不要猜得這麼準！

蕭月兒杏目圓睜，嘴巴微張，一臉的不敢置信。「父皇，您該不會偷聽到了昨晚容瑾和我說的話了吧，怎麼連這個都知道得一清二楚？」

皇上樂得哈哈大笑。
就在此刻，寧有方隨著小太監進來了。

# 第三百三十五章　可憐慈父心

寧有方恭恭敬敬地磕頭請了安，心裡暗暗奇怪。

蕭月兒回宮自然不是什麼新鮮事，可召見他卻是頭一回，到底是出了什麼事情？

蕭月兒甜美的聲音響起。「寧御廚請平身。」她和寧汐親如姊妹，對著寧有方自然也多了幾分親近之意。

寧有方聽她的語氣十分和善悅耳，總算稍稍放了心，起身之後，悄悄地抬眼打量幾眼。

蕭月兒和寧汐交好一事，他自然知道，也曾遠遠地見過蕭月兒，這麼近距離的接觸卻是第一回。

蕭月兒身分尊貴，舉手投足自然流露出高貴氣度，笑容卻十分親切。「寧御廚，在御膳房裡可還習慣嗎？」

寧有方定定神，笑著應道：「多謝公主殿下垂詢，御膳房上下和睦，小的在御膳房裡待得很好、很習慣。」在宮中待了一段時日，他自然早學會了虛偽那一套。明明御膳房裡明爭暗鬥個不休，可他扯起謊來眼都不眨一下。

蕭月兒笑著點點頭，上下打量寧有方幾眼，又問道：「寧御廚，我有件事想和你商議。」

寧有方頓時受寵若驚了，連連陪笑道：「公主殿下有事只管吩咐。」心裡的疑團越來越大，蕭月兒這麼鄭重其事的到底是要做什麼？

皇上顯然已經猜到是什麼事了，嘴角上揚出淡淡的弧度。這個容瑾，可真是一肚子鬼主意，竟然讓蕭月兒為他出馬求親……

蕭月兒笑盈盈地說道：「寧御廚千萬別這麼客氣，我們以後可是姻親，我該隨容瑾叫你一聲寧大叔才是。」

一提容瑾，寧有方頓時豁然開朗。好小子，自己出馬不管用，竟然說動了公主殿下來說情……

「容瑾是我的小叔，他求到了我面前，我也不好不管。」蕭月兒笑咪咪地說了下去。「只要寧御廚點個頭，今年年底便多了樁喜事呢！」

寧有方略有些尷尬的笑著，一時不知該怎麼回應。

公主殿下開了口，又是當著皇上的面，他根本沒有拒絕的餘地。可就這麼點了頭，心裡又說不出的憋屈。

皇上含笑不語，縱容地看著蕭月兒滔滔不絕地勸說著寧有方。「他們兩個本也訂了親，早些成親也沒什麼妨礙。寧汐年齡是小了些，可容瑾已經不小了，過了年可就十八了，今年年底成親剛剛好呢……」

寧有方應也不是，不應也不是，只能尷尬為難地笑。

皇上有些看不下去了，輕輕的咳嗽一聲，打斷蕭月兒。「月兒，這是寧御廚的家事，妳就別多嘴了。」

蕭月兒嬌嗔道：「父皇這話可不對，這是寧御廚的家事，可我也不是外人嘛！」這倒也是，蕭月兒嫁到容府，成了容瑾的二嫂，關心一下也無可厚非。不過，這麼催著人家快點嫁閨女可就有點……

皇上笑著瞄了蕭月兒一眼。「妳也太多事了，容瑾想成親，自己和寧御廚商議就是了。」

蕭月兒嘟囔一聲。「他已經商議過了，可寧御廚沒點頭同意。」不然，還要她出馬幹什麼。

沒同意？皇上啞然失笑，溫和地看著寧有方。「寧御廚，既然談的是家事，你也不必如此緊張侷促，有什麼想法，只管說出來，朕替你作主就是了。」

寧有方仗著膽子抬起頭應道：「多謝皇上。小的其實沒什麼意見，只是捨不得女兒，想將女兒多留些日子罷了。皇上也有愛女，一定能體恤小的心情。」

這話可說到皇上心坎裡了，不自覺地點點頭。說實話，蕭月兒快要出嫁的時候，他也是千般不捨萬般不情願。

天底下做父親的心情大抵如此，既驕傲著吾家有女初長成，又感嘆著歲月流逝的無情。一轉眼，牙牙學語的稚齡女童已經成了窈窕標緻的少女，到了出嫁的年齡，被「臭小子」惦記著想早些搶走了……

這麼想著，皇上不自覺地偏向了寧有方。「若是你不願意，此事暫且不提，等以後再說吧！」

蕭月兒頓時急了。「父皇……」容瑾可還等著她的好消息呢，要是她這麼無功而返，以後還有何顏面見容瑾？

皇上淡淡地瞄了蕭月兒一眼。「寧汐遲早都是容瑾的人，讓那個小子再耐心等等吧！」

誰也沒想得到，寧有方此刻竟忽然跪下了。「多謝皇上為小的美言。不過，小的已經想開了，兒大當婚女大當嫁，就讓他們今年年底成親吧！」

此言一出，蕭月兒滿面喜悅，皇上卻愣了一愣。待領會到寧有方的心意，不由得暗暗嘆口氣。

容瑾大張旗鼓地催著成親，要是寧有方擰巴著就是不同意，只怕容瑾心裡會憋著不痛快，將來真正成親了，將那一絲怨氣移駕到了寧汐的頭上可就不好了。索性順水推舟，成全了容瑾的一份心意，不過是盼著這位傲氣任性的姑爺對自己的女兒更好些……可憐一片慈父心啊！

皇上對跪在地上的寧有方忽地生出一分微妙的好感，溫和地笑道：「好，你有這份心意很好，朕很喜歡你這樣的心意。」

寧有方的眼眶有些濕潤了，磕頭謝了恩。

雖然身分天差地別，可這一刻，他竟有了和皇上心意相通的感覺，那是兩個疼愛女兒的父親生出的惺惺相惜。

蕭月兒滿臉的歡喜，扯著皇上的袖子說道：「父皇今日做個見證，等兩家大喜的時候，可不能小氣。」一堂而皇之的為寧汐要起賞賜來了。

皇上莞爾一笑。「好好好，朕一定重重賞賜。」

天子無戲言！寧有方頓時精神一振。寧汐出嫁的時候皇上親自賞賜賀禮，那可是天大的顏面啊！心底最後一絲不甘終於消失殆盡。

蕭月兒帶著好消息回了容府。

容瑾既興奮又激動，卻不肯失了風度，壓抑著心裡的狂喜，彬彬有禮的道了謝。

蕭月兒笑咪咪地說道：「都是一家人，謝來謝去你也不嫌累。」

容琮和容玨都在一旁失笑不已。容瑾明明高興得要死，還要裝模作樣的。表現得輕狂過分點又能怎麼樣嘛！做哥哥的又不會取笑他，真是一點都不可愛！

蕭月兒猶豫片刻，才小聲提醒道：「容瑾，寧御廚雖然點頭同意了，可我看他心裡似乎有點不痛快。」事實上，哪個當爹的被逼到這個分上，都不會舒坦到哪兒去。

容瑾笑容一頓，旋即笑道：「以後我一定親自去給寧大叔賠禮道歉。」

論起來，這事他確實有些過分了，可不過分，就得繼續苦等一年。還是厚著臉皮先把寧汐娶回家再說吧！

寧汐也在第二天知道了這個消息，一時不知要說些什麼，只是抿著嘴唇笑。那張俏美的臉，笑得嫵媚動人，明媚的大眼水汪汪的，溢滿了柔情。

容瑾也笑了。眉宇舒展開來，俊朗得不可思議。「汐兒，妳很快就是我的人了。」他的聲音壓得低低的，有些沙啞，可眼中閃爍的光芒，卻亮得驚人。

寧汐的心頭酥酥麻麻的，身子竟有些發熱發軟。

都怪容瑾，說得這麼曖昧……

一個聲音陡然打斷了他們兩人膠著的對視。「表弟，你和寧汐在說什麼呢？」竟是陸子言含笑來了。

容瑾定定神，轉身笑道：「隨意閒聊幾句罷了。」不著痕跡地遮掩住了寧汐的身形。此時的寧汐面頰潮紅雙眸熠熠發亮，散發出不可思議的美麗，他可不想讓別人看見。

陸子言見他將寧汐護得緊緊的，識趣地站得遠了些，笑道：「我爹惦記著要回洛陽，在京城最多再待三、四天就走了。」

太好了！容瑾不動聲色地想著，面上卻很虛偽地流露出惋惜。「怎麼這麼快就回去了？」頓了頓，故意笑道：「不過，就算你們回去了，再過幾個月也得再到京城來喝喜酒。」

陸子言愣了一愣，旋即反應過來，眼中迅速的掠過一絲黯然，卻強自笑著恭賀。「你們婚期就定在年底嗎？恭喜恭喜！」

容瑾笑得很暢快。「同喜同喜。表哥就要當爹了，我可遠遠不及。」

陸子言想起孫冬雪腹中的孩子，神色倒是柔和了不少。

寧汐已經恢復了平靜，從容瑾的身後閃了出來，笑著說道：「兩位少爺還是快些到別的地方閒聊吧！我這兒可忙得很，沒時間招呼你們。」

容瑾聳聳肩，笑著和陸子言走了。

陸子言藉著側頭和容瑾說話的機會，匆匆地瞥了寧汐一眼。

寧汐一張素淨的俏臉，長長的頭髮編成了一條光溜溜的辮子垂在胸前，含笑而立，如弱柳迎風纖纖動人，又似湖中荷花亭亭玉立。

當年那個稍顯稚嫩的女孩，已經出落得如斯美麗動人。

明明他和容瑾一起遇見她的，明明是他先喜歡上她的，可是，得到她芳心的，卻是容瑾……

陸子言心裡流淌過一絲苦澀，然後悄悄地將這絲苦澀藏到了心底的最深處。

比起容瑾，他是何等的懦弱，連違抗家人意願的勇氣也沒有。納了孫冬雪在先，又娶了林氏在後，也難怪寧汐會選了容瑾。

愛情，從來沒有先到先得這回事，已經錯過的，今生注定無緣了！

# 第三百三十六章　岳父不好惹

皇上隨意吩咐一句，御膳房便給寧有方放了五天的長假。回家商定好婚期再回宮，時間綽綽有餘。在眾人豔羨嫉妒眼熱的目光中，寧有方精神奕奕地出了宮。

媒人登門，送了喜日子過來。寧有方和阮氏低聲商議之後，挑了臘月二十這個日子，忙完了親事，正好也就過年了。

屈指一算，還有三個月，容府有足夠的時間籌備喜宴。

容瑾得償所願，心情大好，一臉春風得意的笑容。

容琮打趣道：「三弟，現在婚期已經定了，你可不能再隨意去寧家了。」按著俗禮，寧汐已經是待嫁的姑娘，不能隨意拋頭露面，和容瑾在婚前也不能再見面。

容瑾顯然沒打算遵守這樣的俗禮，隨意地笑了笑，只忍了兩天，便厚著臉皮去了寧家小院。

阮氏開了門，見是容瑾，顯然有些意外，一句「你怎麼來了」差點脫口而出。容瑾笑著喊了聲「寧大娘」，然後施施然進了寧家小院。

寧有方循著聲音迎了出來，見了容瑾也是一愣。

「寧大叔，早！」容瑾分外坦然自在。

寧有方笑著點點頭，旋即面色一正。「你和汐兒的婚期已經定了，成親前見面是很不吉利的事情，這三個月還是不要再見面的好。」

容瑾雖然不把俗禮放在眼底，可準岳父卻是不能隨便得罪的，只得陪笑道：「寧大叔說得是，我以後一定注意。」嘴上說得好，心裡卻在打著主意，這幾天暫時避一下，等寧有方回了皇宮……

「你是不是在想著我過兩天就得回皇宮，管也管不著你們了？」寧有方似笑非笑地來了一句。

容瑾咳了咳。「沒有的事。」看來，這次的「逼婚」行動雖然成功了，可也惹惱了準岳父。

果然，就聽寧有方淡淡地說道：「沒有最好。我之前沒有阻攔過你和汐兒來往，可現在卻不一樣了，定了婚期就是待嫁的姑娘，婚前和夫婿見面於禮不合。從今日起，你們兩個就別見面了。」

容瑾碰了一鼻子灰，卻連絲毫脾氣都不敢有，訕訕地應對了幾句，連早飯也沒吃便走了。

待容瑾走了之後，阮氏才低聲說道：「汐兒她爹，你剛才對容瑾是不是太不客氣了？」

寧有方輕哼一聲。「我對他就夠客氣了。」

養了這麼多年的寶貝閨女，容瑾說娶就要娶，多等一年都不肯。還請動了公主發話，他沒有拒絕的餘地，可也憋足了一肚子的火氣。說是借題發揮也好，說是餘怒未消也罷，總之，成親前這三個月，容瑾是別想再見寧汐一面了。

阮氏見寧有方拉長了臉，又是好氣又是好笑。「你也真是的，和孩子賭氣做什麼。」

寧有方振振有詞。「我這不是賭氣，婚前男女本就不該見面，他天天往我們家裡跑算怎麼回事。」想了想，又說道：「家裡就剩妳們娘兒兩個，也實在無聊。這樣吧，趁著我有空，送妳們兩個到鄢縣住上兩個月，等進了臘月，妳們再回來也不遲。」

阮氏自然沒意見，笑著點頭應了。

寧汐被嚴令待在屋子裡不准隨意出來，卻一直豎著耳朵聽外面的動靜，聽到這兒，終於忍不住笑了。

寧有方分明是在故意給容瑾顏色看嘛！看來，真的是被容瑾一連串逼婚的舉動惹惱了……

未出閣的女兒，心自然要向著自己的父親。所以，當寧有方對寧汐宣布要去鄢縣住上兩個月的時候，寧汐毫不遲疑地乖乖點了頭。「好，我聽爹的。」

寧有方滿意地笑了。

臭小子，這三個月你就慢慢熬吧！

收拾了行李之後，午後便租了馬車出發了，天黑之前就到了鄢縣。

「爹，你們來之前怎麼也不打個招呼。」寧暉驚喜又激動。

寧有方笑罵一句。「渾小子，又不是外人，還要打什麼招呼。」

葉薇笑盈盈地迎了上來，親熱地寒暄幾句，又吩咐兩個小廝將行李都搬進去安頓。

當晚，一家人和和美美的坐在一起吃了頓熱鬧的晚飯。寧暉聽說寧汐的婚期定了，不由得一愣，看向寧有方。「爹，您不是說明年再讓妹妹出嫁的嗎？」怎麼忽然又定在今年年底了？

寧有方哼了一聲，面色好看不到哪兒去。「這都要問你那個未來妹夫了。」

寧暉又是一愣，瞄了寧汐一眼。

寧汐只得低聲將容瑾如何「逼婚」的經過說了一遍，寧暉樂得直笑，總算明白過來了。敢情是容瑾得罪了未來岳父，所以寧有方才會特地將寧汐送到鄄縣來住上兩個月。名義上是來散散心，其實根本就是不想讓容瑾在婚前有見寧汐的機會嘛！

嘖嘖，寧有方這一手真夠厲害的！不知道容瑾知道之後會是什麼反應……

寧暉越想越好笑，俊朗的臉龐線條比平日柔和得多。葉薇看一眼，便捨不得移開目光了，盈盈雙眸中滿是依依柔情。

阮氏看在眼底，樂在心底，忍不住問了句。「可有好消息了嗎？」

寧暉笑容一僵。

葉薇的眼中迅速的掠過一絲難堪和落寞，旋即擠出笑容，輕聲說道：「還沒有呢！」

阮氏有些失望的嘆了口氣，他們兩個成親的時間雖然不長，可進門喜也是有的……

寧汐見飯桌上氣氛有些冷凝尷尬，忙笑著打圓場。「娘，您也真是急性子，嫂子過門才三個多月，哪有這麼快的？」

阮氏訕訕地笑了笑，扯開了話題。

到了晚上，路途勞頓的阮氏和寧有方早早的入睡了。寧汐卻翻來覆去地睡不著，眼前不停地晃動著容瑾的俊臉。

唉，真是沒出息。才幾日沒見，竟然就想他了，接下來還得熬上三個月呢……

寧汐睜著眼發了會兒呆，還是毫無睡意，索性起床穿衣，準備去找寧暉聊聊天。寧暉多年習慣，每晚睡前必然要看會兒書，做了縣令之後，這個習慣也沒改。

寧汐循著記憶去了書房，果然見書房裡面亮著燈，心裡一喜，湊了過去。正打算敲門，忽聽見屋內傳來說話聲，寧汐的手不自覺地在半空中停住了。

「相公，天色不早了，你還是回屋歇著吧！」葉薇的聲音依舊溫雅動聽，可卻隱隱透露出幾分落寞。「書房裡的床鋪被褥也得暫且收起來，不然，明天若是被婆婆他們發現了，只怕不好交代。」

在寧家小院的時候，兩人雖同床共枕，卻無身體接觸。到了鄴縣，寧暉乾脆直接睡在了書房，連臥室都不回了。葉薇自小便受到嚴格的閨秀教養，縱然心裡滿是悽苦，可從不訴之於口。就連貼身丫鬟紅梅也只以為兩人相處不算和睦才會分房，壓根兒沒想到兩人根本就未圓房。

寧暉猶豫了片刻，才點頭應了。「好吧！」

明亮的燭火下，寧暉眼中的不情願清清楚楚地呈現在葉薇的眼前。

葉薇的心像被針刺一般痛不可當，眼眶忽地濕潤了，顫抖著張口問道：「相公，我到底哪兒做得不好，你告訴我，我改好不好？」為什麼他就是不喜歡她？

寧暉歉然地低語。「妳很好，是……是我不好。」說起來，葉薇真的沒什麼可挑剔的地方。人長得美不說，又讀書識字，頗有幾分見識。性子雖不算十分柔順，可對他卻體貼備至，這樣的妻子，簡直無可挑剔。

可男人的心就是這樣，求而不得的那一個，才是心底最好的……

葉薇固執地不肯落淚，定定地看著寧暉，將心底盤亙了許久的疑問問出了口。「相公，你心底是不是有喜歡的人了？」能讓一個男人對美麗溫柔的妻子視而不見的，只有這一個可能了！

寧暉默然，並未否認。

葉薇眼眶中的淚水緩緩地滑過臉頰。「你既已有了喜歡的人，為什麼還要娶我？既然娶了我，為何又如此的冷落我？這麼久了，你連和我圓房都不肯。今天婆婆問起孩子的事情，你讓我怎麼回答？」

寧暉自嘲地苦笑，低低地說道：「對不起，都是我不好。我娶不到自己喜歡的姑娘，便任由父母安排，娶了妳，可卻從未善待過妳。對不起……」

葉薇的啜泣聲從門裡斷斷續續地傳了出來。

寧暉不是鐵石心腸，又是歉疚又是無奈，有心哄幾句，卻又覺得所有的語言都是那麼的蒼白無力。

寧汐在門外，緩緩地將手縮了回來，心裡也沈甸甸的。

沒想到，寧暉居然至今都沒和葉薇圓房。怪不得在阮氏問起是否懷孕的時候葉薇的臉色是那般的不自然，怪不得寧暉和葉薇之間連眼神交流都幾乎沒有，這哪是生活在同一屋簷下的夫妻……

屋子裡的啜泣聲依舊沒停，在這樣的情況下，要是敲門進去，寧暉一定十分尷尬，葉薇更是毫無顏面。

寧汐想了想，決定躡手躡腳的離開，有些話，還是私下裡勸寧暉比較好……

後退兩步，腳下忽地踩中了一塊石子。寧汐一個不提防，腳脖子扭了一下，痛呼了一聲。「哎喲！」

聲音雖然不響亮，卻足以驚動寧暉和葉薇了。

# 第三百三十七章　好的開始

「誰？」寧暉被嚇了一跳，上前兩步推了門。

葉薇匆忙地抹了眼淚，也看向門外。

寧汐見躲不過去，只得尷尬地笑道：「哥哥、嫂子，是我。」

這情形可真夠尷尬的，人家夫妻兩個說的私房話，都被她聽見也就罷了，還被捉了個正著……

寧暉咳了咳。「大晚上的，妳不睡覺怎麼到這兒來了？」看寧汐的表情就知道了，自己和葉薇剛才說的那番話她都聽到了。

寧汐只得裝著若無其事的笑道：「我睡不著，想來找你聊天。剛才一不小心踩中了石子，嚇到你們了吧！」

葉薇的眼睛依舊紅紅的，神情倒是鎮定了不少，擠出笑容應道：「不妨事，你們先聊著，我也累了，先回屋裡歇著去了。」看都沒看寧暉一眼，便匆匆地離開了，剩下寧汐和寧暉兩人大眼瞪小眼。

寧暉心中有愧，不敢面對寧汐明亮的眼睛。「天這麼晚了，有什麼話明天再說吧！」

寧汐卻不肯放過他，笑著說道：「再晚說幾句話的時間總是有的吧！」輕巧地閃過寧暉，進了書房。一張木床頓時映入眼簾，上面被褥鋪蓋一應俱全，床頭還放了幾本書。

寧汐瞄了寧暉一眼，似笑非笑地說道：「哥哥，你在書房裡住了多久了？」事實俱在眼前，寧暉想瞞也瞞不過去，只得老實承認。「住了快三個月了。」也就是說，自從回了鄴縣之後，他便一直住在這兒了。

寧汐心裡騰的升起一股怒氣，唇畔的笑容消失無蹤，語氣也冷了下來。「哥哥，你打算就這麼和嫂子過一輩子嗎？」

寧暉眼中閃過一絲羞愧。

「既然娶了人家，就該好好對人家。」寧汐蹙著秀眉，數落道：「這樣算怎麼回事？好在爹娘都不知道，要是他們知道了，不被你氣死才是怪事。」

寧暉不敢反駁，低著頭不吭聲。

寧汐又放軟了語調。「哥哥，我知道你心裡還惦記著趙芸，可趙芸已經嫁了人，你也娶了媳婦了，就別再惦記著過去那點事情了，把心收回來，好好的和嫂子過日子吧！」

寧暉終於抬起頭來，苦笑一聲。「妳說的這些我都知道，可是，我心裡就是放不下趙芸。妳嫂子是個很好的姑娘，可我就是沒辦法喜歡她……」

「你說這話我可不愛聽。」寧汐皺著眉頭打斷寧暉。「感情也是可以慢慢培養的，只要你想開點，好好和嫂子過日子，以後自然會日久生情。可你現在連試都不肯試，連個機會都沒給嫂子就這樣冷落她，是不是太過分了？」

「妳說得真是輕巧。」寧暉不怎麼有底氣地反駁。「感情又不是想放就能放下的，要是妳全心全意的喜歡過一個人，妳就知道這是什麼滋味了。」

寧汐淡淡地一笑。這種滋味她怎麼會不懂？

她曾那樣全心全意的愛過邵晏，也曾那樣刻骨銘心的恨過他。這個名字，深深的烙印在她的心裡。她曾以為，這輩子她都無法放下這份愛情。

可後來，容瑾出現了，她的心漸漸被容瑾的愛填得滿滿的，前世的情傷已經成了遙遠的過去，再也影響不到她分毫。

「哥哥，世上沒有放不下的東西，只看你想不想放下。」寧汐深深地凝視寧暉，一字一字慢慢地說道：「你別再折磨自己了，再這樣下去，受傷最深的不是你，而是可憐的嫂子。」

寧暉被質問得啞口無言，半晌才咕噥著說道：「我才是妳親哥哥，妳一點也不向著我。」一直向著葉薇說話。

寧汐又是好氣又是好笑，白了他一眼。「我幫理不幫親，這事本來就是你不對。別再胡思亂想了，快些回屋去，向嫂子道個歉。」順便圓個房什麼的，早點給寧家添個可愛的孩子才是頭等大事。

最後一句話雖然沒說出口，卻在寧汐的眼神中表露無遺。

寧暉被寧汐收拾一通，果然老老實實的回了久未踏進的臥室。

葉薇背對著燭火，正垂著頭無聲地落淚，纖弱的肩膀輕輕的顫抖聳動著。聽到開門的動靜，她的背影一僵，然後匆匆地用袖子抹了眼淚，轉身擠出一絲笑容。「相公，你回來了，我伺候你梳洗休息。」

跳躍的燭火下，葉薇美麗的臉龐淚跡未乾，眼睛微紅，別有一番楚楚動人的韻味。

寧暉心裡浮起一絲微妙的悸動。

眼前這個秀外慧中的美麗女子，是他娶進門的妻子，是要與他共度一生的那個人，是他應該好好珍惜的那個人。這些日子，他對她如此冷淡，可她卻絲毫沒怨懟，依舊細心體貼溫柔……

「妳……」寧暉張了口，才發現自己竟然沒有親暱的稱呼過她的閨名，一時有些尷尬。「妳爹娘平日都是怎麼稱呼妳的？」

葉薇一怔，敏感的察覺到寧暉的細微變化，心裡又喜又驚，定定神應道：「我閨名一個薇字，爹娘都習慣喊我薇兒。」

寧暉在心中默唸幾遍，然後笑道：「以後，我也叫妳薇兒好不好？」

好，當然好！葉薇輕輕點頭，心裡被乍起的歡喜填滿了，眼中蕩漾著嬌羞和喜悅。她的相貌本就生得極好，這樣羞怯中透著歡喜的神情，更是嫵媚動人。

寧暉看著她，只覺得荒蕪冰涼的心田，似緩緩地滲入一股清泉。

兩人並肩躺在床上，閒聊了許久才各自睡了。兩人雖沒有圓房，卻有了個好的開始。

第二天早晨，寧汐早早起了床去廚房做早飯，沒想到有一個人比她起得更早，正在低頭忙活著。這個人當然是葉薇。

寧汐笑著走了進去，和葉薇打了個招呼。「嫂子起得可真早。」葉薇的動作比以前熟練多了，顯然這些日子沒少下過廚。

葉薇抿唇輕笑。「妳怎麼也不多睡會兒？這兒有我呢！」

寧汐笑咪咪地應道：「我就是個勞碌命，習慣早起，睡懶覺倒是渾身都難受。」邊說話，邊捲起袖子上前幫忙。

行家一出手，和葉薇的半吊子廚藝立刻有了顯著的區別。寧汐隨手拿起刀，將洗乾淨的蘿蔔切成細絲，動作俐落又快速，切出的細絲長短一致粗細完全相同。

葉薇看得驚嘆不已。「妳的刀功真好。」

寧汐不以為意地笑了笑。「這是廚子的基本功，不算什麼。」兩人極有默契的都沒提起昨晚的事情。

葉薇看了寧汐一眼，笑問。「妳以後只怕不會再去鼎香樓做事了吧！」待嫁的女子不能拋頭露面，自從定了婚期之後，寧汐便沒去鼎香樓。等出嫁了，自然更不會再做廚子了。

提到這個，寧汐的笑容便淡了。

雖然容瑾不會說什麼，可堂堂容府三少奶奶到酒樓裡做廚子這種事情，確實有些不妥。就算為了容府的顏面著想，她也得斷了這個念頭。也因為這個，她對成親的事並不熱絡，巴不得再遲一年才好。

難道以後真的要做一隻養在籠中的金絲雀嗎？

寧汐想想便覺得頭痛，索性不想這事了。「以後的事情以後再說，反正容瑾說過，只要我想出來做事，他不會攔著我的。」

葉薇的眼裡滿是羨慕。「容瑾對妳真好。」那個冷傲貴氣的俊美少年，只有對著寧汐的時候才流露出淡淡的溫柔。

寧汐心裡甜甜的，口中卻笑道：「妳可不知道他一開始是怎麼欺負我的。」

葉薇一怔，脫口而出道：「他以前對妳不好嗎？」

寧汐聳聳肩。「一點也不好。」

初遇的時候，她滿心戒備渾身是刺，他高傲刻薄目中無人，每次見面總是劍拔弩張唇槍舌劍的。到了後來，他明明對她有了好感，卻也不肯示弱討好。一直到現在，兩人還是時不時的鬧口角。容瑾就算再理虧，也是不肯低頭哄人的。

葉薇聽得連連失笑。「你們兩個真是一對歡喜冤家。」

寧汐也笑了。

可不是嗎？她和容瑾兩人一路走來，從彼此針鋒相對吵吵鬧鬧到現在的甜甜蜜蜜，果然是一對歡喜冤家。每次爭吵後又和好，感情都會比從前更深一層。

「其實，男女之間不僅要講緣分，更重要的是時間的磨合。」寧汐看似不經意的笑道：「一見鍾情，只是被對方出眾的外貌所吸引。只有朝夕相處久了，才能沈澱出最深厚的感情。」

葉薇心裡悄然一動。

寧汐這幾句話，顯然是說給自己聽的。她是在暗示自己，不要介意寧暉心底的那個人，積極主動地接近寧暉，便能收穫屬於自己的愛情嗎？

都是聰明人，說話無須說得太過透徹。寧汐見葉薇若有所悟，便笑著扯開了話題。

一家人圍在一起吃早飯，自然是溫馨又熱鬧的。
寧暉心結紓解了大半，對葉薇的態度親熱了不少，時不時的對視一眼或是相視一笑。寧汐看在眼底，十分欣慰。
只要寧暉肯正眼看葉薇，就會發現葉薇的好。這樣一個才貌兼具品性又溫柔端莊的女子，寧暉動心也是遲早的事情。

# 第三百三十八章　相思難耐

容瑾知道寧汐離開京城已經是五天以後的事情了。

他忍耐了幾天，估摸著寧有方肯定回宮了，才又厚著臉皮去了寧家小院，然後瞪著門上的大鐵鎖黑了臉。

未來岳父真是好樣的，竟然來了這麼一手！

不用想也知道，寧汐和阮氏肯定是被寧有方送去寧暉那兒了，以後想見寧汐可就沒那麼容易了，除非，他騎馬來回奔波。可這麼一來，既勞累又費時，他天天忙得很，哪有這麼多精力和時間？

再說了，寧有方擺明是不想他和寧汐見面，要是他不管不顧的跑到鄴縣和寧汐私下相見，可就徹底惹怒寧有方了，翁婿兩個總不至於為了較勁嘔氣徹底鬧翻吧！

想來想去，也只能忍著相思之苦，熬到成親了。

容瑾暗暗咬牙切齒。真是六月帳還得快啊！

一開始幾天倒也罷了，白天忙忙碌碌的，沒多少閒空胡思亂想。可半個月一過，容瑾便有些熬不住了，心裡時時刻刻惦記一個人的滋味，真不好受。尤其是到了晚上，一個人躺在床上翻來覆去怎麼也睡不著，眼前不停地晃動著寧汐巧笑嫣然的俏臉……

容瑾的煩躁不安易怒，周圍的人很快便都察覺到了。

丫鬟們都不敢往他眼前湊，那一記冷冷的目光丟過來，殺傷力不弱於一把鋒利的尖刀。

翠環仗著自己伺候容瑾多年，小心翼翼地問道：「少爺，這些日子是不是朝中的事情太過勞累了？」

容瑾輕哼一聲，冷冷地瞄了翠環一眼。「多事，不該妳問的事情就別多嘴。」

翠環委屈地住了嘴，眼淚盈盈欲墜，煞是惹人憐愛。只可惜，容瑾的憐香惜玉僅限於寧汐，對別的女子的眼淚根本無動於衷。看都沒看她一眼，便拂袖去了書房。

小安子同情地看了翠環一眼，忙跟了過去。

翠環對容瑾的那點心思，府中上下人盡皆知，只可惜容瑾幾乎從未正眼看她一眼。聰明識趣的，還是趁早斷了這個念頭，不然，等寧汐過門之後，只怕翠環也沒了立足之地。

容瑾心情煩悶的時候，寫上一會兒字便能恢復平靜，可今天握著筆，卻半晌沒有落筆。

小安子最清楚他的心思，笑著進言。「少爺，要不，您給寧姑娘寫封信，奴才替您到鄖縣跑一趟吧！」

容瑾顯然意動了，沈吟片刻，點了點頭。低頭寫了幾句，然後裝進信封裡。

第二天一大早，天還沒亮小安子便身負重任出發了。約莫中午時分，總算趕到了鄖縣的縣衙。

寧汐見了小安子，又驚又喜。「你怎麼來了？」不自覺地瞄了小安子身後一眼，自然沒見到容瑾的身影，心裡又是安慰又是失落。

安慰的是，容瑾總算顧忌寧有方的感受，並沒偷偷來見她。可屈指一算，她已經快一個月沒見他了，那份難耐的相思實在太折磨人了……

「寧姑娘，我今兒個是替少爺送信來了。」小安子笑嘻嘻地從懷中掏出薄薄的信封。

寧汐接過信封，手不自覺地捏得緊緊的，彷彿握著的是容瑾滾燙熾熱的心。當著眾人的面，她自然不好意思看信，小心地將信摺成方塊，放進了貼身的荷包裡。

寧暉揶揄地打趣道：「沒想到容瑾也會寫情書。」這種黏黏糊糊的事情，可不像容三少爺會做出來的。

寧汐扮了個鬼臉，不理他的擠眉弄眼。

阮氏露出會心的微笑，葉薇的眼中卻滿是羨慕。自從那一晚過後，她和寧暉的相處也算漸入佳境，可離這樣熾熱的情愛卻還差得遠呢！

吃了午飯之後，小安子不肯多待，堅持要趕回去。少爺雖然什麼也沒說，可小安子知道少爺一定在等著自己回去仔細的盤問寧汐的情況呢！

寧汐回屋拿了一個小包裹出來，微紅著臉塞到了小安子手裡，小聲說道：「回去告訴他，我在這兒過得挺好的，不用總惦記著我，這雙鞋是我這些日子閒來無事親手為他做的。」

小安子咧嘴笑道：「少爺一定高興得不得了。我這就趕回去，晚上少爺就能穿上您做的鞋了。」說著，便騎上馬又回了京城。

寧汐佇立在原地，唇角噙著甜蜜的笑意。許久，才回了自己的屋子。將荷包裡的信封取出，小心地撕開信封取出信紙。

容瑾飄逸灑脫的字立刻顯現在眼前，只有短短的兩行字——

衣帶漸寬終不悔，為伊消得人憔悴。

滿腔的相思，從字裡行間溢出，流入心田。寧汐將這短短的兩句話看了一遍又一遍，直到每一筆每一畫都牢牢的印在了腦海裡。最後，才將信紙緊緊的貼在胸口，彷彿容瑾就站在面前一般低聲呢喃。「容瑾，我也好想你……」

自從相戀以來，她和容瑾還從未分別過這麼久。沒有他的日子，總有些空落落的，做什麼事都少了份興致，每晚的夢中更是少不了他的身影。

再熬過這些日子吧！他們很快就能朝夕相守天天在一起了……

當天晚上，小安子風塵僕僕地趕回了容府。容瑾果然在等他，甚至迫不及待地迎了出來。「你見到寧汐了嗎？她在鄲縣過得怎麼樣？」

小安子笑著應道：「見到了，寧姑娘在鄲縣過得挺好的，讓你別總惦記她。還有，寧姑娘親自為你做了雙鞋子，讓奴才帶回來。」

容瑾接過那個小小的包裹，彷彿捧著世上最珍貴的珠寶一般，眼睛熠熠發亮，散發出無法抵擋的光彩。

別說是旁邊的一眾丫鬟了，就連小安子都看得呆了一呆，心裡不由得暗暗嘀咕起來。怪不得四皇子對自家少爺總是念念不忘呢，這張臉實在長得太禍水了……

容瑾又盤問了幾句，才放過了疲累不堪的小安子。一個人躲在書房裡，美滋滋的欣賞起寧汐親手為他做的鞋子。

說實話，寧汐的女紅並不出色，比起容府那些繡娘來差了一大截，做出來的布鞋樣式普通，針線倒是細密結實，鞋底納得很密實，鞋面上還繡了水紋圖案。

這麼一雙普通的布鞋，容瑾卻陶醉地欣賞了半天。然後在腳上試了試，只覺得輕軟舒適，比自己穿過所有的鞋都要舒適，再然後……當然是收了起來。開玩笑，這怎麼捨得隨隨便便就穿。

這之後，小安子便開始了來回奔波的悲催生涯。真的不算頻繁，最多也就兩、三天跑一趟而已！

容瑾的信，有時是兩句短短的情詩，有時是火辣辣的言詞，有時薄薄的，有時又是厚厚的幾張。寧汐每次都看得臉紅心跳，卻又捨不得丟下，忍不住一看再看。幾封信她幾乎能倒背如流了，卻還是喜歡在燈下一封一封的展開細細地看。

寧暉見寧汐從不回信只是讓小安子傳話，忍不住笑道：「妹妹，妳也太無情了吧！容瑾這情書一封接著一封的，妳好歹也回個隻字片語的。」

信裡愛寫什麼火辣的相思之語都行，可讓人傳話就得含蓄矜持些，總不能對著小安子說「你告訴容瑾我其實很想他」吧！

論口舌，寧暉從不是寧汐的對手。就聽寧汐笑著反擊道：「哥哥，說到無情，我可比你差得遠了，你和嫂子該不會還沒圓房吧？」

寧暉頓時狼狽不堪，匆匆地環顧一眼，見阮氏和葉薇都沒在總算放了心，又是鞠躬又是作揖的給寧汐賠禮。「好妹妹，妳就饒了我吧！這話私底下說說還行，千萬別讓娘知道。」

寧汐輕哼一聲，白了他一眼。「我一直替你瞞著呢！嫂子也真是好脾氣，一直忍著沒說。要是換了個脾氣倔的，回娘家告上一狀，看你這個姑爺還有沒有臉登門。」

寧暉被奚落得灰頭土臉，卻連一點脾氣都不敢有，陪笑道：「是是是，都是我不好，我以後一定對她更好點。」這些日子以來，他和葉薇相處得越來越融洽，他也動過數次心思要圓房。可一到晚上，不知怎麼的就沒了勇氣……

寧汐私底下已經勸了他不少回，見他依舊不開竅，簡直是恨鐵不成鋼。「真不懂你的腦子裡究竟在想什麼，夫妻兩個睡在一起……還有什麼好猶豫的。」

她一個黃花大閨女，有些話實在說不出口。可道理是明擺著的，圓房對女人來說是夾雜著痛苦的甜蜜，可對男人來說，完全就是種享受好吧！這麼美貌動人的女子，寧暉怎麼還能忍得住不「下手」？

這個榆木疙瘩！寧汐忍不住又白了他一眼。

寧暉不知想到了什麼，遲疑著沒說出口，略有些尷尬地紅了臉。有些私密的話，對著親妹子也說不出口啊……

寧汐心細如塵，見寧暉那副期期艾艾的樣子，頓時察覺到有什麼不對勁了。試探著問道：「哥哥，你怎麼了？」該不是有什麼難言之隱吧？

寧暉的臉都脹紅了，越發說不出口。

到底是怎麼回事嘛！寧汐有些著急，腦中忽地閃過一個念頭。

老天，該不是她想的那樣吧……

# 第三百三十九章　誤會啊誤會

「哥哥，」寧汐選擇了一個最委婉的問法。「你是不是不太懂……」

雖然寧汐問得含蓄，可寧暉還是羞愧地紅了臉。既不點頭也不搖頭，顯然是默認了。寧暉長這麼大，從未涉足過花街柳巷。有過的兩次暗戀，也都是純純的少男之心萌動而已。對男女之間的事情僅憑著從書中看來的隻字片語有些朦朧的猜想，可真正落實到「行動」上，卻是「無從下手」……

寧汐萬萬沒料到問題竟會出在這裡，拚命地忍住笑意。不能笑，千萬不能笑，這關係到一個男人的尊嚴和驕傲，寧暉全心的信任她這個妹妹才會說出來。她一定要忍住笑，不能傷了哥哥寧暉的心……

兄妹之間談論這個話題，也頗有些尷尬。寧汐咳了咳，低低地說道：「要不，去找些圖文並茂的書籍來看看。」所謂圖文並茂的書籍，指的當然是春宮圖。

寧暉倒是很快會意過來，卻連連搖頭不肯。他堂堂一個七品知縣，跑到書肆裡去買這種東西，簡直會成為千古笑談。

「要不，你就去這裡最出名的青樓逛逛……」順便找個貌美有經驗的教導一番。

寧暉的頭搖得像博浪鼓似的。「不行不行。」這種地方，他以前就從未去過，現在娶了妻子，就更不能涉足了。

寧汐眼珠轉了轉，又有了主意。「要不，你去問那些有妻室的人。」有經驗的男子多得是。

寧暉堅決地搖頭否決。「這多丟人，我才不去。」

這也不行那也不行，寧汐也沒轍了。正想再說什麼，身後忽地響起一個溫柔的聲音。「你們兩個在這兒說什麼呢？」

寧暉本就心虛忐忑，被這個熟悉的聲音嚇了一大跳，反射性地擠出笑容。「沒、沒什麼，我和妹妹隨便聊聊罷了。」

寧汐這次倒是異常的配合，連連笑道：「我和哥哥就是閒聊，嫂子妳怎麼來了？」

在葉薇眼中，這兄妹兩人的眼神都有些閃躲，分明沒說實話，心裡掠過一絲淡淡的酸澀。在寧暉的心裡，她這個妻子永遠也比不過妹妹寧汐。寧汐說的一句話，抵過她說十句不止。

以前便曾聽說過寧暉非常疼愛妹妹，可等親眼目睹了，才知道「疼愛」這個詞太淺顯了，完全不足以形容寧暉對寧汐的呵護和愛憐。

好在寧汐是個爽朗樂觀又極其可愛的女孩子，對她一直非常友善。不然，她這個做嫂子的，哪裡是小姑的對手。

這一連串的念頭在葉薇的腦海中閃過，面上卻毫無異常，微笑著應道：「娘想包餃子吃，讓我來喊你們兩個過去幫忙。」

寧汐立刻精神抖擻地笑道：「好，我們這就去。」

寧暉巴不得快些揮開之前那個令人尷尬難堪的話題，忙也笑著點了頭。殊不知，他的釋然更讓葉薇起了疑心。

當晚，夫妻兩人在屋中獨處的時候，葉薇故作不經意地笑問：「相公，你下午在書房裡和妹妹到底說了什麼？」

寧暉笑容一頓，眼裡閃過一絲尷尬的慌亂無措，旋即若無其事地笑道：「沒什麼，就是隨便聊了幾句，妳就別瞎琢磨了。」

葉薇笑了笑，沒有繼續追問，心裡卻一片黯然。

寧暉根本沒說實話。看來，他和寧汐的話題，一定是不想讓她知道的，一定是和那個他心中的女子有關吧……

葉薇心裡一陣刺痛，默默地轉過了身。

寧暉卻在反覆的盤算著寧汐說過的那幾個法子哪一個更可行，一時也沒留意到葉薇的異樣。

隔了兩天，小安子又來了。

他按慣例遞了信給寧汐，怎麼也沒料到寧汐竟然讓他帶一封回信給容瑾。

小安子一愣，旋即曖昧地笑了，朝寧汐眨眨眼。「今晚少爺肯定激動得睡不著覺了。」每次帶簡單的口信回去，容瑾的心情都會好上一整天，更不用說是熱情的回信了。

寧汐明知他誤會了，卻也沒解釋，只笑了笑。

容瑾見到回信的時候，心裡激動又興奮，當著小安子的面把門咚一聲關上了，然後興致勃勃、滿含期待地看起了寧汐的回信。

容瑾……這個稱呼太簡單隨意，至少也該加個暱稱，比如說親愛的之類的。

容瑾邊看邊在心中點評，滿心期待著能看到幾句相思之語，可通篇看下來，卻也沒找到我想你之類的字眼。當然，所謂的通篇也只有寥寥幾句話，不過是最常見的問候語——我在這裡過得挺開心，你不用惦記我。你最近過得怎麼樣……

真是太過分了！想他就直說嘛，幹麼還這麼含蓄……

咦？等等，這句是什麼意思？容瑾倏忽睜大了眼，嘴巴也張得老大，塞一個雞蛋絕沒問題，全無翩翩貴公子的風度。

請你去找一本圖文並茂的春宮圖，讓小安子帶過來。

簡簡單單的一句話，讓容瑾的血液都沸騰了，俊臉一片潮紅的興奮和震驚。

寧汐竟然想看春宮圖……容瑾一想到寧汐含羞帶怯的在燈下偷偷看春宮圖的樣子，身體便一陣火熱，心頭一陣難以壓制的騷動，恨不得現在就飛到寧汐的身邊，將她摟進懷中溫存一番……

容瑾浮想聯翩，心猿意馬幾乎無法克制。過了許久，才平靜了一些。想了想，便起身去找容玨。

小安子照慣例的要跟著，容瑾卻瞪了他一眼。「我一個人去就行了。」然後，拂袖翩然而去，無辜的小安子委屈極了。

少爺，你這過河拆橋也太明顯了吧！

容玨正打算睡下，待聽到丫鬟說容瑾來了，不由得一愣。這麼晚了，容瑾來做什麼？

李氏笑著來了一句。「三弟該不是又對哪兒不滿意了吧！」為了容瑾成親的事，容府上下都忙得團團轉，李氏更是首當其衝。

採辦各類家什和婚宴用品，擬定宴客名單等等瑣事，把她累得夠嗆。偏偏容瑾又是個眼高於頂的挑剔性子，時不時地對這不滿意對那不中意的，讓李氏又好氣又好笑之餘，對寧汐也生出了難以言語的羨慕之情。

容玨挑眉一笑，迎了出去。

容瑾來之前已經想好了措辭，低低地在容玨耳邊說了幾句。容玨先是驚訝，然後便是忍不住的悶笑。領著容瑾進了書房，很快的工夫便又出來了。

容瑾拿到了想要的東西，心滿意足地走了。

容玨卻越想越好笑，樂了半天。這個三弟，琴棋書畫無所不能，簡直堪稱天才。沒想到竟然對男女之事一知半解，想在婚前研究一下春宮圖。做兄長的當然不能吝嗇，立刻把珍藏版的禁書雙手奉上。

李氏見他笑得奇怪，很自然地追問道：「三弟剛才和你說了什麼？你怎麼笑了這麼久？」

容玨咳嗽一聲，勉強停住了笑。「沒什麼，說的是朝中的事情。」事關容瑾顏面，就算是李氏也不能透露半個字。

李氏見他不肯說，只得停住了追問。

容瑾犧牲自己的名譽，從容玨那裡騙了本春宮圖來。其實，他雖然是隻童子雞，可理論知識他絲毫不匱乏。

當晚，容瑾便隨意地翻閱起了這本春宮圖本，只看了幾頁，便面紅耳赤……絕不是因為害羞。

不得不讚一句，這春宮圖畫得實在精妙，既栩栩如生，卻又不猥瑣下流。美豔豐滿的女子和精壯的男子在畫中各種姿勢赤裸交纏欲仙欲死，看得他熱血沸騰慾念大作。

不知道寧汐看了會是什麼感覺？

容瑾邪氣地笑了笑，眼眸微微眯起，遙想著一個多月後洞房花燭夜的旖旎情景。然後，理所當然地作了一夜的春夢……

第二天一大早，小安子又被派往鄭縣。這一次，他送的不是信，而是一個輕飄飄的包裹，摸著不像是珠寶首飾，倒像是本書。

小安子正在暗暗猜測著會是什麼書，就見容瑾似笑非笑地看了過來。「小安子，要是你敢打開偷看，我可以保證，你一定會死得很慘很慘！」

小安子打了個寒顫，連連拍胸脯保證，絕不會偷看一眼。不然，就遭天打雷劈等等等等！

容瑾懶得聽小安子的連篇廢話，揮揮手讓他快去快回。

於是乎，苦命的忠僕又奔波著去了鄭縣，一路上寒風凜冽不必細說，總之，等到了縣衙的時候，小安子的手腳都凍得通紅，鼻涕快流到嘴邊都沒時間擦拭，先將手中的包裹遞給了寧汐，信誓旦旦地說道：「這是少爺讓我送來的，您放心，我一路上絕沒偷看一眼。」

寧汐一摸包裹，便知這正是自己想要的東西，甜甜地一笑。

容瑾的辦事效率果然高得很，才不過一天的工夫，書便送到自己面前來了。太好了！

寧汐自然不好意思看這個，連包裹也沒打開，便送到了寧暉的手裡。

這是什麼東西？寧暉一愣，不由得低頭看了一眼。

寧汐咳嗽一聲，含蓄地暗示道：「我寫信讓容瑾送來的，你自己一個人看看吧！」也不多解釋，便溜走了。

寧暉總算明白過來了，心撲騰撲騰地跳個不停。顫抖著將包裹解開，然後做賊似地悄悄翻開了春宮圖的第一頁。

# 第三百四十章　遲來的洞房花燭

葉薇很快察覺了寧暉的不對勁。

這兩天，寧暉總是一個人躲在書房裡，不知在看些什麼。每次她進去，他便慌慌張張地將手中的東西迅速地收起來。她故作不經意地問幾句，他總顧左右而言他不肯直說。

還有，他看她的眼神也有些怪怪的……他到底是怎麼了？

葉薇忍不住胡思亂想起來，難道他看的是以前的定情信物嗎？不然，何必這般躲躲閃閃神神秘秘的？

越想越覺得可能性極大，葉薇的心晃晃悠悠的沈下去，唇角露出一抹苦笑。這些日子的和睦相處，都只是假象。他的溫和只是虛偽的敷衍，他的心裡，自始至終都只有那個不知姓名的女人……

這種同床異夢貌合神離的生活，真的是她想要的嗎？

淚水悄然滑落，迷濛了眼前的一切。

葉薇隱忍許久的痛楚，終於在這一刻決堤，大顆大顆的眼淚迅速的滑落，心裡酸楚又絕望。

寧暉本是笑著推開了門，冷不防地看見葉薇哭得傷心難過的樣子，被嚇了一跳，急急地湊上前。「薇兒，妳怎麼了？」白天還好好的，現在怎麼哭了？

熟悉的聲音入耳，葉薇才遲鈍地反應過來，寧暉回來了。

可回來又能怎麼樣，他每天睡在她的身邊，卻抱都沒抱過她一下……

葉薇心裡所有的委屈忽地都冒了出來，理都沒理寧暉，將頭扭到了一邊，淚水像斷了線的珍珠一般不停的滑落。

寧暉從未見過她這般淒楚的樣子，又急又心疼，猛地伸手將她摟入懷中，笨拙地撫摸著她的背。「到底是怎麼了，告訴我好不好？」

語氣很溫柔，是她自成親那一日起就殷殷期盼的溫柔。

葉薇身子一顫，卻絲毫沒有喜悅之情，反而哽咽著抬頭問道：「你是在關心我嗎？」

寧暉一愣，還沒等說話，葉薇便自嘲道：「我又自作多情了吧，你只是在可憐我。可憐我這個新婚的女子，卻像棄婦一般每天自憐自哀，就算是想哭，也只能一個人躲在屋子裡偷偷地哭……」

「薇兒……」寧暉想說什麼，葉薇卻不願聽，自顧自地說了下去。

「這也不能怪你，你早已有了喜歡的人，可你爹娘卻逼著你娶了我，你不喜歡我，所以不想和我做夫妻。我現在也想開了，強扭的瓜不甜，我葉薇也不是厚顏無恥的女人，不會纏著你不放。寧暉，我現在就成全你，我們兩人和離吧！」

和、和離？寧暉懵了，這又是哪一齣？

葉薇卻誤解了他的沈默，花容慘澹，卻硬撐著繼續說道：「你寫和離的文書給我，你想娶你的心上人只管去娶，從今以後，我們兩人男婚女嫁各不相干！」

「不行！」寧暉不假思索地脫口而出。心裡抑制不住的慌亂，她要離開他了，不，他絕不會讓她走！

他的態度如此堅定，葉薇冰涼的心忽地又生出了一絲希冀。「為什麼不行？」你是不是也有些捨不得我？是不是也開始喜歡我了？

對著那雙秋水般的明眸，寧暉有些手足無措，明明有一肚子的話，卻一句都說不出口。

葉薇見他支支吾吾的什麼也不說，那一絲期待的火苗啪的熄了，深呼吸一口氣，決絕地說道：「放開我，讓我走。」

熟悉的溫柔沒了，取而代之的是冷漠與淡然，充滿壯士斷腕的決絕與堅強。

如果他現在放了手，她是不是真的會離開他？

到這一刻，寧暉才發現，他其實從沒真正的瞭解過葉薇，她的溫柔嫻雅下，是那樣的倔強和驕傲。

寧暉的心陡然慌了，不但沒有鬆手，反而用力地摟住了葉薇。「不，我不放妳走，妳是我的妻子……」

葉薇幽幽的聲音裡滿是自嘲與自憐。「我真的算是你妻子嗎？你捫心自問，你把我當妻子了嗎？」成親幾個月了，這還是他第一次抱她，卻毫無想像中的旖旎與溫柔。

寧暉語塞。他也不算口拙，可此時此刻，腦中卻一片空白，不知該說些什麼。

「你放開我……」葉薇又開始用力的掙扎。

那幾個字真是刺耳極了。寧暉忽地低頭吻住她冰涼的雙唇，所有的話語都被吞沒在他笨拙的親吻中。

他、他這是在做什麼？葉薇驚愕地瞪圓了雙眸。

寧暉很生澀地吻著她的唇瓣，見她仍是愣愣地睜著眼，竟有些手足無措的尷尬，稍稍抬頭低語道：「閉上眼。」

葉薇愣愣地閉上眼，只覺得溫暖的唇又覆了上來。

先是雙唇緊緊的貼在一起，然後是輕輕的摩挲細吻。不知是誰先張開了唇，怯生生的用舌試探，唇舌交會的一剎那，兩人的身子都是一顫。

雖然都很青澀，可有些事靠著天生的本能便知道該怎麼繼續。

寧暉低低的喘息，伸手摸索著葉薇的衣襟。葉薇臉頰酡紅，心撲騰撲騰跳得厲害，卻在寧暉為她解衣的那一刻清醒過來。

「寧暉，我不要你的施捨。」如果他是為了留下她，勉強著才碰了她，這才是對她最大的侮辱。

寧暉停住了手中的動作，凝視著葉薇倔強的明亮雙眸，心裡忽地軟軟的。「真是個傻丫頭。」寧暉低低地嘆息，溫柔的拉起葉薇的手，緊緊的貼在自己的胸膛。「妳聽到了嗎？我的心怦怦亂跳，都是因為妳。」

葉薇的眼中聚起一層薄薄的水氣，唇邊卻綻放出一抹羞澀歡喜的笑容，美得不可思議。

寧暉心跳得更加急促，只覺得呼吸都有些困難，轉身去拴了門，又吹熄了燭火，藉著淡淡的月光，拉著葉薇的手，慢慢地到了床邊。

兩個身影漸漸重疊在一起，親吻也變得火熱而急促。糾纏中，衣衫被盡數褪去，赤裸的身子緊緊地貼在一起，灼燙得不可思議。

寧暉沈浸在軟玉溫香中，腦中模糊的閃過春宮圖上的某個火熱的畫面，心頭一熱，沈下身體，莽撞地闖進她的柔軟。

葉薇痛呼出聲，下身被撕裂的痛楚蔓延開來，將之前的溫存愉悅驅逐得一乾二淨，只餘下被刺穿的痛楚。

寧暉被緊致火熱包圍著，那銷魂的滋味簡直無法言喻，下身傳來的快感，叫囂著馳騁暢快。可葉薇的痛呼聲也隨之傳來，他不敢亂動，胡亂地親吻著她的面頰，希冀著能讓她減少一些痛楚。

過了片刻，葉薇羞怯的聲音在耳邊輕輕地響起。「你、你來吧，我已經不怎麼疼了……」

寧暉強行按捺著的慾望，被這句話徹底地挑了起來，稍稍退出一些，然後用力地挺進，兩人同時逸出一聲呻吟。

寧暉全身都興奮地顫慄起來，不停地來回動作。葉薇在他的身下嬌吟不已，雖然還是很痛，可那羞人的痛處，卻又隱隱地傳來異樣的愉悅。

寧暉動作越來越快，終於身子緊繃著射了出來。高潮過後，寧暉頭腦一片空白，細細地回味著剛才的魚水之歡。葉薇臉頰通紅，羞得不敢睜眼，心裡卻蕩漾著無比的喜悅。她終於真正成了他的妻子了！

「你好沈……」葉薇全身又痠又痛，軟軟地推了推寧暉。

寧暉移開身子，卻還是將葉薇抱得緊緊的，低低地說道：「對不起，剛才弄疼妳了吧？」

當然疼，他笨手笨腳的又莽撞。葉薇心裡甜甜地抱怨著，口中卻低低地應道：「現在已經不怎麼疼了。」

這個時候，她居然都沒捨得嬌嗔幾句。寧暉的心一陣悸動，默默地摟緊了懷中赤裸的嬌軀。

鼻間嗅到的是幽幽的體香，手下所觸之處，卻是滑膩膩的肌膚。

初嘗男女歡愉的寧暉心裡一熱，又有了反應，俯頭吻住她溫軟的唇，大手在曼妙的身子上四處游移。

葉薇和他貼得極緊，哪能察覺不到，被嚇了一跳，想躲卻又躲不開，結結巴巴地央求道：「你、你別來了，我下面很痛……」

寧暉動作一頓，雖然身子緊繃異常難受，卻還是從她的身子上挪了下來。

葉薇見他如此體貼溫柔，心裡一陣甜意，腦中不由得想起之前的爭執，忍不住輕嘆口氣。

「怎麼了？」寧暉的心思都放在她身上，自然沒錯過這聲輕嘆。

葉薇不想破壞此時的美好氣氛，默然片刻，才輕笑道：「沒什麼。」

寧暉自然能猜到她的心結，默然片刻，才歉然地說道：「薇兒，之前都是我不好，以後我一定會好好對妳。」頓了頓，聲音更低了。「我沒辦法一下子忘了她，不過，我會努力的。」

葉薇輕輕地嗯了一聲，眼中閃過一絲水光。

寧暉如此長情，讓她既心酸又欣慰……

「你前兩日在書房裡看的是什麼？」葉薇終於將這個疑問問出了口。「是她給你的定情信物嗎？」

寧暉腦子空白了一瞬，才會意過來葉薇問的是什麼，俊臉陡然紅了，含糊地應道：「不是。」老天，他在書房裡研究春宮圖的事情可千萬不能讓葉薇知道。

葉薇還待追問，寧暉卻又開始上下其手。

葉薇果然無暇再刨根問底了……

# 第三百四十一章　書房春情

清晨，一縷陽光柔柔的灑了進來。

葉薇迷迷糊糊地睜開眼，一張俊朗的面孔陡然映入眼簾。這張面孔當然不陌生，可像這般相擁睡至天明的甜蜜，卻是第一次。

葉薇心裡湧起一陣甜意，目光在寧暉赤裸的胸膛處打了個轉，便羞澀地收回了目光。

身子稍稍一動，下身陡然一陣痠痛。葉薇倒抽口涼氣。

寧暉不知什麼時候也醒了，睜開惺忪的睡眼，目光落在葉薇白皙柔膩的胸前，俊臉浮起兩抹紅暈。忙移開了視線，竟比葉薇還羞澀。

見他這般模樣，葉薇反倒鎮靜了不少，伸手摸索著床上散落的衣物，一一的穿了起來。身子依舊痛楚痠軟，強撐著下了床，剛一站定，身子便晃了晃。

寧暉一直在留意著她的一舉一動，見狀忙關切地問道：「妳身子是不是很痛？」

葉薇俏臉一片嫣紅，輕輕地嗯了一聲。「時候不早了，我該去廚房做早飯了。」

寧暉憐惜地說道：「今兒個妳就別去了，在床上躺著多歇會兒，早飯讓妹妹去做。」

葉薇哪好意思這麼大剌剌地在屋子裡歇著，硬是撐著去了廚房。寧暉拗不過她，索性也起身穿衣一起跟到了廚房。葉薇初經人事身子不適，走路比平日慢了許多，姿勢也有些不自然，在邁門檻的時候，柳眉微蹙。

寧暉很自然地伸手攙扶了一把。

寧汐正忙碌著擀麵條，聽到動靜抬頭看了一眼，正巧將這一幕盡收眼底，先是一怔，旋即抿唇笑了。

瞧小倆口這副親熱又靦覥的樣子，看來，很有「進展」嘛……

寧暉被寧汐笑得渾身不自在，咳了咳說道：「今天的早飯妳做吧！」

寧汐聰明地沒問原因，笑著點頭應了。倒是葉薇有些不好意思，非要過來幫忙不可。姑嫂兩人有說有笑，在柔和的晨曦中宛如一幅美好的圖畫。

寧暉竟也捨不得走了，就這麼賴在廚房裡，含笑看著兩人忙碌。看著看著，目光便不自覺地落在了葉薇的臉上。

初嘗男女之歡的葉薇，眉宇間散發出楚楚動人的風韻，讓人移不開眼睛，他竟然從未留意到她是這麼的美……

葉薇明明從頭至尾都沒看向寧暉，可臉卻越來越紅。

寧汐終於忍不住了，瞄了寧暉一眼，調侃道：「哥哥，你還是別在這兒礙手礙腳了。」

「我什麼也沒做，怎麼礙妳們的事了？」寧暉不服氣地反駁。

寧汐揶揄地笑道：「你一直用目光騷擾嫂子，還敢說什麼也沒做。你要是再待在這兒，嫂子快連東南西北都分不清了。」

寧暉和葉薇都被打趣得滿臉通紅，心裡卻都浮起淡淡的甜意。

初嘗男女歡愉，寧暉不免貪戀情熱，和葉薇的感情迅速的升溫。短短幾天，竟是甜膩得如膠似漆一般。

寧汐看在眼底，樂在心底。阮氏也很歡喜，背地裡悄悄和寧汐說道：「汐兒，妳哥哥和妳嫂子這幾天才有些新婚夫妻的樣子。之前總有些不慍不火的，我一直在擔心呢！」只是沒說出口罷了。

寧汐啞然失笑。寧暉自以為隱瞞得挺好，其實根本沒瞞過任何人啊！不僅是她看出來了，就連阮氏也一直心中有數。

阮氏笑吟吟地看著寧汐，不知想到了什麼，又長長地嘆了口氣。

寧汐嬌憨地挽著阮氏的胳膊。「娘，好好的，您怎麼又嘆氣了？」

阮氏愛憐地看著寧汐，眼裡滿是不捨。「再有一個多月，妳就要出嫁了，娘真捨不得妳。」說著，聲音已經哽咽了。

「娘……」寧汐眼眶有些濕潤了，將頭靠在阮氏的肩膀上。

阮氏摟著寧汐的肩膀，暗暗唏噓。轉眼間，稚嫩的女孩已經成了美麗動人的少女，就要嫁為人婦了。

在鄆縣也住了近兩個月了，也該回京城了。

阮氏對寧暉提起了回京城的事，寧暉想了想笑道：「妳們兩個回去我可不放心，還是我送妳們吧！」

阮氏卻不同意。「你公務這麼忙，還是別來回折騰了，找輛馬車送我們回京城就是了。」

寧暉遲疑了片刻，看了葉薇一眼。

葉薇立刻笑道：「我也一起回去吧！妹妹就要出嫁了，要忙的事一定不少。我做不了別的，幫著做些瑣事總還是行的。」小姑出嫁，她這個做嫂子的自然也得盡份心思。

阮氏想了想，笑著應了。

當天下午，阮氏和寧汐便忙著收拾起了行李。葉薇有紅梅幫忙，倒是很快便收拾妥當了。便去書房找寧暉，不料卻撲了個空。

葉薇略有些失望，隨手替寧暉收拾起了書桌。

她將一摞書整理好，放進抽屜裡，打開抽屜的一剎那，一本薄薄的書映入眼簾。封面乾乾淨淨的，什麼字也沒有。

葉薇心裡一動。記得沒錯的話，前些天寧暉躲在書房裡偷看的，似乎就是這麼一本奇怪的書……

葉薇猶豫片刻，實在按捺不住好奇心，伸手將那本薄薄的書拿了出來，剛翻開第一頁，俏臉便騰地紅了，迅速地將書又合了起來放回了原處。

怪不得寧暉支支吾吾的就是不肯告訴她呢！原來他偷偷研究的竟是春宮圖……

葉薇的腦海裡忽地掠過許多火熱的畫面，俏臉一片滾燙。

門忽地被推開了。

葉薇被嚇了一大跳，不假思索地轉身。「誰？」能正大光明自由出入書房的，除了寧暉還有誰？

寧暉猶自不知自己的秘密已經洩漏，笑著走了進來。「行李都收拾好了嗎？」

葉薇面頰紅潮未退，胡亂地點點頭。

寧暉頗有些奇怪地看了葉薇一眼。「薇兒，妳怎麼了？臉怎麼這麼紅？」該不是生病了吧！寧暉想想不放心，便走上前來用手探了探她的額頭，果然熱得不同尋常。

他這麼一靠近，葉薇只覺得心跳加速，熱氣湧上臉頰。

寧暉俯頭，眼中滿是擔憂。「中午還好好的，現在怎麼忽然不舒服了？我這就讓人去給妳請大夫。」剛想轉身，袖子卻被攥住了。

「不、不用去找大夫。」葉薇聲音如蚊。「我沒生病。」

寧暉自然不信，皺著眉頭說道：「要是沒生病，妳的額頭怎麼會這麼燙，我這就去跟娘說一聲，明天就別走了，等妳身子好了再說……」

葉薇見他這般緊張自己，心裡湧起一陣陣甜意，嬌嗔地白了他一眼，眼波流轉處，盡是嬌媚。「我真的沒生病。」見寧暉還是不信，索性狠狠心說了實話。「我、我剛才看到你之前看的東西了……」

之前看的東西？寧暉先是一愣，待會意過來，面孔頓時脹紅了，不敢再看葉薇。

葉薇低頭玩著自己的衣角，半晌才低低地問道：「你、你怎麼會有那種東西？」

寧暉臊得臉皮通紅，低低地將那本春宮圖的來歷說了一遍。

葉薇先還有些羞窘，聽著聽著卻又忍不住笑了起來。「你妹妹倒是挺大膽，竟讓容瑾幫著找這種東西。」也不怕容瑾誤會……

寧暉被這麼一提醒，也有些好笑。兩人四目相對，微妙的情愫默默地滋生。不知不覺中，寧暉靠了過來，伸手攬住葉薇纖細的腰身，緩緩地俯下頭。葉薇羞紅著臉，閉上了眼，仰頭承接他溫柔的親吻。

比起一開始的青澀無措，現在的寧暉要從容多了，靈活的探入她的唇裡，汲取她的甜蜜溫軟，唇舌糾纏中，心底的那股火苗漸漸升起。大手輕輕地攀上她胸前的柔軟，輕輕地撫摸揉搓。

葉薇喘息不已，嬌吟聲被盡數吞沒在唇中。

不知什麼時候，葉薇的衣衫半褪，露出白皙的肩膀和脖子。寧暉的嘴唇游移了過去，大手探進她的衣襟內，在她滑膩溫暖的胸前摸索。

葉薇被摸得渾身發軟，低低地央求道：「別，別在這兒，我們回屋去……」

男人的慾望一上來，哪還能忍得住。寧暉將頭埋在她胸前貪婪的吮吻，含糊不清的話語斷斷續續的傳進了葉薇的耳中。「就在這兒……」

這兒怎麼行！

「這兒連床都沒有……」葉薇渾身又熱又軟，只餘下一絲理智。

寧暉低低地笑了，抬起頭，黑眸幽暗。「放心，沒床也可以的。我從書裡學了一個不用床的姿勢，我們正好試試。」

葉薇臉頰滾燙，哪裡還說得出一個不字。

寧暉將她轉過身，讓她趴在書桌上，將她裙裡的褻褲脫了，然後伸手探入那銷魂的所在，輕輕地撥弄片刻。待感覺到她已經濕潤了，將自己的褲子脫了半截，露出昂揚的堅挺，在她的臀處輕輕地摩挲片刻，然後用力，深深地挺入她的體內。

突如其來的充滿，使得葉薇驚呼一聲，旋即便被捲進了一場愛慾風暴。

這樣的姿勢既刺激又深入，帶來的快感無法形容。寧暉雙手牢牢的握住葉薇的纖腰，緩緩地抽出，再猛然進入。交合處傳來致命的快感，令沈浸歡愛中的兩人都情不自禁的逸出呻吟。

在一陣狂亂的律動中，寧暉終於低吼一聲，將熱液噴湧而出。

葉薇身子顫抖著，在高潮的餘韻中無法自拔。

就在這要命的時刻，書房的門竟然被敲響了。

# 第三百四十二章　孕婦

兩人此時衣衫凌亂不堪，寧暉甚至還沒從她的體內退出來……

這突如其來的敲門聲，把寧暉和葉薇都嚇了一跳。寧暉額上直冒汗珠，急急地喊了聲。「別進來！」

書房外的人也被嚇了一跳，果然沒有推門，豎起耳朵聽了片刻，唇角上揚。裡面窸窸窣窣的聲音，分明是在穿衣服。看來，她來得真不是時候，打斷人家小倆口的親密恩愛時光了……

寧汐忍住笑，抬高音量說道：「哥哥，我就是來問問你晚上想吃什麼，你先忙著，待會兒我再來。」說著，便輕巧地走了。

書房內，寧暉慌忙地將衣服都穿好。回頭一看，葉薇還在手忙腳亂的整理衣服，髮絲凌亂不堪，俏臉早已紅透了。雖有些狼狽，卻有種說不出的迷人風情。

寧暉心裡一動，唇角上揚，伸手將葉薇摟進懷中，低聲呢喃。「妹妹已經走了，妳慢慢穿，不急。」

葉薇薄嗔道：「都怪你……」要不是他剛才「胡鬧」，怎麼會遇上這種尷尬事情！

寧暉低低笑了。「是是是，都怪我。」摟著嬌軟的身子，心裡湧起前所未有的充實和滿足。

寧汐果然知情識趣，之後再也沒來打擾。
可葉薇卻沒臉再見寧汐，晚飯都不肯出去吃，躲在屋子裡不肯出來。寧暉哄了半天也不管用，只得一個人出來了。
阮氏見只有寧暉，有些詫異。「你媳婦怎麼不來吃晚飯？」
寧暉咳了咳。「她……有些不舒服，說是等會兒再出來吃，我們先吃好了，不用等她。」
寧汐噗哧一聲笑了出來。寧暉真不是撒謊的料子，結結巴巴地臉都紅了。
她這麼一笑，阮氏似也猜到了什麼，笑了笑便不再多問。
第二天早晨，阮氏一行人坐上馬車回了京城。
容瑾很快便得知了寧汐回來的消息，恨不得立刻去見寧汐一解相思之苦。可一想到未來岳父大人繃著的臉，頓時又猶豫了……
到底去還是不去？素來我行我素的容三少爺，生平第一次有所顧忌左右為難，最終還是咬牙忍下這個衝動。
已經熬過兩個月了，再熬一個月，他就可以正大光明地娶她回家，以後每天看著抱著摟著愛做什麼都行，只要再忍一個月……
容瑾不停地安慰自己，好不容易按捺住了衝到寧家小院的衝動。
蕭月兒可沒那麼多顧忌，帶上荷香和菊香便去了寧家小院。阮氏和葉薇上前見了禮便識趣地避開了。

蕭月兒笑著打量面色紅潤的寧汐幾眼，調侃道：「妳這些天倒是養胖了些，容瑾就可憐了，天天吃不香睡不好，整個人都瘦了一圈。」

「別拿我開心了。」寧汐嬌嗔地白了她一眼。

蕭月兒一本正經地說道：「我可一點都沒誇張，不信妳親自去瞧瞧。」

哪有待嫁的姑娘去找未婚夫婿的，寧汐自然知道蕭月兒在打趣自己，軟軟地瞪了她一眼，實在沒什麼力道可言。

蕭月兒樂得格格直笑，親暱的靠上了寧汐的肩膀。

荷香見蕭月兒動作稍有些大，忙低聲提醒道：「公主殿下，您現在可不比以前，千萬得留神。」

蕭月兒不滿地嘟囔道：「知道了知道了，妳一天提醒幾十次，到底嫌不嫌累！」

寧汐聽出點不對勁來了，打量蕭月兒幾眼，這才發現一向愛美的蕭月兒今天竟是素顏朝天，身上的衣服也比往日寬鬆，一個念頭陡然滑過腦海……

「妳是不是有身孕了？」寧汐試探著問道。

蕭月兒一怔。「妳怎麼知道的？」她還沒來得及張嘴告訴寧汐呢！

寧汐又驚又喜，連連笑道：「太好了！妳怎麼也不早點說，我要是早知道妳有身孕，怎麼也不能由著妳站在這兒，快些坐下說話。」

蕭月兒連忙告饒。「我在容府裡天天被念叨得頭痛，這才溜出來找妳說話，妳可千萬別念叨了。」

半個月前診出有身孕之後，蕭月兒立刻成了容府裡最受關注的寶貝疙瘩。就連容琮也一改往日的嚴肅少言，時不時的在蕭月兒耳邊念叨這念叨那的。蕭月兒一開始還頗有點甜蜜的感覺，可時間一長，就開始覺得頭痛了。

孕婦雖然嬌貴些，可也沒到連站一會兒走幾步都撐不住的地步吧！

蕭月兒將這些天來的煎熬和痛苦一一道來，一臉的哀怨。「……父皇一聽說我有了身孕，立刻派了幾個有經驗的嬤嬤來伺候我。每天都跟在我身邊，管著衣食住行一應瑣事。我連打個噴嚏都不敢大聲，不然，立刻就有御醫來給我診脈。我今天可是商議了半天，那幾個嬤嬤才肯放我出來的……」

寧汐被逗樂了，笑著安撫道：「皇上也是關心妳，妳剛懷上身孕不久，確實該小心些。對了，妳有沒有什麼特別的反應？」聽說孕婦大多會有孕吐之類的反應。

蕭月兒得意的笑道：「沒有，我好得很呢！」

寧汐稍稍放了心，又說了會兒話，便勸蕭月兒回府休息。

蕭月兒難得溜出來一趟，哪裡捨得這麼早就回去，硬是又待了半個時辰才走了。說來也巧，剛一回府，便遇上容瑾了。

容瑾咳嗽一聲，明知故問道：「二嫂剛才去了哪兒？」

蕭月兒心裡暗暗好笑，一本正經地應道：「我去找你媳婦去了。」

媳婦這個詞聽著可真是順耳極了。容瑾眉眼舒展開來，唇角隱含笑意。「她還好吧？」

難得有捉弄容瑾的機會，蕭月兒自然不肯放過，裝模作樣的嘆氣又搖頭。「不好，一點也不好。」

正所謂關心則亂，一向冷靜聰明的容瑾，竟也有難得糊塗的時候，聞言頓時變了臉色。

「她怎麼了？生病了嗎？」

蕭月兒拚命忍住笑。「嗯，確實生病了，而且還病得不輕呢！」

容瑾頓時擰起了眉頭，嘴唇抿得緊緊的。蕭月兒欣賞了容瑾難看的面色片刻，才慢條斯理地笑道：「她和你生的是同一種病，叫做相思病。」

容瑾這才反應過來自己被捉弄了，繃著臉瞪了蕭月兒一眼。若不是看在蕭月兒是孕婦的分上，哼哼！

蕭月兒難得的占了上風，心裡別提多愉快了。只可惜，這份愉快的心情只維持到了晚上。

懷孕之後胃口挺好的蕭月兒終於有了孕吐反應。

熱騰騰的燉雞湯剛一放到桌上，還沒等嚐上一口，剛聞到撲鼻的香氣，蕭月兒便覺得胃裡一陣翻騰，蒼白著臉捂著嘴跑到屏風後哇啦一聲吐了出來。

幾個嬤嬤忙圍攏了過去，再加上荷香、菊香兩人，把蕭月兒圍得緊緊的。容琮滿心著急，卻愣是插不進嘴。

之後的兩天裡，蕭月兒吃什麼吐什麼，本來還算圓潤的小臉迅速的瘦了下來，面色蒼白憔悴了許多。

御醫來看過了，開了止吐的藥方仍不見效。再說了，孕吐反應是哪個孕婦都躲不過的，等月份大些也就好了。

容琮看著蕭月兒每天吐得七葷八素，別提多著急了。想來想去，特地去找了容瑾。「三弟，這幾天暫借你身邊的薛大廚一用。」

容瑾不假思索地點頭應了。

薛大廚廚藝果然高超，做的飯菜精緻可口，蕭月兒吃得比平日多了一些。只可惜，還沒等容琮的笑意完全展開，蕭月兒又蒼白著臉去屏風後吐了。

再過兩天，蕭月兒連吃都吃不下了，下巴瘦得尖尖的，越發顯出了一雙黑幽幽的大眼睛。

這樣下去可不行！

容琮很快下了決心。「月兒，要不，妳還是回宮住上一段日子吧！」宮裡的御廚多得是，總會有御廚做的飯菜更合蕭月兒的口味吧！

蕭月兒想了想，搖搖頭。「算了，不用回去了。父皇見了我這樣子，心裡一定不痛快，還是別惹得他擔心了。」

容琮著急得不得了。「那要怎麼辦才好？妳總不能什麼都不吃吧！」

蕭月兒苦巴著小臉。「我實在沒胃口，不管聞著什麼都想吐。」頓了頓，忽地小聲說道：「我就想吃寧汐親手做的拔絲紅棗。」

容琮眼睛一亮，不假思索地說道：「這簡單，我現在就去請她過來。」

蕭月兒又是窩心又是好笑。「她還有半個月就要出嫁了，這個時候哪能隨意出來，更不要說到容府來了。」要不是顧忌著這個，她早厚著臉皮張口了。

容琮想了想，又有了法子。「她不方便出來，那我就親自去找她好了。」

蕭月兒噘著嘴小聲嘟囔。「可拔絲紅棗得趁熱吃，涼了就不好吃了。」

孕婦果然難伺候。

容琮也沒轍了，只得又去找容瑾商議。「……三弟，要不你親自去一趟，請寧汐到公主府裡住上幾天，既能做些好吃的給你二嫂，也能陪陪她說說話。」

容瑾瞄了容琮一眼，輕哼一聲。「這主意真不錯。」虧容琮好意思說得出口。寧汐就要出嫁了，這個時候去公主府裡做廚娘又算怎麼回事。

容琮只當沒聽出容瑾語氣中的譏諷，厚著臉皮笑道：「有勞三弟了。」

# 第三百四十三章　一展所長

容琮厚著臉皮張了嘴，容瑾再不情願，也不能駁了兄長的顏面，只得親自去了寧家一趟。

寧汐和葉薇正坐在院子裡做針線閒聊，聽到敲門聲不由得一愣。正待去開門，阮氏已經搶著去開了門，一個久違的熟悉聲音響了起來。

「寧大娘！」

寧汐的心陡然漏跳了一拍。

居然是容瑾來了！還以為他能忍到成親的那一天……

容瑾笑著和阮氏寒暄了幾句，目光卻迫不及待地看向那張熟悉的笑顏，明明只隔了兩個多月沒見，可卻像過了天長地久……

他果然瘦了……寧汐心裡微微一疼。

她倒是又白又胖……容瑾略有些不滿地想道。

兩人的目光膠著在一起，纏綿至極。葉薇忽然覺得自己很礙眼，很自然地往後縮了縮。

阮氏咳嗽一聲笑道：「汐兒，妳先回屋去。」

寧汐嗯了一聲，迅速地收拾了針線包低頭回了自己的屋子，然後將耳朵貼到了門邊，凝神聽外面的動靜。容瑾趕著這個時候過來，肯定是有什麼事情要說。

「寧大娘，今天我來，是想請汐兒幫個忙……」容瑾三言兩語將事情的原委道來。

阮氏先還笑著，可聽著聽著便皺起了眉頭。「這事恐怕不太合適吧！汐兒還有半個月就出嫁了……」這個時候跑到公主府裡做廚娘算怎麼回事。公主再嬌貴，也不該提出這樣的要求吧！

容瑾嘆口氣。「我也知道這事為難汐兒了，可二嫂連著幾天都吃不進什麼東西了，二哥也是急得沒辦法才會央求我過來。」說實話，他何嘗捨得寧汐受這個委屈？一邊是自己的兄長嫂子，一邊是自己最心愛的女人，他夾在中間左右為難啊！

葉薇也蹙起了眉頭。「恕我冒昧多嘴一句，如果這事給公爹知道了，只怕會不高興呢！」寧有方愛女如命，要是知道這麼回事，不遷怒於容瑾才是怪事。

容瑾苦笑一聲。

就在此時，一個清脆的聲音從寧汐的屋子裡響起。「我這就收拾行李，下午讓人來接我就行。」

阮氏和葉薇俱是一愣。正想說什麼，又聽寧汐淡笑著說道：「我先去試試，說不定公主吃不下我做的飯菜，我很快就能回來了。」

寧汐已經這麼說了，阮氏和葉薇也不好再出言反對，對視一眼，便一起沈默了。

容瑾凝視著那扇薄薄的木門，想像著此刻寧汐唇角含笑的模樣，心裡一片柔軟。

容琮聽了容瑾帶回來的好消息，別提多高興了，忙派了容府最好的馬車去接寧汐。蕭月兒身邊的丫鬟嬤嬤們也忙著收拾東西，去了公主府。

寧汐的行李異常簡單，只收拾了些換洗的衣物，打成一個包裹，然後等著容府來人接自己。阮氏陪在一旁，心裡分外不是滋味。

寧汐笑著安撫道：「娘，我天天待在家裡也沒什麼事，現在去公主府上住幾天也挺好的，就當是散心了。」

阮氏心裡還是疙疙瘩瘩的。「公主在飯食上這麼挑剔，妳去了之後，得忙活著做飯做菜，說不定是一天四餐、五餐。」哪有這麼散心的。

寧汐聳聳肩，笑道：「我本來就是廚子，這是我的老本行，不算什麼。」見阮氏還是沒有笑臉，嬌嗔地扯著阮氏的袖子搖來搖去。「娘，您就別不高興了嘛，公主待我如同姊妹，我幫這點忙不算什麼。」

葉薇想了想，也笑盈盈地插嘴。「是啊，以公主的身分，只要一張口，想去伺候飯食的廚子多得是，偏偏就是喜歡妹妹的手藝，這也是妹妹的機緣。」蕭月兒既是公主，又是寧汐的未來嫂子。這雙重身分擺在這兒，不管是看哪一重，寧汐也不好推辭。

阮氏琢磨片刻，總算不吭聲了。

來接寧汐的，是蕭月兒最器重的貼身宮女荷香。寧汐和荷香熟絡得很，上了馬車之後，便笑著寒暄起來。

荷香歉意地笑道：「這次真是有勞寧姑娘了。」

寧汐笑道：「別說這些客套話了。快些說給我聽聽，公主這些日子的飲食到底怎麼樣？」

說起這個，荷香便長長地嘆了口氣，一臉的愁容。「吃什麼吐什麼，前些天倒還想吃，這兩天更沒胃口，連進食都不肯，不管端什麼到她面前，都說不想吃。駙馬問了半天，公主才說想吃妳親手做的拔絲紅棗呢！」

寧汐啞然失笑。怪不得容琮會厚著臉皮去求容瑾呢！

到了公主府，寧汐連安頓都沒來得及就去了廚房，灶具都是現成的，各類食材更是應有盡有。

拔絲紅棗是寧汐的拿手菜，紅棗選用最上等的金絲棗，熬製糖稀的白糖也是最好的。這道菜餚細膩甜美，棗香濃郁，長長細細的糖絲晶瑩透明入口即化，既好看又好吃。再配上熬得濃稠的薏米銀耳粥，一碟開胃的酸辣白菜絲，一碟清淡可口的醃蘿蔔絲，幾個小巧的蕎麥饅頭，簡單又美味。

荷香笑吟吟地端了熱騰騰的飯菜放到了蕭月兒面前。

說來也奇怪，一直沒胃口的蕭月兒，竟吃得津津有味，吃了之後也沒吐。

荷香、菊香喜上眉梢，幾個嬤嬤滿臉笑容，容琮更是高興得不得了，忙問道：「寧汐人呢？怎麼還沒過來？」

話音剛落，寧汐便笑盈盈地走了進來。

蕭月兒眼睛一亮，歡喜的迎了過來，緊緊地攥著寧汐的手。「寧汐，剛才辛苦妳了。」

寧汐嗔怪地應道：「說這話可就見外了，做幾碟小菜，有什麼辛苦不辛苦的。」

這話聽得人舒坦極了。容琮心裡暗暗讚嘆不已，怪不得眼高於頂的三弟對寧汐死心塌地的。這丫頭長得美廚藝好又聰慧可人，簡直把所有的優點都占全了。

寧汐妙目一掃，朝容琮禮貌的點點頭。

容琮笑著走上前來，好奇地問道：「月兒之前什麼都不肯吃，怎麼妳做的飯菜她就想吃了？」連薛大廚做的飯菜也入不了蕭月兒的眼，寧汐卻輕輕鬆鬆地就做到了，簡直令人嘆為觀止。

寧汐也不藏私，笑著說道：「其實很簡單，剛懷上身孕的女子，聞到葷腥的味道就反胃，吃素食反而更合適。」當然，素食也很講究，要少放油鹽等調味料，又得勾起孕婦的食慾，這可就更考較廚子的手藝了。

容琮由衷地讚道：「弟妹果然好手藝。」

這一句弟妹，立刻讓侃侃而談的寧汐紅了俏臉。

蕭月兒難得的吃飽喝足很有精神，見狀哪肯放過寧汐，促狹地調侃道：「反正還有幾天妳就過門了，現在喊聲弟妹也不算早。是不是啊，弟妹？」

寧汐毫無招架之力，臉簡直成了塊紅布。

從這天起，寧汐便在公主府裡正式住了下來。容琮有事要忙，沒多少時間一直陪著蕭月兒。有了寧汐相陪，蕭月兒的心情開朗多了，每天和寧汐在公主府裡到處閒轉，然後頓頓有爽口美味的飯菜吃，小日子別提多滋潤了。

容瑾憋了幾天，終於忍不住溜到公主府一趟。明著是來探望蕭月兒，其實到底是想看誰，大家都很清楚。

蕭月兒有意捉弄容瑾，故意在正廳裡見了容瑾。

容瑾有一搭沒一搭和蕭月兒閒聊，目光卻四處游移不定。寧汐明明天天都陪著蕭月兒，這會兒怎麼不在？

蕭月兒心裡暗暗偷樂，面上卻若無其事的和容瑾繼續閒扯。

終於，容瑾按捺不住了，咳嗽一聲問道：「嫂子，汐兒怎麼不在？」終於問出了口。

蕭月兒笑嘻嘻地應道：「我肚子餓了，她正在廚房裡給我做好吃的呢！」

她說得歡快，容瑾心裡卻不是滋味了。他都好久沒吃到寧汐做的飯菜了，蕭月兒倒是有口福……

蕭月兒笑吟吟地看著他。「三弟，你難得來一回，今天晚上就留下吃飯吧！」

正中容瑾下懷。容瑾自然不會拒絕，笑著點頭應了。心裡暗暗盼著寧汐快點從廚房出來，沒機會說悄悄話，看上一眼也是好的。

正想著，一個輕巧熟悉的腳步聲在門口響起。

容瑾心裡一動，抬頭看了過去。兩人的目光又在空中碰了正著，心裡俱是一蕩，各自移開了視線。

一陣似有似無的香氣從潔白的陶瓷煲裡傳了出來。

蕭月兒鼻子動了動，饞蟲立刻被勾了起來。「寧汐，妳做的是什麼？好香啊！」那香氣淡淡的，並不濃烈，卻出奇的誘人。

# 第三百四十四章　獨處一室

寧汐抿唇一笑，輕輕地將蓋子掀開。

湯底清澈透明，裡面只放了些綠瑩瑩的青菜，湯上漂浮著小巧精緻的水餃。別說吃了，光是這麼看著都食指大動。

蕭月兒也顧不得容瑾還在旁邊了，拿起勺子先喝了口湯。那湯清清淡淡的，有雞湯的香味，卻無半絲油膩。水餃不知是什麼餡兒做的，鮮美極了。

蕭月兒一口接著一口，一連吃了大半碗都沒捨得停手。

寧汐見她吃得歡快，眉眼彎彎地笑了。

容瑾也不由得升起一絲好奇。蕭月兒懷孕之後，對飯食簡直挑剔到了極點，像這樣吃得歡暢淋漓的，簡直前所未見。

「是雞湯嗎？」蕭月兒吃得飽飽的，終於有心情刨根問底了。

寧汐笑著點點頭。

「可是，我之前一聞雞湯的味道就想吐，今天這碗雞湯卻只有清香而無油膩，口感好極了。」蕭月兒一臉的回味無窮。

寧汐笑道：「這也沒什麼難的，先將宰殺乾淨的母雞放在鍋中熬煮，將所有的油花和肉末都撇除得乾乾淨淨，就成了眼前的清湯了。」這清湯的法子，她從寧有方那兒學來之後，又經過改良，做出來的清湯絕無一絲油膩。

水餃也頗費了一番心思。先取豬肉身上最嫩的一塊肉，剁成肉茸，然後放入香菇、木耳、青菜末，再加入雞蛋清和各式調味料拌勻做餡兒。麵揉得十分有筋道，麵皮擀得薄薄小小的，包出來的餃子小巧又精緻。

這麼一碗餃子，她整整花了一個半時辰才做好的，味道當然不會差了。

蕭月兒聽得津津有味，容瑾的臉上卻沒多少笑意。一頓飯得耗費這麼多心思，寧汐在這兒每天至少得做上三、四頓飯，豈不是天天都得在廚房裡忙活？

寧汐似是知道他在想什麼，微笑著看了過來，輕輕地搖了搖頭。放心，我一點都不累。

容瑾嘴唇抿得緊緊的，依舊沒什麼笑容。

蕭月兒見容瑾面色不好看，心裡有點發忧，眼珠一轉，便計上心來。

「我頭有些暈，快些扶我回去休息會兒。」蕭月兒裝模作樣地皺眉，身邊的人都被嚇了一跳，忙圍攏過去攙扶著蕭月兒走了。

寧汐正想一起跟過去，就見蕭月兒迅速地回頭眨了眨眼。

寧汐一怔，待會意過來，只覺得臉上熱熱的。蕭月兒這分明是在為她和容瑾的獨處製造機會……

容瑾卻對蕭月兒的知情識趣很滿意，頓時把之前的那點不快都抵消了。目光一掃，其餘的下人便悄然退了下去，偌大的屋子裡，只剩他和寧汐兩個人。

這麼久沒獨處了，乍然單獨在一起，竟有些手足無措的不自在。寧汐微微垂著頭，不敢直視容瑾灼熱的雙眸。

容瑾緩緩地走上前來，低低地喊了聲。「汐兒。」

寧汐輕輕地嗯了一聲。兩人你看著我我看著你，誰也沒有說話。

容瑾的目光貪婪而急切，緊緊地盯在寧汐的臉上。「汐兒，再等十天，我們就可以天天在一起廝守了。」

是啊，只有十天了……

寧汐抿唇一笑，眼裡滿是歡喜的嬌羞。那嫵媚醉人的風情，把容瑾看得口乾舌燥，陡然生出一股無以名狀的衝動來，忽地拉住了寧汐的手。

寧汐被嚇了一跳，反射性地往回縮，可容瑾的手卻握得極緊，她試了幾次也沒成功。「別被人看到……」

容瑾低笑出聲。「妳放心，不會有人進來的。」哪個下人也不會這麼沒眼色吧！

寧汐這才稍稍放了心。只覺得容瑾的手溫暖有力，她略顯冰涼的手在他的手心裡握著，很快熱了起來。

許久不曾這樣親近，容瑾哪裡還能忍得住，長臂舒展，將寧汐摟入懷中，親了親她的額頭。寧汐俏臉紅撲撲的，卻沒有拒絕，反而閉上了雙眸。

這簡直就是無言的邀請……

容瑾心裡一熱，俯頭吻住了朝思暮想的柔嫩紅唇。先是輾轉吮吸，然後便用舌探入她的唇內，與她的唇舌交纏共舞，心裡的慾望漸漸甦醒，大手不自覺地往柔軟的胸前游移。

寧汐軟軟地推了推容瑾。「別……」萬一要是有人忽然闖進來，可真是羞也羞死了。

容瑾深呼吸幾口氣，將頭埋進她的肩頸處，好不容易才將那股躁熱按捺了下來。

「汐兒，這些天想我了嗎？」容瑾的聲音低而沙啞。

寧汐不肯回答，卻用手指在他的胸前輕輕地比劃。

手指所觸之處，又癢又麻，那股騷動透過衣物，直直的蔓延至心裡。容瑾忽地勾起了唇角，因為寧汐用手指在他胸前寫了幾個字——很想很想你……

「我天天都想妳。」容瑾這輩子都沒說過的話，自然而然地出了口。「做事的時候想，吃飯的時候想，睡覺的時候更想……」說到最後一句的時候，聲音壓得極低，曖昧極了。

寧汐的耳朵都紅了，無力地白了他一眼，啐了一口。「流氓！」

容瑾壞壞地挑眉。「我說的都是實話，怎麼變成耍流氓了。」頓了頓，湊近她的耳邊低聲問道：「送給妳的東西看過了嗎？」

寧汐先是一愣，待反應過來，羞臊地跺跺腳。「你、你胡說什麼，我才不看那種書呢！」

容瑾一愣，眼裡滿是疑惑。寧汐既然沒看，又特地要春宮圖做什麼？

寧汐小聲快速地將事情的原委說了一遍，容瑾這才恍然大悟，敢情是給寧暉看的，害得他白白激動了這麼久。

容瑾微微瞇了雙眸，低笑道：「妳不看也沒關係，等到了洞房花燭夜，我會言傳身教，親自教妳……」室內的溫度陡然升高了幾度。

寧汐不爭氣地又紅了臉，想瞪他一眼都沒了勇氣和力氣。

容瑾看著她嬌羞可人的甜蜜樣子，心癢難耐，恨不得現在就將她摟入懷中輕憐密愛一番。為什麼還要再等上十天？再這麼熬下去，他簡直快撐不住了。

「三弟——」容琮的聲音忽地在門口響起。

寧汐一驚，不假思索地推開容瑾，迅速地轉過身去。

容瑾瞪了棒打鴛鴦的容琮一眼。

容琮顯然也感覺到自己的不受歡迎了，咳嗽一聲笑道：「我還有點事先走了，你們繼續，繼續！」

花前月下的良好氣氛已經被破壞得一乾二淨，還繼續什麼？

容瑾沒好氣地白了他一眼。「還走什麼走。」又溫柔地笑道：「汐兒，我好久沒吃妳親手做的飯菜了，妳今晚做些給我解解饞好不好？」

寧汐迅速地點頭應了，然後匆匆的離開了。

重色輕兄的臭小子！容琮斜睨了容瑾一眼，表示不屑。

容瑾慵懶地挑眉——你還不是一樣！為了蕭月兒，竟把待嫁的寧汐請來做廚子，哼！

寧汐鑽進廚房，便開始忙碌起來。公主府裡本也有兩個手藝不錯的廚子，寧汐來了之後，便自動地淪為二廚為寧汐打下手。一開始，兩人對寧汐還有點不服氣，可在見識到寧汐的高超廚藝之後，也就心服口服了。

寧汐有條不紊的準備著今晚的菜式，腦中飛速地轉了起來。

容瑾對吃向來是極挑剔的，色香味缺一不可，而且，同一道菜吃上兩、三次便覺得膩煩，要想討好他的胃可不容易。最好是有些新意，還得兼顧到孕婦的口味……

寧汐思忖片刻，便有了主意。

時值冬日，天氣冷冽。菜餚再美味，涼了就沒什麼滋味了，最好是吃些熱騰騰的……

於是，當天晚上，公主府的飯桌上便出現了這樣一幕——

「寧汐，這是什麼？」蕭月兒好奇地打量著飯桌上奇怪的圓形容器。這個容器可真是怪怪的，圓鼓鼓的，又出奇的大，蓋子蓋得嚴嚴實實的，從外表看真看不出是什麼東西。

「猜猜看嘛！」寧汐俏皮地笑了笑。

蕭月兒興致盎然的圍著桌子轉了一圈。一連猜了幾樣都沒猜中。容琮顯然也沒看出這是什麼東西，容瑾眸光一閃，似是想到了什麼，唇角微微勾起。

寧汐笑咪咪地將蓋子揭開，一股異常鮮美的香味立即溢了出來，令人精神為之一振。裡面赫然是一鍋乳白色的湯，上面漂滿了各式各樣的丸子，也不知是什麼食材做成，竟是五顏六色的。

更妙的是，湯裡飄出騰騰的熱氣，越發顯得香氣四溢。

蕭月兒眼睛一亮，脫口而出。「這是一口鍋對不對？」

寧汐笑嘻嘻地點點頭。這當然不是普通的鍋，而是很少見的溫鼎，是以純銅打製。共有三層，最上面的一層是容器，可以盛放各類食物。中間一層是夾層，可以放置燒紅的炭火，使得鼎裡的溫度一直保持著，不會涼下來。

溫鼎裡的湯底是用牛骨、豬骨熬製出來的，清香醇美，回味無窮。湯裡的各式丸子，更是五花八門，有豬肉丸，有魚丸，有蝦丸，還有牛肉丸。這些丸子做法倒也簡單，可那些蔬菜丸子可就頗費功夫了。

就拿菠菜丸子來說吧！得先將菠菜切得細細的，再將裡面的汁液全部擠出來，然後將菠菜泥中放入一些麵粉和雞蛋，再加入調味料攪勻。下鍋的時候，油溫太低丸子會散開，油溫過高形狀又不好看。想做出這樣勻稱圓溜的丸子，可是很考較廚子手藝的。其他的諸如蘿蔔丸子、山藥丸子、冬瓜丸子，都頗費了一番心思。

蕭月兒尤其喜愛嫩嫩的魚丸和蝦丸，一連吃了許多。容琮哪裡還顧得上自己吃，一直在旁邊忙著伺候她吃喝了。

寧汐見她吃得歡快，心裡很是安慰。笑盈盈地看向容瑾。「怎麼樣？還合容三少爺的胃口嗎？」

這語氣，像極了當年在太白樓裡針鋒相對時的情景。

容瑾眉眼舒展，故作漫不經心地應了句。「還算過得去。」

這欠扁的語氣，也和當年的一模一樣。寧汐抿唇笑了，眼裡閃爍著璀璨的光芒。

# 第三百四十五章　風光出嫁

出嫁前兩天，寧汐總算回了寧家小院。

寧有方也回來了，聽說了此事之後，果然不大痛快，臉拉得老長。

寧汐乖巧地安撫道：「爹，我這些天在公主府裡住得挺好的。」在廚房裡的時間雖然不少，可對做慣了廚子的寧汐來說，實在不算忙碌。再說了，有蕭月兒陪伴，這些天也頗為熱鬧，比起天天閒在家中無所事事強多了。

寧有方輕哼一聲，想說什麼，終於忍了回去。

算了，誰讓對方是嬌貴的公主，以後又是寧汐的嫂子呢？寧汐能和蕭月兒交好，將來到了容府也能更好的適應那邊的生活，這口閒氣也只能忍了吧！

寧暉也在前幾天趕回來了，如今他和葉薇兩人琴瑟和鳴，感情好得如同蜜裡調油一般。寧汐看在眼底，別提多快慰了。

出嫁前一晚，按著俗禮，所有的親人都聚在一起，熱熱鬧鬧地吃了頓飯。寧汐倒沒裝羞澀的不肯出來，反而鑽進廚房忙著做菜去了。

阮氏看了勸阻無效，只得任由她忙活，忍不住笑道：「別人家要出閣的姑娘都躲在屋子裡待著，妳倒好，天天跑來跑去的，上躥下跳的跟個猴子差不多，半點姑娘家的樣子也沒有。」

寧汐故意淘氣地扮了個鬼臉，倒真像個猴子一般，惹得阮氏又是好氣又是好笑。

寧暉笑著調侃道：「娘，您就別數落她了，反正從明天起，她就是容家媳婦了，只要容瑾不嫌棄就好。」

寧汐絲毫不害臊地接了一句。「放心好了，容瑾就喜歡我這樣的。」

此言一出，眾人都樂得哈哈大笑。

吃了晚飯之後，阮氏特地燒了一大鍋熱水，讓寧汐沐浴。寧汐在熱氣騰騰的木桶裡泡了許久，將身子洗得白白香香的才出來。

再然後，阮氏便來了。

女兒出嫁，做娘的自然要叮囑一些體己話。「汐兒，出嫁之後，就是人家的媳婦了，和以前在家裡可不一樣，要孝順公婆，妯娌之間和和美美。還有，不要總和容瑾鬧彆扭，他自然是疼妳的，可他畢竟是個心高氣傲的性子，不可能什麼都讓著妳。等嫁過去之後，妳的性子可要改一改才好……」

說起來，這大概是阮氏心裡最大的隱憂了。情熱之時，容瑾自然會讓著寧汐，可等成親之後，容瑾還會對寧汐這麼好嗎？

幾句簡單的話語裡，飽含了一片慈母之愛。

寧汐的眼眶有些濕潤，乖乖地點了點頭。此時此刻，不管阮氏說什麼，她都會乖乖地聽著。

阮氏絮叨了半天，不知想到了什麼，臉上閃過一絲尷尬和遲疑。「汐兒，男女之事妳懂不懂？」縱然是親如母女，談論這樣的話題也夠尷尬的。

寧汐紅著臉不吭聲。說起來，她似乎不算懂，可也不至於什麼都不懂……心裡怦怦亂跳成一團，阮氏的聲音便有些飄飄忽忽的。

「這兒有本書冊，妳待會兒看看。」一本薄薄的冊子塞到了寧汐的手裡。

捏著薄薄的冊子，寧汐心跳加速，臉頰潮紅，連阮氏什麼時候走了都不知道。

過了許久，寧汐才鼓起勇氣翻開了冊子。這冊子不知藏了多久了，頁面泛黃，畫上的男女面容都不甚清楚，可赤裸著身子糾纏的姿勢卻很清晰。

如果將畫上的男女變成她和容瑾……

寧汐臉頰滾燙緋紅，心頭忽地一陣莫名的躁熱，慌亂地將冊子合攏，心虛得像做賊似的。

敲門聲忽地響起，寧汐心裡一跳，不假思索地將冊子塞入枕下。

來的是寧暉和葉薇兩人。

寧暉笑著塞了個小小的匣子過來。「妹妹，明天是妳大喜的日子，我也沒什麼好東西給妳，這兒是我今年做了知縣攢的積蓄，妳別嫌少就行。」

兄妹之間自然不需說太多的客套話，寧汐沒有推辭，笑盈盈地收下了。

葉薇也笑著將手中的鐲子遞了過來。「這是我的些許心意，還望妹妹別嫌棄。」

那鐲子綠瑩瑩的，水光瑩潤中透著靈動，一看就知是好東西。寧汐忙推辭幾句。

葉薇嗔怪地笑道：「做嫂子的一點心意而已，妳要是不肯收，就是不把我當嫂子了。」

寧汐只得笑著收了下來。

寧暉和葉薇對視一笑，眼角眉梢自有一股默契。

「哥哥，」寧汐真誠的說道：「以後，爹娘就交給你照顧了。」

寧暉笑道：「這是當然，妳就放心吧！」

寧汐又看向葉薇。「嫂子，我把哥哥也交給妳了。如果他有什麼不好的地方，妳多擔待一些。」

葉薇先是啞然，旋即笑著點了點頭。

寧暉又是窩心又是好笑，瞪了寧汐一眼。「沒大沒小的丫頭！」心裡卻溫暖極了。

待小夫妻走了之後，屋子裡終於安靜了。寧汐咬著嘴唇，將枕頭底下的冊子拿出來胡亂翻了一遍，越看到後面臉越紅，一顆心幾乎跳出了胸膛，可偏偏又捨不得停下……

這一夜，注定是個難眠的夜晚。

時隔半年，寧家小院又響起了鞭炮聲。

比起寧暉娶親，寧汐出嫁的喜宴顯然更加熱鬧。倒也不是寧有方和阮氏偏心，只是如今的寧有方是御膳房裡最炙手可熱的御廚，想來巴結討好的大有人在，前來道賀的人一撥接著一撥。

大皇子和公主都派了身邊的親信前來道喜，送上了厚厚的重禮。

羅公公的到來更是令人始料未及。

「寧御廚，恭喜恭喜，聖上特地命我送了賀禮過來。」羅公公一臉笑容，身後的小太監忙捧了兩個華麗厚重的錦盒過來了。雖不知道裡面放了什麼，可一看就知必然是貴重東西。

寧有方頓時受寵若驚了，忙笑著道了謝。羅公公稍坐了片刻，便回宮覆命去了。

寧有方看著堆積如山的賀禮，不由得有些頭痛。

阮氏倒是坦然多了，笑著說道：「人家既然送來了，總是一片心意。反正有禮單在，以後想法子回禮也就是了。」

這倒也是，寧有方笑著點了點頭。

此時的寧汐，正在梳妝鏡前梳妝。

前來為她梳妝的兩個喜娘，是蕭月兒從宮中找來的，技藝精湛遠非外面那些普通喜娘可比。一個為她梳髮，一個為她淨面上妝，整整忙碌了一個多時辰。化完妝之後，喜娘又捧了嫁衣過來，替寧汐換上。待收拾妥當了，喜娘們笑吟吟的讓了開來。

寧汐怔怔地看著銅鏡，幾乎不敢相信鏡中光華四射美麗不可方物的少女就是自己。

那張美麗的臉龐分明再熟悉不過，可精心雕琢過後，卻散發出無與倫比的美麗，精緻繁複的大紅嫁衣，映襯得她膚白如玉眉目如畫。

那美麗精緻耀目奪人心魄，讓人移不開眼睛……

阮氏看著美麗的女兒，又是驕傲又是心酸。捧在手心疼愛的寶貝閨女，就要出嫁了。從今以後，女兒就是容家的人了，再也不能天天承歡膝下……

「娘，」寧汐不知什麼時候轉了身，眸中水光點點。「我捨不得您和爹……」

阮氏眼眶一熱，強忍住落淚的衝動，擠出笑容安撫寧汐。「傻丫頭，男大當婚女大當嫁，妳有了好歸宿，娘很高興呢！妳別哭，要是弄花了妝容，還得再費一番功夫，耽誤了吉時可不好。」

寧汐哽咽著點了點頭，努力將到了眼角邊的淚水又忍了回去。

寧暉走了過來，依依不捨地看著寧汐，卻笑道：「妹妹，日後要是妹夫敢欺負妳，我一定去容府給妳撐腰。要打要罵妳儘管吩咐，我絕不會饒了他。」

若是換在平日聽到這樣的俏皮話，只怕寧汐早已噗哧一聲笑了起來。可現在聽著，卻更添幾分即將離家的傷感，眼圈越發紅了。

寧暉沒料到自己一番話竟然適得其反惹得寧汐更難過，忍不住撓了撓頭，瞄了葉薇一眼。

葉薇笑盈盈的走上前來，輕聲安撫了寧汐幾句。「若是想哭就哭吧！不過，上了喜轎可就不能哭了，免得新郎官掀開蓋頭的時候，看到的是一隻紅眼兔子。」

這個比喻實在太形象生動了，寧汐果然有了笑意。

寧有方大步走了進來，目光定定地落在寧汐身上片刻，然後便得意地咧嘴笑了。「我閨女果然長得漂亮，穿著這身嫁衣，比天上的仙女還要漂亮。」語氣中滿是自得和驕傲，眉宇間更是無比的滿足和高興。

女兒出嫁他自然是捨不得的，可在這樣大喜的時刻，他卻不得不將心裡的那份酸楚壓下來，笑著將女兒送出家門。

寧汐心底那抹酸楚，忽地被抹平了。

今天是她出嫁的大喜日子，是她殷殷期盼了許久的時刻，她和容瑾的愛情，到這一刻才算圓滿。這樣美妙的時刻，她不應該哭！

寧汐深呼吸一口氣，明眸清澈如水，裡面盛滿了甜蜜與幸福。

震耳的鞭炮聲響起，迎親的隊伍來了。

喜娘忙拿來紅蓋頭給寧汐蓋上，陡然間，她的眼前只有一片喜慶的紅色，外面的一切喧鬧聲似都與她無關，她靜靜的坐在床邊，靜靜的等待著。

# 第三百四十六章　洞房花燭（一）

不知鬧騰了多久，哥哥寧暉終於揹著她上了花轎。隔著蓋頭，明明什麼也看不見，可寧汐就是覺得，有一雙灼熱的眼睛一直在盯著自己。

一定是容瑾！

寧汐心裡一熱，忽地有些飄飄悠悠的不真實感。她真的要嫁人了，要嫁給容瑾了……她忽然很想看一看容瑾此時的模樣。他本就俊美無匹，今天穿著喜袍，一定是世上最最英俊的少年吧！

花轎又慢又平穩，不知繞了多大的一圈，總算到了容府。

接下來，就是拜堂。一拜天地二拜高堂夫妻對拜，禮成之後送入洞房。寧汐的腦子昏昏沈沈的，待回過神來，已經坐到了床邊。

「快快掀了蓋頭，我們要看看新娘子。」嚷得最大聲的，自然是容瑾的幾個知交好友。尤其是王鴻運，厚皮賴臉地擠到了最前面，眼巴巴地等著看新娘子。

容瑾按捺不住心中的喜悅，眼角眉梢都是笑意，拿起喜秤的那一刻，一顆心不受控制的怦怦亂跳起來。

蓋頭緩緩的落下，一張精緻無瑕的美麗臉龐出現在眾人面前。因嬌羞而起的淡淡紅暈，比世上所有的胭脂都要嫵媚動人。

容瑾心漏跳了一拍，不由得屏住了呼吸，身邊的人在說什麼笑什麼，他一概都沒聽見。他的眼中，只有那張嫣紅美麗的俏臉。

寧汐迅速地抬起眼瞼，和容瑾的目光對視短短一瞬，旋即移了開去，心裡的幸福滿滿的似要溢出胸膛一般。

眾人被新嫁娘的美麗震了片刻，旋即吵吵嚷嚷的讓他們喝交杯酒。

容瑾平日當然不是什麼好脾氣，若是有人敢這麼鬧他，早就翻臉了。可這一刻，他簡直換了個人似的，不管耳邊有多少鼓譟調笑，他都笑著應著，目光根本無法從寧汐的臉上移開。

喝交杯酒的那一刻，兩人頭靠著頭，距離近極了，彼此呼吸相聞。容瑾灼燙的目光緊緊的盯著寧汐，似要將她揉進眼裡心裡。

寧汐臉若紅霞，長長的眼睫毛動了動，幾乎不敢直視近在咫尺的那雙黑亮的眼眸。

這交杯酒喝的時間也太長了吧！王鴻運嚷道：「好了，交杯酒喝完了，新郎官出去喝酒去。」

容瑾萬分不情願地被拖走了。一票貴族少爺公子也都走了，新房裡陡然安靜了不少。

寧汐悄悄鬆口氣，稍稍挪動一下位置。在這兒一動不動坐了半天，既不能隨意亂動也不能說話，真是夠累的。

過了半晌，門輕輕被推開了，一張熟悉的笑顏陡然出現在眼前。

「寧汐，妳今天真美！」蕭月兒一臉的驚嘆，滿是驚豔。

認識寧汐這麼久了，寧汐總是素顏示人，穿得簡單又樸素，雖然也是美麗的，可那份美麗並不張揚。可此刻，寧汐穿著華麗精緻繁複的大紅嫁衣，妝容精緻奪目，竟散發出前所未有的美麗與嬌豔。

寧汐抿唇輕笑，卻什麼也沒說。

蕭月兒也是過來人，自然知道新嫁娘不能輕易開口的規矩，倒也沒放在心上。自顧自的說個不停。「今天容府裡可熱鬧了，光是宴席就擺了幾十桌，京城裡稍微有些分量的都來了……」

那是當然的。

容府三兄弟，一個是御林軍統領手握兵權，一個入了翰林深受皇上器重，還有一個是堂堂駙馬。俱是朝中炙手可熱的人物。再有鎮守邊關戰功赫赫的容大將軍，風頭之勁簡直一時無二。

今天是容瑾娶親的大喜日子，前來道賀的人少了才是怪事呢！

「……大皇兄今天也親自來了呢！」蕭月兒笑咪咪地說道。

寧汐眼中閃過一絲了然。大皇子籠絡容府果然不遺餘力，竟是親自來了。

容瑾在她面前極少提起大皇子的事情，不過，從偶爾的隻字片語看來，大皇子的聖眷日隆，隱隱地壓了三皇子一頭。照這樣子，估計不出一年，大皇子就會被封為太子了……

蕭月兒在寧汐面前從來都是實話實說，從不隱瞞什麼，可說到接下來的話題還是遲疑了片刻。「對了，還有件事我忘了告訴妳。」

寧汐疑惑地抬頭看了蕭月兒一眼，她這麼吞吞吐吐的是要說什麼？

蕭月兒咳了咳，壓低了聲音。「四皇兄也派人送賀禮來了。」

寧汐抿緊了嘴唇，眼底沒了笑意。四皇子被發配到了千里之外，居然對京城的一舉一動瞭若指掌，果然不是個安分的主兒。

更令人不痛快的是，他對容瑾那些見不得人的心思，居然還沒消停……

蕭月兒見寧汐蹙眉，心裡頗有些後悔，大喜的好日子，說什麼不好，怎麼偏偏提起這個來了。忙補救道：「妳放心，容瑾看都沒看那些賀禮一眼，便讓人放庫房裡去了。」要不是礙著周圍眾多賓客一雙雙眼睛看著，容瑾當時把東西扔了都不奇怪。

寧汐默然片刻，便朝蕭月兒笑了笑，表示自己不介意。

四皇子縱然有再多的想法也沒用了，他已經徹底失去爭奪皇位的資格，再也不可能像前世那般傷害她的親人。退一萬步說，就算四皇子有機會回京城，容瑾也有能力自保。喪家之犬何足言勇？

蕭月兒見她笑容平和，頓時放下心來，忙笑著扯開了話題。

有蕭月兒在，寧汐自然不愁寂寞。兩人就這麼一個說一個聽著，打發著無聊的等待時光。

不知過了多久，容瑾終於回來了，他顯然被灌了不少的酒，步伐都有些不穩。

跳躍的紅燭映出一室的光芒，他狹長的鳳眸閃著耀目的神采，唇角高高的上揚。在大紅喜袍的映襯下，丰神俊朗風姿無雙，簡直有顛倒眾生的魅力。

蕭月兒暗嘆一聲禍水啊禍水，怪不得四皇兄一直念念不忘呢！

寧汐靜靜的凝視著容瑾，容瑾也緊緊的盯著寧汐，兩人的目光自成一個世界，讓一旁的蕭月兒頓時覺得自己好多餘。

跟著容瑾一起進來的，還有容玨和容琮。兄弟兩人都被新嫁娘的美麗震了一下，心中俱是暗暗驚嘆，撇開家世不論，寧汐和容瑾真是天造地設的一對啊！

容瑾忽地看了容玨一眼，雖然什麼也沒說，可那一眼的涵義很明顯。都這個時候了，你們還賴著不走幹什麼？

容玨悶笑一聲，朝容琮使了個眼色。「二弟，外面酒宴已經散得差不多了，我們快去送賓客吧！就別耽誤三弟的洞房花燭了。」話中滿是揶揄。

容琮樂了，故意唱反調。「不急不急，三弟今晚酒喝多了，哪還有力氣洞房，我們在這兒多陪他一會兒好了。」

容瑾斜睨了他一眼。「誰說我沒力氣洞房的。」他等了這麼久，幾乎把所有的耐心都熬沒了，好不容易等到了這一天，有得是旺盛的精力好不好！

容玨和容琮不厚道地哈哈笑了，蕭月兒也噗哧一聲笑了起來。

寧汐羞臊地低了頭，耳際火辣辣的。這個可惡的容瑾，當著兄長嫂子的面怎麼可以這麼說話……

容玨、容琮故意賴著不走，東拉西扯了半天。

容瑾耐心本就有限，見他兩人故意捉弄自己，恨得牙癢。換在平時，早就翻臉攆人了，可今天是他和寧汐成親的大喜日子，不忍也得忍著。

等捉弄夠了，容玨等人終於好心放了容瑾一回，擠眉弄眼地笑著走了。

容瑾幾乎迫不及待地吩咐喜娘和丫鬟們退下，眾人依言退下，心裡都在暗笑不已，這新郎官也太猴急了吧！

終於熬到了所有人都散去的一刻。

容瑾迫不及待上前兩步，將寧汐緊緊地摟進了懷裡，急切地索吻，將寧汐吻得頭暈目眩毫無招架的力氣。

良久，容瑾才移開了嘴唇，在她耳邊喃喃說道：「汐兒，妳今天好美好美。」美得驚心動魄，美得令人喘不過氣來，美得讓他無法控制住心裡激蕩的情潮，只想狠狠地將她壓在身下親吻她占有她……

寧汐被他這麼緊緊的摟著，身子也熱了起來。容瑾正待更進一步，忽地聽到一聲輕微的可疑聲響，不由得低頭看向寧汐。

寧汐略有些尷尬，吶吶地解釋。「我自早上過後，就沒吃過東西……」良辰美景，花好月圓，正是同赴巫山共雲雨的甜蜜時刻，她竟然嚷著肚子餓，實在是殺風景。

容瑾又是心疼又是自責，忙拉著寧汐到桌邊，桌子上放了幾盤精細美味的糕點。

寧汐餓得不得了，也顧不得什麼形象不形象了，一連吃了三塊糕點，又喝了杯茶，總算稍稍填飽了肚子。這才有閒暇抬頭看容瑾，卻見容瑾一臉笑意的盯著自己呢！

寧汐臉一紅，不無嬌嗔地說道：「不准這麼看我。」

容瑾慢條斯理地道：「妳是我媳婦，我不看妳看誰。」媳婦這個詞聽起來真順耳。

寧汐雖然伶牙俐齒，可今天一直有些暈暈乎乎的，腦子不怎麼靈光。聽了這句話，竟然不知該怎麼回應，只是傻乎乎的看著容瑾笑。

容瑾心裡一熱，上前兩步摟緊了寧汐。

夜還很長，屬於他們的洞房花燭夜才剛剛開始……

# 第三百四十七章　洞房花燭（二）

容瑾的呼吸急促起來，雙臂越發用力。

寧汐全身發燙發軟，幾乎站不住，只能軟軟的靠在容瑾的懷中，任由他粗重濕熱的吻落在耳際臉頰，然後霸道地占領她的紅唇。

一隻大手迅速地摸索到了腰際，靈活地解開腰帶，然後探入衣襟內，在她柔軟的胸前游移。

寧汐嚶嚀一聲，渾身都躁熱了起來。

容瑾終於等到了不必苦苦克制的這一天，熱情得近乎粗野。不到片刻，便將她身上的衣物脫了大半，只剩下貼身的褻衣褻褲。繡著鴛鴦戲水的大紅肚兜，包裹著曼妙的身軀，露在外面的雪白臂膀，誘人極了。

容瑾只看一眼，便覺得血脈賁張，熱流迅速地往下身湧去。

寧汐察覺到一個硬挺灼熱的東西緊緊地抵著自己，俏臉頓時如火燒一般，卻沒閉上眼睛，紅著臉和容瑾對視。他一直在等著這一天，她又何嘗不是？

屋子裡溫度陡然升高了。

「汐兒，看著我。」容瑾低低地吐出幾個字，緩緩地解開喜袍。衣衫一件一件的掉落在地上，露出光滑結實的胸膛，漂亮有力的胳膊和雙腿。

寧汐從未想過男人脫衣也能這麼的誘人，呼吸都為之一頓。一不小心瞄到了他腿間的昂揚，寧汐陡然脹紅了臉，羞不可抑地閉上眼。

容瑾低笑一聲，打横抱起寧汐，將她放到床上。大手一挑，大紅的肚兜便被扔到了一旁，細膩高聳的乳房微微顫動著。容瑾俯下頭，含住其中一個，火熱的舌頭緩緩地滑過敏感的乳尖，帶來無法言喻的快感。

寧汐的口中逸出一聲嬌吟。

容瑾粗喘一聲，大手往下摸索，滑過柔軟平坦的小腹，滑入柔軟濕潤的叢林裡，輕輕地撥弄揉搓那一小方柔嫩，花蕊深處緩緩滲出滑膩的蜜汁，浸濕了他的手指。他用最大的自制力，忍住馳騁的衝動，伸出一根手指，緩緩地探入緊致濕潤的銷魂之處。待那一處稍稍適應了，又探入一根手指。

「不要……」寧汐睜開迷濛的眼，面頰潮紅，聲音有些顫抖。生平從未領略過的情慾席捲而來，讓她幾乎無力招架。

容瑾粗啞地低喃。「乖，別怕。不這樣，妳待會兒會很痛。」要不是顧及她是處子之身，他哪裡能忍到現在。

蜜汁越湧越多，手指下滑膩溫熱，容瑾再也忍不住了，挪開手指，將蓄勢待發的昂揚緊緊的抵住她的柔軟，廝磨片刻，稍稍滑進了一些。

又飽又脹又痛偏又帶著難言的快意，寧汐嬌喘連連。

容瑾難耐地低喘一聲，挺腰用力，將自己整個埋入她的濕潤火熱中。那種被包裹的銷魂滋味，美妙暢快，難以形容。

突如其來的痛楚，讓寧汐猝不及防的痛呼出聲。「好痛。」未經人事的身體，像是被用力撕開一般火辣疼痛。

「對不起……」容瑾喃喃低語，在她的額上落下輕吻，然後細膩地吻著她的唇瓣。身體緩慢地退出了一些，待身下的寧汐稍稍適應了他的存在，便又試探著挺入。

這一次，寧汐只是微微蹙眉，低低地呻吟著。

容瑾心裡一蕩，放任自己猛力地衝刺起來。

痛楚漸漸褪去，快感從交合處蔓延至全身。寧汐像隻小船，在波濤洶湧中幾乎被淹沒顛覆。一波接著一波的快感洶湧的襲來，讓她不停地逸出呻吟。

快感不停地堆積，終於在最後一記直擊花心的衝刺中，她狂亂的呻吟起來。容瑾身子一顫，熱液噴湧而出。

高潮過後，兩人相擁著摟在一起，久久無法平復。

寧汐全身又痠又軟又痛，頭腦昏昏沈沈。朦朧中，只聽到一個飽含著滿足的低沈聲音在耳邊響起——

「汐兒，妳已經是我的人了。」

寧汐嬌嗔地睜開眼。「你是我的人才對。」

容瑾寵溺地一笑。「是是是，我是妳的人了，妳以後要一輩子都對我好。」紅燭跳躍著溫暖的光芒，容瑾眼中的愛意似要將她溺在其中。

寧汐甜甜地笑了，將臉貼在容瑾的胸膛處，靜靜的傾聽著他有力的心跳。

容瑾休息片刻，便恢復了力氣，低聲說道：「屏風後面有熱水，我抱妳過去洗洗再睡。」

寧汐被剛才的歡愉耗盡了力氣，哪裡還有力氣下床，迷迷糊糊中，只覺得一雙有力的胳膊抱起了自己，赤裸的肌膚相觸，似有一股電流滑過。

寧汐不敢睜眼看彼此是什麼樣子，索性將頭埋進容瑾的懷裡。

容瑾見她這副嬌慵無力的樣子，又是憐惜又有種隱隱的驕傲，輕輕地將寧汐放入水中。溫熱的水碰觸到皮膚，帶來難以言喻的舒適。寧汐不自覺地呻吟一聲，睜開了眼睛，正巧對上了容瑾幽暗的雙眸。

寧汐對這樣的眼神並不陌生，心裡漾開了溫軟的情潮。然後，容瑾也跨進了桶裡，將她攬入懷裡坐好。

木桶很大，兩個人待在裡面也不覺得擁擠。

「妳乖乖的待著別動，我來替妳洗。」容瑾一臉正經，可手裡做的事情卻實在不正經，一隻手揉搓著粉嫩的乳房，另一隻卻往小腹摸索了過去。

寧汐白了他一眼，只可惜這一眼實在沒什麼力道可言，反而充滿了不自知的嬌媚風情。

容瑾心裡一蕩，手下不自覺地微微用了力。

「你弄疼我了。」寧汐細細地呻吟。

這哪裡是抱怨，簡直就是勾引。容瑾哪裡還能忍得住，低頭攫住她的紅唇，火熱的唇舌在她的唇裡吮吸糾纏。
寧汐怯怯地伸出舌頭，試探地碰了碰他的嘴唇。容瑾身子一顫，立刻有了反應。一個硬邦邦的火熱柱狀物體，直直的抵著她的臀。寧汐又羞又驚，連連告饒。「別，我、我那裡很痛……」
容瑾箭在弦上，哪裡還能忍得住，低喘著哄道：「乖，我一定輕一些，不會弄痛妳的。」一隻手探到她的柔嫩處輕輕的撫摸。
一種似痛苦又似愉悅的奇異感受自那一處蔓延至全身，身子被溫熱的水包圍著，別有一番滋味。
寧汐只覺得渾身酥軟無力，心底偏又湧起一股羞人的衝動。忍不住悄悄睜開眼看了容瑾一眼，卻見容瑾眼神幽暗，生生地忍住了衝動的慾望，耐心地親吻著她的臉頰和耳際，等待著她的放鬆和接納。
寧汐心裡一軟，不知哪兒來的勇氣，藉著水的浮力微微抬起了身子，在容瑾難以置信的神情中，緩緩地坐了下去。
一寸一寸的進入，直至完全沒入。
容瑾臉上一片潮紅，低低地呻吟了一聲，卻一動也沒動，灼灼的眼神定定的落在寧汐的臉上，感受著那份前所未有的甜蜜和幸福。
被異物充滿的感覺有些奇怪，不像剛才初次那般疼痛，反而多了異樣的快感。寧汐不知該怎麼繼續，胡亂地扭了一下。

老天，她打算折磨死他嗎？

容瑾低喘一聲，大手在水中牢牢的扶住她的纖腰，稍稍退出一些，然後用力地往上挺動，屋裡響起了令人臉紅的呻吟和水花聲。

不知過了多久，激情總算平息了。

容瑾志得意滿地用厚厚的毛毯將寧汐包裹好，然後細細地為她擦拭身上的水珠。寧汐連動手指的力氣都沒了，閉著眼睛任由他折騰，然後身子一空，便被抱到了床上。

寧汐困倦的閉著眼，容瑾的精神卻異常亢奮，故意撩撥著寧汐說話。「汐兒，剛才的感覺怎麼樣？」

這種羞人的問題讓她怎麼回答？寧汐裝睡，不肯吭聲。

容瑾低低地笑了，湊到她的耳邊低語。「我覺得太美妙了，要是早知道這事如此銷魂，我肯定忍不到現在才碰妳。」

寧汐心裡微微一動。「你從沒有過女人嗎？」

容瑾懶得回答這個問題，只用力的將寧汐摟緊。「上輩子」活了二十多年，他從沒動過男女之情。當然，他絕沒有異常的性取向。只是從沒遇到過讓他心動的女人而已，更沒有過親吻觸摸一個女人的衝動。而這輩子，他的眼裡心裡只有一個人，在心有所屬的情況下，他怎麼可能去碰別的女人？

今晚，不僅是她的初夜，也是他的。

寧汐咬著嘴唇，眸子裡的笑意悄然溢出了眼角。

容瑾似是猜到她在笑什麼，低頭咬了她翹挺的鼻子一口。「笑什麼，對我的表現不滿意嗎？」

寧汐的臉騰地紅了。若比臉皮的厚度，她哪裡是容瑾的對手？這樣煽情的對話也能信手拈來……

可今晚一直被他壓制得死死的，心裡實在有些不甘心。

寧汐鼓起勇氣提出質疑。「你說你沒有過女人，可為什麼剛才……這麼熟練？」

這種質疑，無疑是對他最大的讚美，容瑾略有些自得的挑眉笑了。「沒做過，不代表我不會。」在資訊發達的現代生活了這麼多年，怎麼可能連這些都不懂，況且……

「我找了幾本春宮圖，研究好久了。」容瑾聲音曖昧極了。「每次看的時候，我都在心裡默默地『演練』……」比當年讀書的時候還要刻苦，效果當然斐然。

# 第三百四十八章　新媳婦

紅燭燃至天明。

清晨第一縷陽光灑進窗櫺之際，寧汐便醒了。初醒的那一刻，腦子裡有些混混沌沌的，下意識地伸了個懶腰。

咦？這光溜溜的一片是什麼？寧汐閉著眼摸索片刻，終於遲鈍地反應過來。她手中摸到的溫熱光滑分明是一個男人的皮膚……

「媳婦兒，妳再這麼亂摸，我可不敢擔保妳還能不能按時起床去給爹敬茶。」一個慵懶戲謔的聲音從頭頂傳來。

熹微的晨光中，容瑾的笑容分外明亮迷人，眼裡滿是饜足，神清氣爽。他早就醒了，卻沒捨得鬧醒懷中睡得香甜的寧汐，就這麼靜靜地看著熟睡的嬌顏，只覺得此生再無所求。

寧汐徹底清醒了，微紅著臉瞪了他一眼。昨天夜裡，他簡直是需索無度，她被折騰得四肢痠軟，到最後連說話的力氣都沒了。現在更是全身都痠痛難受，尤其是那裡……

寧汐略動了動身子，只覺得腿間一陣刺痛，不由得倒抽了一口涼氣。

容瑾見她蹙眉，忙關切地問道：「怎麼了？」

還不都是你……「身子好痛。」寧汐不無委屈地低語。

容瑾哪裡還有半分平日的傲氣和彆扭，立刻陪笑哄道：「都怪我，都是我不好，經驗不足笨手笨腳的，弄疼妳了。我保證，以後再也不會這樣了。」

以後當然不會再這樣疼。初夜的疼痛只有一回罷了！

寧汐瞪圓了眼睛，輕輕地哼了一聲，白皙柔滑的俏臉染上兩抹淺淺的紅暈，被褥稍稍滑下一些，露出一小截光裸的胸脯。

容瑾初嘗男女歡愉，哪裡能受得了這種半遮半掩的風情媚惑，忍不住俯頭，在她的肩頸處輕輕地啃咬，寧汐細細地呻吟了一聲。這聲嬌吟聽在容瑾的耳中，不啻催情的猛藥，心裡一熱，已經壓到了寧汐的身上。

兩人俱是全身赤裸，這樣緊密的相貼，立刻惹出了一團躁熱的火苗。

容瑾低喘著磨蹭了幾下，灼熱硬挺的某物在她腿間蠢蠢欲動。

寧汐不安地扭動身子。「別胡鬧，我們該起床去敬茶了……」剩餘的話被吞沒在唇內，然後便被捲入情慾的狂潮裡。

這次和昨晚的感覺又有些微的不同。昨夜的容瑾還有些青澀和笨拙，可現在卻自如多了，輕輕地分開她的雙腿，挺動身子，一入到底。

這一次，果然不怎麼疼了……

寧汐模模糊糊地想著，很自然地用雙腿夾緊了容瑾的腰。容瑾受了這無言的鼓勵，頓時激動起來。雙手揉搓著她胸前的柔軟，腰下大張撻伐，不一會兒，寧汐便香汗淋漓嬌喘吁吁。

正在要緊時刻，門忽然被敲響了。「少爺、少奶奶，時候不早了，老爺已經命人來催了。」

寧汐從激情中陡然驚醒，瑟縮了一下。容瑾被夾得舒爽無比，不由得喘息了一聲，然後身子一僵，熱液全數射進了寧汐的體內。

門外的人分明能聽到屋內的動靜「不同尋常」，卻還是堅持著又敲了幾聲。

容瑾略有些不耐的揚聲道：「別催了，這就起了。」

門外總算沒了動靜。

「都怪你，」寧汐臉紅得能滴出血來，恨恨地擰了他腰間一把。「快些起來。」新媳婦讓一屋子人等自己，真是丟死人了。

容瑾慵懶自得地笑了。「遲一點怕什麼，爹和大哥、二哥他們不會說什麼的。」邊說邊退了出來，隨手拿起床邊的毛巾為她擦拭乾淨，然後便殷勤地要為她穿衣。

寧汐紅著臉把衣服搶了過來，背過身去一一穿上。

容瑾欣賞著寧汐線條優美的背影，忽然又覺得心裡癢癢的，卻也沒再鬧騰，估計再鬧下去，寧汐就真的要惱了。嗯，來日方長，以後機會多得是……

等兩人衣服都穿得差不多了，幾個丫鬟魚貫而入，捧了熱水伺候兩人洗漱。

寧汐雖不習慣被人這麼伺候，可時間急促無暇多說，也只得任由她們折騰。梳妝好了之後，她靜靜地凝視著鏡中的自己。

只見鏡中的女子長長的烏髮綰成一個斜斜的髮髻，上面插了支精緻華麗的金釵，耳邊戴了一對珍珠耳環，手腕上套了對瑪瑙對鐲，腰間繫了個精緻漂亮的香囊。星眸閃耀，紅唇潤澤，薄施脂粉，明媚照人。初為人婦，風姿綽約，眼角眉梢盡是無法言語的風情。

容瑾嘴角噙著笑意，定定地看著寧汐，心裡滿是驕傲和自得。

寧汐嬌嗔地白了他一眼。「你幹麼這麼盯著我看，又不是沒見過我。」

容瑾不正經地調笑。「我媳婦兒長得這麼美，我多瞧幾眼怎麼了。」

論臉皮厚度，寧汐顯然不是容瑾的對手，最多輕飄飄地嬌嗔幾句瞪上一眼罷了。所謂打情罵俏，就是如此了。容瑾眉眼舒展，眼神溫柔極了。

旁邊的丫鬟都在偷笑，原來高傲難纏的少爺也有這樣柔情密意的一面啊！

翠環也在笑，可笑容裡卻有一絲苦澀和落寞。

寧汐看在眼底，卻什麼也沒說，和容瑾一起出了屋子，去拜見長輩。

眾人早已等候多時，見新婚小夫妻姍姍來遲，俱都露出會心的笑容。尤其是蕭月兒，朝寧汐擠眉弄眼的笑。寧汐本就心虛，哪裡經得起這樣的目光，臉若火燒一片紅霞，脂粉也遮不住那份嬌羞。

容琮倒也罷了，容玨卻忍不住調侃道：「三弟，你也太不像話了，讓我們等了你們這麼久。」至於為什麼會等了這麼久……大家都懂的。

容瑾懶懶地挑眉。「大哥別笑話我了，當年你和大嫂成親，起得比我還遲吧！」

此言一出，容玨倒也罷了，可李氏卻陡然紅了臉，忙扯開話題。「弟妹該敬茶了。」

寧汐巴不得有人快些岔開話題，垂著頭和容瑾一起走上前，端端正正地跪下磕頭敬茶。

容將軍瞄了寧汐一眼，笑著喝了口茶，然後便賞賜了見面禮。是一對和闐玉的手鐲，成色極好，顯然價值不菲。

寧汐心裡暗暗咋舌，這出手也太大方了吧！

容玨等人都準備了見面禮，寧汐也算小小的發了一筆。等到了蕭月兒面前，寧汐落落大方地喊了聲：「二嫂。」

蕭月兒笑咪咪地應了，一旁的荷香將早就準備好的見面禮捧了過來。

寧汐瞄了一眼，見是又大又厚重的木盒，不由得一愣。別人的見面禮都是小而貴重的精緻物件，這個大木盒子裡裝的會是什麼？

蕭月兒朝荷香使了個眼色，荷香便笑著將木盒子打開。裡面赫然並排放了幾把刀具。每一把都比普通的小巧輕薄，也不知是用什麼材料打製出來的，閃著冷幽幽的光，顯然不是凡品，刀柄上都刻了小小的「寧」字。

寧汐的眼睛一亮，歡喜地接過了木盒，捨不得移開視線。

她天天和刀具打交道，自然是識貨的。這一組刀具和普通的刀具用料大不一樣，刀口薄薄的，看來鋒利至極。刀身也打製得十分精巧，曲線流暢，堪稱完美。不知握在手裡是什麼感覺……

蕭月兒見她如此喜歡，心裡也十分得意，笑著說道：「這是京城最出名的巧匠打製出來的刀具，既鋒利又輕便，捧著銀子也難買呢！」她料得沒錯，寧汐果然很喜歡。

寧汐喜形於色，比起剛才收到玉鐲金釵之類的禮物要高興得多。

李氏忍不住笑道：「早知妳喜歡這些，我送妳一口玄鐵做的鍋就是了。」

此言一出，惹得眾人都樂了。

寧汐羞赧地笑了笑，雖說她不是忸怩的性子，可畢竟是新嫁過來的媳婦，哪好意思調侃回去。

容瑾很自然地上前一步，將寧汐護在了身後。「玄鐵可遇不可求，大嫂這麼慷慨大方，我就代汐兒先謝過大嫂了。」算是為寧汐解了圍。

李氏微微一笑，不再多說，心裡卻著實羨慕寧汐。容瑾對任何人都不假辭色，可對寧汐卻是全心全意的呵護。

蕭月兒顯然也生出了同感，不知想到了什麼，忽地忿忿地瞄了容琮一眼。

容琮被瞪得莫名其妙，湊過去低聲問道：「怎麼了，哪裡不舒服嗎？」天大地大孕婦最大，自從蕭月兒有了身孕之後，容琮對她十分的遷就。

蕭月兒輕哼一聲，將頭扭了過去。

容琮被弄得一頭霧水。明明剛才還好好的，怎麼一轉眼就繃著臉不高興了？

礙著眾人都在，容琮也不好多問。待吃了早飯回了院子之後，容琮才耐著性子問道：「月兒，誰惹妳不高興了？」

「你！」還能有誰？蕭月兒水汪汪的大眼裡滿是控訴。

# 第三百四十九章　女人的心思真難懂

「妳這麼說也太冤枉我了吧！自妳有了身孕之後，我連應酬都推了，每天回來陪妳，妳還有什麼不滿意的？」容琮一臉的無辜。

他說得理直氣壯，殊不知蕭月兒耿耿於懷的正是這一點。她本就愛使小性子，之前一直忍著，可懷了身孕之後卻情緒不穩喜怒無常。見容琮還是一副懵懂不知的樣子，蕭月兒又是委屈又是懊惱，氣得跺了跺腳。

容琮不假思索地嚷道：「妳動作輕些，別傷了肚子裡的孩子。」

蕭月兒的眼裡迅速地蒙上了一層水氣，在眼眶中不停地打轉，盈盈欲墜。

容琮壓根兒不知道自己哪句話惹了她，一臉的無奈。「妳今天到底是怎麼了，總這麼發脾氣，對腹中的孩子可不好……」話還沒說完，就見蕭月兒氣呼呼的轉頭就走，容琮有些慌了，揚聲問道：「喂，妳上哪兒去？」

蕭月兒頭也不回地扔了句。「我去散散心，不要你管。」

容琮眼睜睜地看著蕭月兒走了，只覺得無辜極了。好好的，蕭月兒這是發哪門子的脾氣？

滿腹委屈的蕭月兒，第一個想到的就是找寧汐。

「二嫂，妳有什麼事？」容瑾對打擾夫妻恩愛時光的不速之客很是不滿。

蕭月兒不客氣地瞪了他一眼。「我當然是有事來找寧汐。」哼，過河拆橋的傢伙！也不想想要不是她從中出力，哪有他現在懷抱軟玉溫香的光景。

容瑾還待說什麼，寧汐忙笑著站了出來打圓場。「好了，你先忙你的去，我和二嫂說會兒話。」一邊說邊朝容瑾使眼色。沒見蕭月兒眼圈紅紅的嗎？分明是哭過的樣子。又特地來找自己，肯定是訴苦來了。

容瑾滿心不情願地點點頭。

剛成親，他除了和心愛的小妻子卿卿我我哪還有別的事可忙。想來想去，也只能去找大哥、二哥閒聊打發時光了。

容瑾一走，蕭月兒也繃不住了，抽抽噎噎地又哭了起來。

寧汐忙關切地問道：「妳這是怎麼了？是不是二哥惹妳生氣了？」

蕭月兒邊哭邊點頭。寧汐用帕子細細為她擦了眼淚，柔聲哄道：「到底是怎麼回事，妳說給我聽聽。」

蕭月兒抽抽搭搭地說道：「他只關心我肚子裡的孩子，根本就不關心我……」從剛才兩人鬧的口角就能看出來了，容琮對她謙讓，也只是因為她懷了身孕罷了。「……我嫁過來快一年了，他對我不慍不火的，哪有容瑾對妳這般上心。不管什麼事都是我順著他的心意，他從不知道關心體恤我，現在對我好些，不過是因為我懷了身孕。」

寧汐聽了半天才知道怎麼回事，啞然失笑。「妳也太鑽牛角尖了，二哥不愛說甜言蜜語，不代表他沒這份心，只是不善於表達罷了。」

蕭月兒忿忿地反駁道：「我這哪是鑽牛角尖，事實就是這樣，他根本不在乎我，他在乎的只是我肚子裡的孩子。」

寧汐耐住性子笑道：「妳這麼想可不對，肚子裡的孩子是他的也是妳的，他在乎你們的孩子，也就是在乎妳。再說了，二哥性子嚴謹不苟言笑，不擅表達，妳就體諒他一些，別跟他鬧騰了。」

蕭月兒還是覺得不舒坦，小聲嘟囔道：「容瑾可比他傲氣多了，可對妳還不是一樣的好。」終於把心裡話說了出來。

敢情是被容瑾對寧汐的深情款款刺激到了，這才會借題發揮，故意和容琮鬧騰。

寧汐哭笑不得，忍不住白了她一眼。「哪有妳這麼比較的。容瑾性子直接，喜歡就是喜歡，不喜歡就是不喜歡，喜怒都表現在臉上。可二哥卻是冷肅的性子，不習慣將感情表露出來，這不代表他就不在意妳吧！妳當時喜歡上他，不就是因為他是這樣的人嗎？」

蕭月兒怔住了。

是啊，當日她對容琮一見鍾情，央求著父皇指婚，不就是因為她喜歡容琮這樣的男子漢嗎？容琮對她雖無相同的心意，可在婚後也是個稱職的好丈夫。從不出去喝花酒，對她也算得上體貼，她還有什麼不滿的？

「你們兩人和我們不一樣。」寧汐和蕭月兒說話倒是很坦白。「我和容瑾相識三年，為了今天的廝守，不知經歷了多少波折。所以，我們都異常的珍惜這份感情，表現得外露一些，也是正常的。可妳和二哥兩人，在婚前只見過一面，由聖上指婚才到了一起……」接下來的話不用多說，相信蕭月兒也能懂的。

高貴的公主身分，既是蕭月兒的驕傲，也是夫妻兩人相處時最大的心理障礙。

容琮不能不敬蕭月兒幾分，也不能不對她好些。這對一個自尊心極強的男人來說，自然不是什麼好受的事情。也因此，他們夫妻之間的感情反而不那麼純粹。想要容琮像容瑾那樣，根本是不現實的……

蕭月兒低著頭，半晌沒有說話。寧汐很有耐心地陪著她，沒有再多說什麼。蕭月兒是個聰明的女子，一定能轉過這個彎來。

容琮不是不喜歡她，只是那份喜歡，還摻雜了許多別的東西。

許久，蕭月兒才抬起頭，神情平靜多了。「妳說的對，是我要求太高了。」她和容琮只是世俗夫妻，能相敬如賓已經很好，她卻想要容瑾和寧汐那樣熾熱不顧一切的愛情，這怎麼可能？

心裡似有一處，悄然地碎了，卻又有些莫名的東西悄然滋生，那種複雜的滋味，真是讓人無奈地想嘆息。

寧汐見她真的想開了，心裡卻又浮起一絲不忍，悄然握緊了她冰涼的手。

蕭月兒定定神，嫣然一笑，反握住了寧汐的手，打起精神笑道：「好了，我也該回去了。不然，容瑾等得急了，又要生我的氣了。」

寧汐的臉紅了紅。「他有什麼急不急的……」光天化日的，她才不會和他一起「胡鬧」。

蕭月兒樂了，擠眉弄眼地調侃道：「得了，在我面前還遮遮掩掩的做什麼。昨天的洞房花燭夜，他是不是把妳折騰得很慘？」

寧汐雙頰緋紅，卻無力回擊。

蕭月兒吃吃笑個不停，心情總算好了不少。

另一邊，容瑾正陪著長吁短嘆的容琮。容琮頗有些苦惱地說道：「……就這麼點雞毛蒜皮的小事，她竟然就鬧騰起來了。」

容瑾聽了也覺得莫名其妙。「你們兩個不是好好的嗎？二嫂這鬧騰的是哪一齣啊？」聽來聽去也沒什麼問題嘛！

容琮苦笑著攤攤手，一臉的無奈。女人的心思真難懂啊！

容瑾雖然不擅長安慰人，可見容琮耷拉著腦袋無精打采的樣子，不由得心生同情。「二嫂出身尊貴，脾氣難免比普通女子大一些，現在又懷了身孕，更是嬌貴，你就多擔待一點吧！」

不擔待還能怎麼樣？容琮點點頭。「嗯，這我知道。她愛使小性子，也不是一天、兩天的事，我也習慣了……」

「你習慣什麼？」一個熟悉的聲音冷不防地響了起來，語氣冷冷的。

容琮心裡暗道不妙，一回頭，果然就見蕭月兒繃著臉站在門口，眼裡噴射出不容錯辨的怒火。「是不是習慣我的無理取鬧了？」

容琮咳了咳，略有些狼狽地辯解。「我不是這個意思……」她回來得也太巧了吧！怎麼偏偏聽到這一句了?

「那你是什麼意思?」蕭月兒本已平復得差不多的情緒又沸騰起來。「你是不是已經嫌棄我了?要不是因為我是公主,你早就對我不耐煩了對不對?」

老天,簡直就是無理取鬧!容琮按捺住心裡的火氣,努力地心平氣和道:「妳先別激動,有話好好說。」

蕭月兒也不知道自己怎麼了,怒氣迅速地湧了出來,竟是按也按不住。「我就是激動怎麼了,要不是因為我懷了身孕,你肯定沒耐心應付我了是吧!」

「妳……」泥人尚有三分土性,何況是一向大男人的容琮,眉宇間也有了怒氣。

眼看著夫妻兩人就要爭吵起來,寧汐忙扯住蕭月兒的袖子,邊不停地朝容瑾使眼色。

容瑾從沒做過和事老,此時也只能硬著頭皮上前一步,咳嗽一聲說道:「二嫂,妳真的誤會二哥了,二哥剛才沒別的意思,他是說女子有些脾氣是理所應當的,他不會和妳計較的……」

這哪裡是勸架,簡直就是火上澆油!寧汐額上的汗都冒出來了,連連朝容瑾使眼色,沒見蕭月兒臉色越來越難看嗎?快別說了。

只可惜,一向和她心有靈犀的容三少爺,今天愣是沒會意過來,自顧自地滔滔不絕。「……二嫂,不是我說妳,妳現在也是有身孕的人了,也該為肚子裡的孩子想想,別為了點雞毛蒜皮的小事就發脾氣,這對孩子可不好。二哥不僅是心疼妳,更是心疼孩子……」

完了!寧汐心裡哀嚎一聲。被容瑾這麼一勸,人家夫妻兩個不吵下去才是怪事。

果然，就見蕭月兒眼中的怒氣越聚越多，直直地看著容琮。「你真的是這麼想的嗎？」

容琮的脾氣也上來了，面色很是難看。「妳到底要怎麼樣？」他已經一讓再讓，她還想怎麼樣？

蕭月兒的手不停地顫抖，淚珠在眼眶中不停的打轉，卻倔強地不肯落下來。「好，都是我無理取鬧，都是我不好，我這就走，再也不礙你的眼。」說完轉身就走。

寧汐一時無暇多勸，忙跟了上去。

一旁的宮女嬤嬤心裡暗暗著急，卻也無人敢勸，只能迅速地跟了上去。

容琮立在原地，唇角抿得極緊。

# 第三百五十章　誰更委屈？

容瑾也沒料到事情會發展到這一步，遲疑了片刻，才訕訕地說道：「二哥，對不起。」他剛才的話似乎有一點點的過火了……

容琮哪還有心情計較這些，簡短地應了句。「這跟你沒關係。」

他和蕭月兒看似相處得不錯，其實一直有問題，只是兩人都按捺著沒顯露出來罷了，今天算是徹底地引爆出來了！

容瑾見容琮心情糟糕，也只得住了嘴。

蕭月兒一氣之下走了也就罷了，偏偏把寧汐也給帶走了。今天可是他和寧汐新婚第二天，應該甜甜蜜蜜的膩在一起才對吧……

容琮顯然也想到這一點了，頗有些歉意地說道：「月兒大概是到園子裡散心去了，估計到了午飯的時候就會出來了。」一大家子都在，蕭月兒再生氣也不會跑出府的吧！

容瑾還能說什麼，只能裝著不介意地笑了笑。

容琮料得半點不錯，蕭月兒憋了一肚子無名火走出了老遠才停下，下意識地就想回公主府。可轉念一想，公爹難得在府裡住些日子，動靜鬧得太大可不好……

想來想去，也只能在容府的園子裡轉轉了。

寧汐見她心情鬱鬱，也不多說什麼，默默地陪著她轉悠。時值冬日，草木凋零，實在沒什麼景致可欣賞，兩人便在一處亭子裡停了下來。倚著亭子坐下，目光所及處，是一個小池塘，池邊是一座精巧的假山，池中有幾尾魚游來游去，頗為悠閒。

蕭月兒窩了一肚子火氣，只等著寧汐來安慰自己。可等了半天，也沒見寧汐出聲，便有些耐不住了，抬頭瞄了寧汐一眼。

卻見寧汐正興致勃勃地看著池中的魚，壓根兒沒留意她的動靜。

「這魚有什麼好看的？」蕭月兒有些不滿，嘟囔了句。

寧汐挑了挑秀氣的眉毛，似笑非笑地應道：「總比妳的臉色好看吧！」只一句閒話，就鬧騰成這樣，她現在倒是有些同情可憐容琮了。

被她這麼一揶揄，蕭月兒也有些訕訕，想了想，卻又不服氣。「妳剛才也聽到了，他說的話太過分了，說什麼我愛使小性子，我平時對他千依百順的，什麼時候使過小性子了？就算對父皇和皇兄，我也沒這麼委屈過自己……」說著說著，倒把心裡的委屈都勾了出來。她是皇上捧若至寶的掌上明珠，只有別人巴結討好她的分，何曾這般對待過別人？

寧汐見她又紅了眼圈，忍不住勸道：「孕婦心情太過波動，對身子不好。妳就算不為自己考慮，也該為肚子裡的孩子著想，別再哭了。」

蕭月兒吸了吸鼻子，點了點頭。

此時此刻，寧汐也只能軟言寬慰她幾句，直到蕭月兒的心情漸漸平穩下來。

臨近正午，便有丫鬟跑來通傳，容將軍已經到了飯廳。寧汐固然不敢怠慢，就連蕭月兒也忙收拾心情，一起去了飯廳。

容將軍從軍多年，自有股不怒而威的氣勢。容琮本就冷肅，今天被蕭月兒鬧了一通，就更沒笑臉了。容瑾正值新婚，倒是春風得意，眼角眉梢比平日柔和多了。

李氏正忙著吩咐丫鬟上菜，見桌上還少了兩個人，忍不住問道：「二弟、三弟，兩位弟妹怎麼沒隨著你們一起過來？」

容琮沒有吭聲。

容瑾只得應道：「她們兩個去園子裡了，大概很快就來了……」

話音剛落，蕭月兒和寧汐的身影便出現在了門口。

寧汐歉意地笑了笑。「我和二嫂來得有些遲了，讓大家久等，真是不好意思。」

蕭月兒乾巴巴地擠了個笑容，雖然竭力想做出若無其事的樣子，可微腫的眼睛還是露出了些許端倪。

眾人心知有異，忍不住瞄了容琮一眼。

容琮定定地看了蕭月兒一眼，眼裡分明掠過一絲心疼。蕭月兒卻只左顧右盼，根本沒留意到他眼底的憐惜。

本該夫妻同坐一起，可蕭月兒卻拉著寧汐的手一起坐了下來。被冷落的容琮心裡也不知是什麼滋味，容瑾更是不痛快，略有些不滿地看了蕭月兒一眼。

寧汐只得安撫地笑了笑。

飯菜上來之後，容將軍先動了筷子，然後家宴便算正式開始。桌上自然有酒，容琮悶不吭聲地喝了一杯又一杯，容瑾和容玨只得奉陪。他們三個不停的喝酒，倒也還算熱鬧。可一向活潑的蕭月兒卻一反常態的沒說話，這麼一來，桌上的氣氛總有點怪怪的。

容將軍看在眼底，心裡便有點數了。飯後，特地把兄弟三個都喊進了書房。

「琮兒，你們夫妻兩個今天是怎麼了？」容將軍皺著眉頭，問得直截了當。

容琮低著頭不說話。

容瑾只得代為解釋。「也沒什麼大事，就是二哥和二嫂鬧了些小口角。」

鬧得這麼明顯，只怕不是小口角吧！容玨心裡雖這麼想，口中卻笑著附和。「小夫妻鬧點口角也是常事。」

容將軍輕哼一聲。「琮兒娶的是天家公主，怎麼能和別的小夫妻一樣！」所謂的夫妻口角，要是鬧到皇上面前，可就沒法子收場了。

容琮自然聽出了這一層意思，憋了半天才擠出了一句。「若是她真的要鬧到皇上面前，自有我一個人擔著。」

「你一個人怎麼擔？」容將軍聲音冷了下來。「成親的時候我就叮囑過你，你的媳婦身分和別人不同。論起身分，她是公主我們是臣子，你本該隨著她住在公主府裡，她知道你不想去，就隨你住在容府裡。這對別人來說不算什麼，可對公主來說，是什麼樣的讓步，你清不清楚？」

住在公主府裡，蕭月兒肯定更舒坦自在些，容琮卻不免要受些憋屈。

而在容府裡，蕭月兒只是二少奶奶的身分，並沒有管家的權力。對李氏這個長嫂也是尊敬有加。若不是為了容琮，蕭月兒何必這麼委屈自己？

容琮嘴唇動了動，卻什麼也說不出口，腦中忽地浮現出了之前蕭月兒俏目含淚的一幕……

「我不知道你和她是為了什麼鬧彆扭。不過，她畢竟是公主，你就多讓著她一些。再說了，她現在懷了身孕，情緒不宜太過波動。你現在就回去，哄上幾句，兩人和和美美的多好。」容將軍頗有點行軍打仗的架勢，三言兩語地便將事情安排妥當。

容琮還能怎麼樣，只得點頭應了，心裡卻有種難以名狀的憋屈。

容瑾不無同情地看了自家二哥一眼，說句良心話，哄媳婦幾句不算什麼丟人的事情，可被勒令著這麼做，心裡的感覺就大不一樣了。

堂堂聖上偏偏是自己的老丈人，這滋味可不是好受的。

容琮走的時候，容瑾不假思索地跟了過去。寧汐被蕭月兒拖走了，他得快點去把自己的媳婦「搶」回來才行。

容琮瞄了他一眼，想取笑幾句，終於忍住了。

寧汐確實和蕭月兒待在一起，兩人很有默契地沒有提及早上的事情，只是隨口的閒聊而已，門外忽地響起了荷香的聲音——

「奴婢見過駙馬。」

容琮回來了！寧汐瞄了蕭月兒一眼，低聲笑道：「二哥回來了。」

蕭月兒餘怒未消，輕哼了一聲。「別管他，我們聊我們的。」話是這麼說，可在容琮進屋的時候，卻忍不住偷偷瞄了容琮一眼。

容琮似想張口說什麼，可眼角餘光一瞄到寧汐和容瑾，便不自覺地又沈默了。

容瑾心裡暗笑，咳嗽一聲。「汐兒，我們別在這兒打擾二哥、二嫂了。」還是快點走吧，不然容琮哪裡拉得下臉去哄蕭月兒。

寧汐點點頭，朝蕭月兒使了個眼色，便跟著容瑾離開了。

丫鬟們都是知情識趣的，見這架勢，不待吩咐便都退了下去，屋子裡只剩下容琮和蕭月兒兩人。

蕭月兒故意將頭扭到了一邊，不肯正眼看容琮一眼。

從容琮這個角度看過去，蕭月兒的下巴尖尖的，面色有些憔悴，長長的眼睫毛低垂著，眼下還有些淡淡的淚跡，比起往日的圓潤俏麗不可同日而語。

容琮的心頓時軟了下來，走上前低低地說道：「月兒，別生我的氣了，剛才都是我不好，我給妳陪個不是。」

低沈溫柔的聲音一入耳，蕭月兒心裡的委屈反而都被勾了出來，哽咽著說道：「如果不是我懷了身孕，你還會不會這樣哄我？」

這個問題嘛……容琮不敢猶豫，忙正色答道：「當然會。我不僅在乎妳肚中的孩子，更在乎妳。」

蕭月兒心裡湧起一股甜意，雖沒主動扭過頭來，面色卻柔和了許多。

容琮心裡一鬆，又低聲下氣地陪了幾句不是，總算將蕭月兒哄得轉怒為喜，要求道：「你以後不准再這麼氣我了。」

容琮不管她說什麼，只一個勁兒地點頭，夫妻兩人之間的小小風波總算告一段落。

到了晚飯時，兩人相攜而來，親熱地坐在一起，頓時引來眾人會心的微笑。

寧汐低聲調侃道：「二嫂現在心情好些了嗎？」

蕭月兒半羞半惱地瞪了寧汐一眼，寧汐抿唇直笑。

# 第三百五十一章　甜蜜

終於熬到了晚上。

容瑾迅速地洗了澡，滿心期待著寧汐衣衫半解媚眼如絲的在床上等他。可過來一看，卻見寧汐托著下巴在發呆，腦子裡想的事情顯然和他完全不一樣。

容瑾故意在寧汐眼前晃來晃去，可寧汐一副視而不見的樣子，頓時不滿地抗議道：「媳婦兒，這麼晚了，妳不來伺候相公我就寢，在那兒瞎琢磨什麼。」

寧汐這才回過神來，嘆了口氣說道：「我總覺得二哥二嫂以後還會有得鬧呢！」表面看來是風平浪靜了，可平靜表象下分明湧動著更洶湧的暗流。她隱隱有種預感，將來說不定有一天會鬧出更大的動靜來。

容瑾拉起寧汐，將她摟進懷裡。「他們夫妻之間的事情由著他們自己鬧騰去，妳就別操心了。」現在最重要的事情，不是那個好不好……

趁著寧汐沒回過神來，大手已經悄悄地探入她的衣襟裡，到處使壞了。

寧汐回過神的時候，衣衫已經被解開了大半，露出酥軟白嫩的半截胸脯。寧汐羞窘地紅了臉，七手八腳地想把容瑾推開。「喂，你別鬧了，早上不是才……」

容瑾不正經地低笑。「我休息了一整天，現在很有精神，不然妳檢查檢查。」攥著她的手往下按。

寧汐的手陡然碰到了一個熱挺的硬物，又羞又驚，心跳得飛快，想把手抽回來，卻被容瑾的大手死死地按住，被半強迫地握住了那個羞人的物件……

容瑾發出難耐的呻吟，在寧汐的耳邊低語了幾句下流話。

寧汐的臉熱烘烘的，想啐他一口，卻使不出半分力氣。悄悄偷看容瑾一眼，卻見容瑾半閉著眼眸，俊臉上滿是慾望和沒得到紓解的痛苦，竟有種平日從未見過的綺靡俊美。

寧汐的心越跳越快，身子竟也熱了起來，那股熱流從心底湧起，迅速地蔓延至全身，最後羞人的匯聚到了雙腿間……

寧汐羞紅著臉閉上眼，手下輕輕用力，上下套弄摩挲。

容瑾似歡愉又似痛苦的呻吟，雙臂用力地將她摟緊，灼燙的嘴唇在她的耳際和胸前吮咬。大手迅速地剝去彼此的衣物，然後將寧汐抱上了床，迫不及待地入巷馳騁。

層層帷幔被放了下來，結實的木床發出聲聲悶響。

「你……慢點……」帳裡傳來寧汐嬌軟無力的聲音。

容瑾隨口嗯了一聲，動作果然放得慢了，緩緩地退出，再用力地頂入，每一記衝刺都正中花心，帶來無比的快感。寧汐的身體緊繃到了一個瀕臨爆發的界點，只差一點點就可以……可容瑾卻故意折磨人一般，就是不肯加快速度。

「你、你欺負我……」寧汐被這種難言的刺激交歡折磨得欲仙欲死，幾乎哭了出來。

容瑾壓在她的身上，大手揉捏著兩團白白的軟肉，下身緩慢卻又狠狠地頂弄著，聲音沙啞低沈。「是妳讓我慢一點的吧！」他很聽話很配合。

「你快些……」寧汐滿臉潮紅，星眸渙散，再也顧不得羞恥。

容瑾終於等來了這一句，低笑一聲，加快速度縱情的馳騁。在一陣銷魂的呻吟和顫抖之後，兩人一起達到了高潮。

容瑾不肯下來，依舊緊緊地壓著寧汐，腦中不停地回味著激烈歡好的滋味，唇角滿是饜足的笑意。

寧汐渾身酥軟，連指尖都沒了力氣，良久，才有力氣說話。「你好重。」

容瑾立刻將身子挪到了一旁，用一旁的乾淨毛巾將彼此的下身擦乾淨，卻依舊將她抱得緊緊的，湊到她耳邊問：「剛才滋味怎麼樣？」

寧汐連腳趾都紅了，緊緊地閉著眼睛，堅決不回答這個問題。

容瑾卻是厚顏無下限，不懷好意地繼續說道：「妳不說話，看來是對我的表現不滿意，那我只好再努力一次，讓妳『滿意』。」故意捏了捏最敏感的乳尖。

寧汐身子顫抖了一下，咬牙切齒地睜眼瞪了過來。「你再胡鬧，以後天天睡書房去。」這威脅實在沒什麼力道可言。

容瑾忍住笑，一本正經地安撫著炸毛的小女人。「妳放心，我剛才就是逗妳玩的，我全身的力氣都用光了，哪有精力讓妳再『滿意』一次。」

寧汐又羞又惱，氣得重重咬了他的肩膀一口。

容瑾一個不提防，被她咬得結結實實，疼得直吸氣。「喂，妳還真捨得咬啊！」

寧汐鬆了唇，見容瑾的肩膀上落下了深深的牙印，心裡那口氣總算平了不少。「哼，再敢亂說，我就咬得你全身都是牙印。」

全身啊……容瑾不知又想到了什麼，邪氣地笑了。

寧汐不用問也知道他腦子裡沒想什麼好東西，又瞪了過去。

容瑾一臉的無辜。「妳講點理好不好？我剛才什麼也沒說，妳怎麼又瞪我。」

「我就是愛瞪你，有意見嗎？」寧汐凶巴巴的。殊不知全身赤裸躺在某人懷中的樣子，像極了一隻白白嫩嫩可口至極的小羊羔。

容瑾看得心裡癢癢的，卻也捨不得再鬧她了。低頭親了親她的臉，溫柔地哄道：「沒意見，我媳婦怎麼瞪我，我心裡都舒坦。睡了吧，明天還得早起回門。」

這樣難得的溫柔寵溺，讓寧汐心裡甜絲絲的，嗯了一聲，便蜷縮在他的懷裡很快便睡著了。

她睡得香甜，卻苦了容瑾。他初嘗歡愛的滋味，只一次哪能滿足。抱著香軟可口的媳婦兒，卻偏偏捨不得亂動一下……

就著朦朧的月光，容瑾細細的看著寧汐熟睡的俏臉，心裡湧起無法言喻的滿足，在她額頭印下一記輕吻，總算慢慢睡著了。

第二天，寧汐早早的便起了床，身上雖還有些痠痛不適，總算比前一天好了些。俐落地穿好衣服，又為自己梳了個簡單的髮髻。待收拾得差不多了，她才喊了容瑾起床。在容瑾穿衣洗漱的時候，故意躲得遠遠的。

容瑾對她那點小心思心知肚明，邪氣地挑眉一笑，明明什麼也沒說，可眼神卻曖昧又挑逗。

寧汐暗暗咬牙，迅速的瞪了容瑾一眼。丫鬟婆子都在呢，收斂點。

容瑾無辜地攤攤手。他哪兒不含蓄了，既沒親也沒摸，就看幾眼而已。

小夫妻眉來眼去打情罵俏，丫鬟婆子們看著又覺好笑又是新鮮，不約而同地看向翠環。

翠環暗暗咬牙，努力地將翻騰不息的嫉妒壓了回去。

回門禮早已備好了，容將軍特地叮囑了容瑾一通。「到了寧家要注意禮節禮貌，不能太過隨意，聽到了嗎？」

容瑾漫不經心地點頭應了。大概是他平時太過隨意任性，惹得自家老爹都不信任他，一連叮囑了四、五遍才甘休。

寧汐在一旁聽著，心裡卻掠過一絲暖意。

寧家和容府結親，不管在誰看來都是高攀了。她早已做好了心理準備，哪怕容將軍的冷淡溢於言表，她也絕不敢有絲毫不滿，可情況卻比她想像中好多了。這兩天接觸下來，容將軍對她還算不錯，談不上熱情，卻也和藹親切。剛才這一番叮囑，讓人聽著就像喝了杯溫熱的蜂蜜水，溫暖又妥貼。

懷著這份好心情，寧汐笑咪咪地上了馬車。

容瑾竟沒騎馬，也跟著上了馬車。小安子在一旁偷笑不已，自動自發地坐到了車伕身邊，免得打擾了小夫妻的恩愛甜蜜。

「你今兒個怎麼不騎馬了？」寧汐拍開爬上腰際的那隻不安分的爪子。

容瑾很順從地收回右手，又換了左手握住寧汐的手。「天這麼冷，還是坐馬車暖和點。」接得順溜極了。

寧汐瞄了他一眼，懶得揭穿他的歪心思。什麼天冷，分明是想坐她身邊揩油吧！

果然，容瑾先是握著她的手，見她沒掙扎，便順勢攬住了她的肩膀。再然後，又將頭也湊了過去……

「還有一會兒就到我家了，你要是敢弄亂我的衣服頭髮，我饒不了你！」寧汐扭頭避開他的嘴唇，凶巴巴地威脅。

容瑾不太情願地坐直了身子，將她的手握在手心裡摩挲。

寧汐的手纖細修長柔軟，因為長年做事，指腹有薄薄的繭。就是這麼一雙嬌小的手，卻能做出各式各樣的美味佳餚，讓眾多名廚為之嘆服。

容瑾不無驕傲地想著，唇角一直噙著笑意。

寧汐嬌軟地取笑道：「你又在傻笑什麼？」

容瑾挑眉，一臉的壞笑。「妳猜猜看。」

寧汐啐了他一口，她才不要猜呢！瞧他那一臉淫邪的笑，肯定沒想什麼好東西。

見她不吭聲，容瑾卻又故意來撩撥她。「怎麼不猜了？猜不中不罰妳，猜中了有獎勵的。」

寧汐白了他一眼。「有什麼獎勵，你先說來給我聽聽。」

容瑾很慎重地思考片刻，然後宣布道：「獎勵美男熱吻。」

寧汐被逗得格格直笑，使勁地刮了他的鼻子。「真不害臊。」虧他好意思說出口。

容瑾低笑著湊到寧汐的耳邊低語。「妳要是嫌獎勵太少了，還可以附贈美男熱情服務若干次。」

若、若干次？寧汐的臉又唰地紅了，狠狠地擰了容瑾一把，待聽到容瑾哀哀呼痛求饒，才算解了氣。

# 第三百五十二章 回門

寧有方在院門口站了許久，脖子都等得長了，才見到容府的馬車徐徐而來。

「汐兒回來啦！」寧有方眼睛一亮，興奮地喊了一聲。阮氏和寧暉不約而同的搶了出來，迎了上去。

馬車在巷口停了下來，春風滿面的容瑾先下了馬車，然後細心地攙扶著寧汐也下了馬車。這個小動作落入寧有方的眼裡，不由得暗暗點頭。

「岳父岳母大哥大嫂。」容瑾彬彬有禮地一一喊了一遍。

寧汐的聲音卻已有些哽咽了。「爹，娘，哥哥……」來的路上倒還不覺得，可這一刻乍然見了親人，情緒忽然就激動得無法控制了。

到這一刻，她才清楚地意識到，她已經嫁人了。從今以後，她是容瑾的媳婦，得和容瑾朝夕相守。想見家人一面，也不是那麼容易的事情了……

阮氏本就心裡泛酸，見她眼眶濕潤，哪裡還能忍得住，哽咽著攥緊了寧汐的手。「汐兒，妳總算回來了……」

寧有方和寧暉自然不至於落淚，可心裡也著實不是個滋味。捧在手心裡的女兒（妹妹）忽然就成了別人家的媳婦，那種又酸又澀又難過的滋味就別提了。

容瑾夾在中間有些微妙的尷尬。他如願以償的娶到了寧汐，此刻正是春風得意馬蹄疾，那份高昂歡快的心情掩也掩不住。可這份得意歡喜，此時此刻顯然不適宜顯露在寧家人的面前……

葉薇笑著上前解圍。「有什麼話先回院子裡再說吧！這兒人來人往的，說話不方便。」她說得很含蓄，事實上，巷子裡的鄰居們幾乎都伸長了脖子往這邊張望。

阮氏這才回過神來，擦了擦眼淚，拉著寧汐回了寧家小院。

寧有德、寧有財兩家人也都在，再加上寧大山，整整十幾口人，你一言我一語地煞是熱鬧。容瑾按捺著性子，笑著一一改了口。

到了中午時分，寧有方親自下廚做了一桌菜餚。一大家子圍著圓桌坐下，雖然稍微擁擠些，卻也十分熱鬧。

寧汐今天自然是焦點，一個個的目光都放在她身上。

葉薇細細打量寧汐幾眼，心裡暗暗驚嘆不已。寧汐穿戴得並不誇張，上身是銀紅色的緞襖，下身著一條天青色的棉裙，長髮俐落地綰成一個清爽的髮髻，上面只簪了芙蓉玉簪，耳上戴了一對翡翠耳環罷了。可那支芙蓉玉簪玉色瑩潤，雕琢得精緻極了，那對翡翠耳環更是綠得晶瑩剔透，映襯著寧汐膚白似玉，分外美麗動人。

葉薇自然是識貨的，忍不住讚道：「妳頭上戴的芙蓉玉簪真是漂亮精緻，還有這對耳環，也是極好的呢！」陪嫁的東西中，絕沒有這樣好的東西。想也知道，這是容瑾為寧汐備下的飾物了。

寧汐隨意地笑了笑。「這都是匣子裡現成的，我就隨手拿來戴了。」她說得輕描淡寫，事實上，當時她幾乎被匣子裡的珠光寶氣弄得迷了眼。一整匣子的戒指耳環，一整匣子的鐲子項鍊，還有一整匣子的金釵玉簪之類的飾物，在桌子上擺放得整整齊齊，讓人看得眼花撩亂。

她當時自然也覺得奇怪，便笑著問了句。「你從哪兒弄了這麼多首飾來？」

容瑾漫不經心地笑著應道：「我請人為妳訂製了一些，留著妳日常戴著玩的。」

寧汐當時沒多說什麼，可心裡卻很感動。容瑾可從不是什麼溫柔體貼的性子，竟能為她想得這麼仔細周全，真是有心了。

這份心意自然不能訴之於口，因此，在葉薇羨慕的目光中，寧汐只淡淡地解釋了幾句。

容瑾身為新姑爺第一次登門，被輪番著灌酒也是理所當然的，他幾乎來者不拒，一杯一杯地喝個不停。到了後來，乾脆用起了碗。

寧汐見到容瑾醉意醺然的樣子，又是擔心又是著急，連連朝容瑾使眼色，只可惜容瑾已經是醉眼惺忪，壓根兒沒留意到寧汐的眼神。

寧暉將這一切盡收眼底，忍不住揶揄道：「嫁了人果然不一樣，沒見妳心疼爹和大伯、二伯，倒是心疼起妳相公來了。」這一桌上喝多的可不止容瑾一個。

寧汐被調侃地紅了臉。

這一頓午飯吃了整整兩個時辰，結果就是所有的男人都喝得醉倒在桌子上，容瑾也不例外。眾女眷只得忙著將各人攙扶著回屋休息。

寧汐好不容易才將喝醉了的容瑾攙扶著回了自己的屋子裡，容瑾還沒到醉得不省人事的地步，耍賴地扯著寧汐的手不放。「媳、媳婦兒，陪我一起睡。」

寧汐七手八腳地把他的手推開。「別胡鬧。」一家人都在，要是他趁著酒興「鬧騰」出動靜來，可就真的丟人丟到家了。

容瑾咧嘴一笑，然後瞇縫了眼，睡著了。

寧汐又是好氣又覺得好笑，忙為他除去鞋襪，蓋好了被褥。

熟睡的容瑾全然沒有了平日的傲氣，倒有幾分孩子氣，白皙俊俏的面孔微微泛紅，別提多招人喜愛了。寧汐溫柔地凝視了半晌，心裡前所未有的踏實和幸福。

過了片刻，寧汐忽地生出了調皮之心，先用力的捏了捏容瑾的鼻子，然後又用力地揉搓他的臉頰，將他俊美的臉擠成了豬頭模樣。不無自得地想道，就算是豬頭，容瑾也一定是世上最帥氣俊美的那個豬頭！

她在這裡蹂躪得不亦樂乎，壓根兒沒察覺到自己的動作已經把容瑾弄醒了。

容瑾猛地睜了眼，眼眸亮晶晶的。

寧汐被嚇了一跳，忙縮回手，做出一副無辜的樣子。「你怎麼這麼快就醒了？」

容瑾眼眸微瞇，嘴裡不知咕噥了什麼，竟又閉上眼睛睡著了。寧汐愣了一愣便噗哧一聲樂了。原來容瑾喝醉了這麼可愛啊！

阮氏在門外聽到裡面的笑聲，很是奇怪，忍不住敲了敲門。「汐兒，妳在笑什麼？」

寧汐笑咪咪地過來開了門，卻避而不答之前的問題。「娘，外面還沒收拾好吧！我陪您一起去收拾。」

阮氏哪裡捨得她動手，忙笑道：「不用不用，有我和妳大伯娘她們呢！妳要是閒著沒事，就和妳嫂子聊聊天去。」

也好。寧汐欣然點頭應了，去了寧暉的屋子裡找葉薇說話。

寧暉也喝得醉醺醺的，正躺在床上呼呼大睡。葉薇細心地用毛巾為他擦拭臉手，眼神溫柔極了。見寧汐推門進來，葉薇忙笑著起身相迎。

寧汐在心裡暗暗為寧暉高興，能娶到葉薇這樣溫柔賢慧的女子為妻，真是寧暉的福氣。姑嫂兩人相攜著坐下，親熱地閒聊起來。

葉薇打量寧汐幾眼，低聲笑問：「容府上下待妳不錯吧？」看寧汐面色紅潤柔和精神奕奕的樣子，顯然沒受過半點委屈。

寧汐笑著點了點頭。

容瑾就不用說了，容玨、容琮對她都挺和氣，容將軍也還算和藹親切。至於妯娌之間，也還算過得去。她和蕭月兒本就要好，成了妯娌之後越發親暱。李氏年長些，又有城府，暫時看不出如何，不過，面子上總是過得去的。

除此之外，容府裡還有個陶姨娘，也就是容瑤的生母。這個陶姨娘在容府的地位比較特別，不是主母沒有管家的權力，卻比一般的妾室地位高一些，一應吃穿用度都比照著李氏。這當然也是因為容將軍身邊只有這麼一個妾室，李氏自然不好苛待了她。

在前世，寧汐和容瑤是死對頭，陶姨娘在背後不知出了多少鬼點子，寧汐對陶姨娘自然沒多少好感。天意弄人，今生偏偏成了一家人，也只能把過去的那點舊恩怨全數拋諸腦後了。

好在容瑤已經出嫁，她不用應付這位難纏的小姑，總算是萬幸！她可不能保證自己對容瑤和顏悅色的。

這些話，寧汐自然不會告訴葉薇，只揀了些無關緊要的小事說了。

葉薇既聰明又善解人意，見寧汐不肯多說，便也不多問，笑著說起了寧暉這些日子的糗事。「他沒什麼酒量，偏又天天出去應酬同僚朋友，每天都喝得醉醺醺的回來。昨天晚上，我去開門的時候，他已經靠著門睡著了……」

寧汐樂得直笑。酒量淺少喝些就是了，真是個死要面子活受罪的主兒！

正聊得熱鬧，阮氏也來了。她顯然有些私密的話要問寧汐，下意識地瞄了葉薇一眼。

葉薇識趣地笑道：「娘，您和妹妹先聊著，我還有些事，先出去了。」

阮氏笑著點點頭。待葉薇出了屋子，才嘆道：「暉兒倒是有些福氣。」哪怕最挑剔的婆婆，也挑不出葉薇什麼毛病來。孝敬公婆，體貼丈夫，知書達禮，待人又和氣，有這樣出眾的兒媳，走到哪兒都覺得面上有光呢！

寧汐故意酸溜溜地來了句。「娘現在只疼兒媳，不疼閨女了。」

阮氏被逗樂了。「是是是，我現在見妳可煩了，巴不得妳快點回去，以後別回來。」

母女兩個對視一笑，這才說起了悄悄話。

「汐兒，容瑾……對妳還好吧？」阮氏問得含含糊糊。

# 第三百五十三章　和諧的問題

新婚小夫妻是否「和諧」，這可是個很重要的問題。阮氏雖覺得這個問題很尷尬，還是硬著頭皮問出了口。

寧汐微紅著臉。「他、他對我挺好的。」事實上，太「好」了一點，簡直快縱慾無度了……

阮氏見她羞答答的樣子，總算放了心，輕笑道：「小夫妻新婚情熱，有什麼不好意思的。妳得趁著這個時候，將他的心徹底收服過來……」壓低聲音，傳授起了馭夫之道。

阮氏一番好意，寧汐也只能裝作聽得專注，其實早已魂遊天外去了。

容瑾來歷殊不尋常，性情脾氣也和普通男子大相徑庭，阮氏對付寧有方的那一套，在容瑾身上根本行不通，夫妻之間互相尊重互相體貼最好。

大概是她的眼神太過飄忽，阮氏也察覺到了她的閃神，不由得嗔怪地白了她一眼。「妳別聽不進去，一旦成了親做了夫妻，和原先可就不一樣了，不是東風壓倒西風，就是西風壓倒東風，妳要是不趁著現在將他制伏了，今後妳可有得苦頭吃。」

寧汐連連陪笑。「娘說得有理，我一定洗耳恭聽。」

這還差不多，阮氏滿意的點點頭，繼續往下說。

這一場「教學」整整進行了一個下午，直說得阮氏口乾舌燥，寧汐也漸漸聽出了興味，遙想著容瑾被自己制得服服貼貼的樣子，不由得暗暗好笑。

床上的寧暉翻了個身，口中逸出模糊的囈語。

阮氏和寧汐忙停住了閒聊，一起到了床邊，卻聽寧暉口中喚著「薇兒」，阮氏又是好笑又是冒酸水。「瞧瞧，現在心裡就只有他媳婦了。」

寧汐噗哧一聲樂了。「哥哥嫂子感情和睦，不是挺好的嘛！娘，您可千萬別在哥哥清醒的時候說這個，要是被嫂子知道了，以後和您生了嫌隙，可就不好了。」

阮氏自嘲地笑了。「年紀越大越不知好歹了，算了，還是快些喊妳嫂子過來伺候他吧！」

寧汐欣然點頭，出去找葉薇。找了一圈，總算在紅梅的屋裡找到了葉薇，笑著調侃道：「嫂子，妳快些回屋去吧！哥哥作夢都喊妳的名字呢！」

葉薇被調笑得滿臉通紅，忙回屋去照顧寧暉不提。

寧汐也回了自己的屋子。容瑾依舊睡得很熟，屋子裡滿是酒氣，寧汐坐到床邊，靜靜的凝視著容瑾的睡臉，心裡溢滿了柔情。不自覺地伸出手，輕輕地撫摸著容瑾的俊臉，手指輕輕滑過劍眉，然後是挺拔的鼻梁，再是薄薄的唇。

寧汐的手指不自覺地停住了，在他乾燥溫熱的唇上輕輕地撫摸，心裡陡然升起一股悸動，忍不住俯身，將自己的嘴唇輕輕地貼在他的唇上，然後滿足地輕嘆口氣，不自覺地閉上了雙眸，享受著這一刻的溫馨靜謐。

過了片刻，寧汐才悄悄睜開眼，這一睜眼不要緊，頓時被嚇了一大跳。

容瑾不知什麼時候已經醒了，正緊緊地盯著她呢！

兩人嘴唇相貼，本就近在咫尺，他的眼眸又亮得驚人，寧汐被那灼熱的眼神牢牢的吸住，竟忘了起身。

容瑾無聲地笑了，伸出舌頭在她的紅唇上游移，眼神挑逗極了。寧汐絕不肯承認自己被美色迷住了，她只是……只是覺得這樣的情形有些尷尬，索性狠心吻了下去。

容瑾一反常態的沒有主動出擊，只慵懶地躺著，任由寧汐笨拙地親吻自己。

寧汐被吻的經驗很足，可主動吻別人卻是頭一遭，腦中努力的回想著容瑾的動作，先是吮吸，然後是舔，再然後伸出香舌，軟軟地探入他的唇內，和他的舌頭糾纏不休……

容瑾身子一緊，呼吸開始粗重起來，卻還是沒有別的動作。

寧汐心裡暗暗得意，越發的用心努力的吻，直到兩人都氣喘吁吁身子發熱。

容瑾終於忍不住了，狠狠地攬住她的纖腰，危險地低語。「汐兒，這把火可是妳點的。」他已經灼熱硬挺得十分難受了。

縱使隔著幾層衣服，寧汐也能感受到他的「蓄勢待發」，頓時有些慌了，手忙腳亂地將他的手從自己的腰上挪開。「你別亂來，爹娘他們都在外面呢！」

這裡不比容府的高門大院，統共就這麼大的地方，家人又都在，要是弄出什麼動靜來被聽到，她就沒臉見親人了。

容瑾輕哼一聲，慾望未消的俊臉盡是不滿。「那我現在怎麼辦？」寧汐狠狠心，湊到他耳邊低語了一句。

容瑾眼眸倏忽一亮，唇角的笑意壓也壓不住。「真的？」

寧汐不肯正眼看他，努力壓抑著臉紅的衝動，解開了他的衣結，小手靈活地滑入他的胸膛，然後徐徐向下，直到握住那個翹挺的物件。

微涼的手握上灼熱硬挺的一瞬間，兩人都是身子一顫。

「快，我快受不了了。」容瑾難耐地低語。

寧汐凶巴巴地瞪了他一眼。「不准出聲，一切聽我的。」

這樣要命的關鍵時刻，容瑾卻差點笑了出來，旋即喉嚨發乾，被下體傳來的陣陣快感弄得欲仙欲死。

寧汐的動作自然不算熟練，略有些笨拙的摩挲著手裡的物件，手指在頂端輕揉，只覺得手裡的東西越來越熱越來越粗壯，心底竟也竄起了滾熱的情潮。

容瑾低低地喘息，雙眸微閉，嘴唇微張。寧汐從未想過自己會被男色所迷，手中套弄的動作快了許多，在容瑾的呻吟出口之前吻了上去。

唇舌交纏間，容瑾心醉神迷，快感堆積在寧汐的指尖，終於在一個緊繃之後射了出來。

雖沒真的交歡，可這樣的滋味卻也十分銷魂。

容瑾粗重的呼吸聲慢慢平息，睜眼一看，寧汐的面孔正懸在上方，滿臉緋紅，眼眸明媚得似能滴出水來，眼底閃爍著自得的光芒。

「感覺如何？」她難得占了回上風，感覺真是好極了！

容瑾無聲地扯了扯唇角，厚顏無恥地應道：「感覺好極了，要是妳肯用嘴就更好了。」

寧汐先還沒反應過來，待看到容瑾眼底的那抹壞笑，腦子裡忽然閃過一個熱辣的畫面，臉騰地紅了，又羞又惱，忿忿地擰了那個半軟不軟的壞東西。「叫你胡說！」

容瑾一個不提防，重重地喘息了一聲。

就在這時，門被敲響了，阮氏的聲音響了起來。「汐兒，天不早了，你們也該回去了吧！」

寧汐和容瑾都被嚇了一跳，寧汐不假思索地扯過被褥，胡亂地掩住了一床的旖旎，邊揚聲應道：「知道了，我這就喊容瑾起床。」

阮氏很識趣地沒推門進來，笑著應了聲便走了。

容瑾悶悶的聲音從被子裡傳出來。「妳不是要謀殺親夫吧！」他都快被悶死了。

寧汐忙掀開被子，催促道：「別磨蹭了，快起來。」

容瑾懶懶的攤攤手。「妳總得找東西替我『處理』一下吧，這樣我怎麼起來？」剛才情熱之際根本沒留意，噴射出來的熱液將衣褲都弄髒了。

寧汐又紅了臉，只得去找了條毛巾來，塞到他的手裡。

容瑾故意搖頭又嘆氣。「我每次都把妳伺候得舒舒服服的，妳就這麼對我……」

寧汐瞪了他一眼，他自動自發地便把剩餘的調笑都嚥回去了。剛才對寧汐來說，已經是前所未見的熱情主動，要是把她弄得惱羞成怒了，以後想再有這樣的美事可就不容易了。

想及此，容三少爺委委屈屈地將下身擦拭乾淨，可這衣服上沾染的東西卻是怎麼也擦不乾淨了。若仔細看的話，便能看到隱隱約約的痕跡，偏又沒帶乾淨的衣物來，只能硬著頭皮穿好，只希望別被發現才好，不然可真是太丟人了！

兩人都有些心虛，出去的時候都有些不自在。

幸好寧有方和寧暉等人都還沒醒，只有阮氏和葉薇送了他們兩人出來。阮氏百般不捨的拉著寧汐的手，叮囑這個叮囑那個，依依不捨之情溢於言表。

寧汐只覺得鼻子酸酸的，眼眶有些濕潤了。

時值歲末年底，只怕容瑾沒時間陪她回來了……

容瑾最見不得她這副樣子，頓生憐惜之意，忙允諾道：「汐兒，等過了年，我陪妳回來住上幾天。」

「真的嗎？」寧汐滿臉的驚喜，眼裡瑩潤的水光楚楚動人。

容瑾愛憐地笑道：「我什麼時候說話不算過。」語氣一如既往的自大欠扁，可在寧汐的耳中聽來，卻異常的悅耳，頓時喜上眉梢。

阮氏也聽得精神一振，口中卻笑道：「汐兒別胡鬧，姑爺平日裡這麼忙，哪裡有這麼閒空。再說了，剛成親就回娘家小住不合情理，要是讓親家公知道了……」

「這點小事岳母不用擔心。」容瑾含笑說道：「等過了元宵節，我爹就不在京城了。」到時候，容府上下，有誰能管得了他——話又說回來，兩位兄長也懶得管他就是了。

自從十歲過後，容三少爺的我行我素就已經聞名全京城了，容玨、容琮誰不清楚他的脾氣？

阮氏聽了很是欣慰，笑咪咪的送了兩人上了馬車。

# 第三百五十四章 交鋒

容瑾的精彩表現博得了寧汐的歡心，上了馬車之後便有嬌妻投懷送抱的美事。

容瑾自然不客氣地手腳並用好好享用了一番，等到了容府的時候，寧汐紅著臉下了馬車，髮絲顯然整理過了，卻還有一、兩綹不聽話的在臉頰邊飄揚，眼角眉梢透出的風情，讓人看傻了眼。

小安子瞄了一眼，就移不開眼睛了。

寧汐本就是個美人兒，這一點毋庸置疑，可成親過後，這份美麗就像是寶石經過了打磨雕飾，越發璀璨奪目，令人不敢逼視……

容瑾不快地瞪了小安子一眼。

小安子立刻移開了目光，很自然地落到了容瑾的身上。再然後，小安子驚疑不定的喊了聲。「少爺，你這衣襬上是怎麼回事……」那一小攤印跡既不像油漬也不像污漬，若是換在別人身上倒也罷了，可容瑾素來有些潔癖，容忍不了絲毫髒亂的。

寧汐耳際火辣辣的，想扭過頭去，偏又想看看容瑾的神色，便裝著若無其事地瞄了容瑾一眼。

容瑾自有對付小安子的法子，故意不耐煩地瞪了他一眼。「囉嗦，沒見我正要趕著回去換一身乾淨的衣服嗎？」

小安子果然不敢多嘴了，委委屈屈地跟了上去。

寧汐忍俊不禁地樂了，只有她看見了容瑾臉上浮起的一抹可疑的暗紅。認識這麼久了，她還是第一次見容瑾這般尷尬呢！

容瑾見她沒良心地笑自己，眼眸微眯，扯了扯唇角。哼，今晚再和妳算帳！

寧汐不想總落在下風，故意吐吐舌頭做了鬼臉，惹得容瑾心裡癢癢的，一直到後來去見自家老爹的時候都有些心不在焉的。

容將軍見他這副漫不經心的樣子，顯然聽不進自己的話，索性也不多說了，擺了家宴，一家人繼續喝酒。

容瑾中午本就喝了不少，晚上再喝一頓，再好的酒量也吃不消了，到了晚上徹底的醉了一回，多虧著小安子將人扶了回去。

翠環急急地迎了上來，下意識地想伸手去扶容瑾的胳膊。

寧汐及時地伸手扶住了容瑾，淡淡地吩咐道：「翠環，妳去吩咐廚房那邊送些熱水過來。」

成親三天來，這還是她第一次擺出少奶奶的架勢。翠環顯然有些不適應，愣了一愣，才咬牙應了，沈著臉去了廚房。

寧汐看著翠環的背影，眸光一閃。

這個院子裡，小廝以小安子為首，大約六、七個。丫鬟則以翠環為首，也有七、八個左右。大多有幾分姿色，翠環更是其中翹楚，十分標緻。她的心思也十分明白的擺在了臉上，看著容瑾的目光十分熱切，對自己，卻有些幽怨的不屑之意。

寧汐倒也沒吃這份乾醋，容瑾要是真的有這份心，早兩年就可以把翠環正大光明地納入房內做通房大丫鬟。這對貴族少爺公子哥兒們來說，簡直是司空見慣的事情，容瑾既然沒這麼做，以後想必也沒這心思。

可天天有這麼一個丫鬟在眼前，也實在夠鬧心的。

小安子最是機靈，見寧汐沈吟不語，以為她在生氣，忙低聲陪笑道：「少奶奶就別和翠環計較了，她不過是仗著伺候過少爺幾年，才起了些不安分的心思，少爺從沒沾惹過她的。」

寧汐回過神來，啞然失笑。「我不是那麼小心眼的人，不會藉機和容瑾鬧騰吵架的。」

小安子訕訕地笑了笑，不再多嘴。

熱水送來之後，翠環猶自不死心地想在一旁伺候，小安子連連朝她使眼色，她卻視而不見。「少奶奶一個人伺候少爺只怕力有不逮，奴婢可以……」

「出去！」寧汐頭也沒回，聲音卻冷了下來。「這裡不用妳伺候了。」

翠環料不到寧汐會如此不客氣，眼淚在眼眶裡直打轉，憋了一肚子的悶氣和火氣，竟沒動彈。

寧汐轉過身來，似笑非笑地打量翠環兩眼，慢慢地說道：「妳心裡是不是很不服氣？」

翠環咬牙。「奴婢不敢。」所謂不敢，也就是真的不服氣了。

寧汐也不動怒，淡淡地笑道：「我出身寒微，嫁給容瑾算是高攀了，妳打從心底裡看不起我這個少奶奶是不是？」

小安子在一旁聽得臉都白了，連連朝翠環使眼色。容瑾視寧汐如珍寶，要是知道翠環竟敢忤逆寧汐，不狠狠發落她才是怪事。

翠環卻有幾分傲氣和倔強，愣是動也沒動。

寧汐說的沒錯，她確實不服氣。她喜歡少爺這麼多年，一心巴望著能得少爺青睞，只要能做個通房丫鬟就心滿意足了。可少爺卻從不正眼看她一眼，心裡只有寧汐。

寧汐有什麼好？不過是長得好看些，又有些廚藝傍身罷了。論起出身，根本配不上少爺，憑什麼就能得到少爺全心全意的寵愛？憑什麼就能對她指手畫腳？當年寧汐還在容府借住的時候，口口聲聲喊她「翠環姊姊」，這一轉眼的工夫，竟成了她的主子了，這讓她心裡如何能服氣？

寧汐瞄了小安子一眼，那眼神和容瑾竟有七分相似。

小安子頓時老實了，不敢再抬頭。

就聽寧汐淡笑著說道：「翠環，妳服氣也好、不服氣也罷，總之，我現在是容瑾的妻子，是容府的三少奶奶，是這個院子的女主人。妳不肯聽我的話，那就另擇高處，別在我面前待著了。」

什麼？翠環不敢置信地瞪大了眼，寧汐這是要攆她走？

「不，我不走！」翠環脫口而出道：「我伺候少爺這麼多年，沒有功勞也有苦勞，妳憑什麼攆我走？」著急之餘，竟連尊卑稱呼也給忘了。

小安子恨不得上前堵住翠環的嘴。這個丫頭，對著少奶奶怎麼能這麼說話？

寧汐懶得再看翠環一眼，隨意地說道：「妳先退下，這事等明早容瑾醒了再說。」這也算是給容瑾的第一個考驗，看他到底會怎麼處理這個棘手的俏丫鬟……

翠環還待再說什麼，卻被小安子一把拉了出來。

「你、你放開我。」翠環這時倒沒忘了男女之別，忿忿地甩開小安子的手。「你別想乘機占我便宜。」她的身心都是屬於少爺的。

小安子不耐煩地翻了個白眼。「是是是，翠環姑娘，妳還是快些回屋子裡多待會兒吧！別等到了明天走的時候再哭哭啼啼的不肯走。」

誰說她要走了？翠環恨恨地瞪了小安子一眼。「少爺絕不會攆我走的。」

小安子懶得和她爭辯這個顯而易見的問題。當年四小姐還沒出嫁的時候，和寧汐鬧過一回，當時少爺是什麼樣子，難道翠環都忘了嗎？更別說她只是個無足輕重的丫鬟而已。

就等著明天早上看熱鬧好了！

翠環這一夜是如何的千迴百轉暫且不提。

容瑾徹底醉得不省人事，寧汐沒力氣扶他進桶裡洗澡，索性解開了他身上的衣服，用熱毛巾為他擦拭身子。雖有過幾次肌膚之親，可她都是閉著眼睛，根本沒勇氣看他，這還是第一次在燭火下細細打量他的身體。

他不算健壯，卻也頗為結實。平滑的胸膛，平坦的小腹，有力的胳膊，還有結實修長的腿，目光再往下移……

寧汐心跳加速，慌亂地移開目光，胡亂地用毛巾擦拭了幾下。那軟綿綿的物件被濕熱的毛巾一碰觸，竟有了蠢蠢欲動的架勢。

「流氓！醉了還不安分！」寧汐啐了一口，只覺得心裡一陣躁熱。完了，她被容瑾帶得也成了色女了……

好在容瑾沒有醒，寧汐紅著臉把他擦拭得乾乾淨淨，又為他穿了柔軟乾淨的白色中衣，再蓋上被褥，總算鬆了口氣。

接下來，她又匆匆地將自己的身子擦洗了一遍。折騰了這麼一通，寧汐也覺得疲累不堪，小心地上了床，鑽進容瑾的懷中沈沈地睡著了。

一夜好眠！

容瑾宿醉醒了之後，頭有些痛，一碗熱騰騰的醒酒湯已經端到了床邊，伴隨著一張如花的笑顏。「這碗醒酒湯是我親自下廚給你做的，快些喝了。」

容瑾心裡甜膩膩的，故意皺著眉頭。「我頭疼，沒力氣端碗，妳餵我。」

寧汐嗔怪地白了他一眼，手中的動作卻溫柔極了，先將他扶著坐好，然後用勺子舀了一勺，細細地吹得微涼，然後送到容瑾的唇邊。

容瑾張口喝了，心裡的滿足就別提了。

兩人一個餵一個喝，目光膠著在一起，正膩歪得不行，就聽一個熟悉的聲音在門口響了起來。「少爺，奴婢進來伺候您更衣。」

是翠環的聲音，接著便走了進來。

寧汐手裡的動作頓時停了，若無其事的將碗放回了床邊的桌子上，坐直了身子。

容瑾恨不得將殺風景的翠環拍飛到九霄雲外去，頓時沈了臉，冷冷地說道：「不經傳召隨意進來，我什麼時候給過妳這個權利了？」

這話說得分外不客氣，翠環的笑容頓時凝住了，尷尬又無措，眼中蒙上了一層霧氣。

「少爺……」

「出去！」容瑾冷著臉的時候，簡直堪比閻王。

翠環委屈得不得了，卻不敢違抗容瑾的命令，轉身就要退下。

「等等！」寧汐卻出人意料的出聲了。「回來。」

翠環身子一僵，卻沒轉身。

# 第三百五十五章　名聲

容瑾也察覺出不對勁來，不由得擰起了眉頭。這個翠環，真是無法無天了，竟連寧汐的話都敢不聽了……

「妳沒聽見少奶奶在叫妳嗎？」容瑾沈聲說道，眼底浮起一絲怒意。

翠環不敢不轉過身來，眼裡滿是委屈和自憐，豆大的淚珠在眼眶裡盈盈欲墜，頗有幾分楚楚動人的韻味。

容瑾卻看都沒正眼看她一眼，反而問寧汐。「這丫頭是不是不聽妳的話？」

寧汐點了點頭。「嗯，大概是瞧不上我這個少奶奶吧！」她可沒誇大其詞，翠環擺明沒將她放在眼底。有這麼一個丫鬟天天在眼皮子底下打轉，別提多礙眼了，還是趁早打發了為妙。

容瑾聽到這話，頓時動了真怒，目光冷冽極了。「翠環，妳好大的膽子！」

翠環壓根兒沒料到寧汐如此直接，更沒料到容瑾反應這般激烈，臉色陡然白了一白，忙跪了下來，哀求道：「少爺，奴婢對少奶奶並無不敬……」

容瑾挑眉冷笑。「並無不敬？那剛才少奶奶喊妳，妳怎麼動也不動？」當著他的面都敢這樣，背地裡豈不是更過分？

翠環慌亂無措，一時之間卻也想不到什麼好的說辭圓場，支支吾吾說不出話來。

容瑾冷哼一聲，面無表情地說道：「好了，什麼都不用說了。妳待會兒就去收拾東西，去吳嬤嬤那兒吧！」吳嬤嬤是李氏的陪嫁嬤嬤，專門負責府裡的人事調遣。容瑾這麼說，分明是要攆翠環走人了。

翠環頓時花容失色，哭哭啼啼地央求道：「少爺，都是奴婢的錯，求您看在奴婢伺候您幾年的分上，不要攆奴婢走……」

容瑾生平最厭惡的便是這等矯揉造作的女子，看著翠環痛哭流涕的樣子非但沒有心軟，反而更添了幾分厭煩。「行了，立刻從我眼前消失。」那張面如冠玉的俊顏此時冷得似冰一般。

翠環絕望之餘，終於生出了悔意，可憐巴巴的看向寧汐，無言地乞求著。

寧汐卻並未動容，既已決心要攆翠環走，就得狠下心腸，若是一時心軟留下了她，無疑是給日後的自己添堵，與其將來紛紛擾擾，不如現在快刀斬亂麻！

翠環終於哭著起身走了。

門外的幾個丫鬟見她這副樣子，俱是五味雜陳。

翠環平日裡自視甚高，仗著是家生子又有幾分姿色，從不把其他的丫鬟放在眼底。這個院子裡大大小小的丫鬟誰沒受過她的閒氣？沒想到剛過門的這位少奶奶看似溫柔，卻不動聲色地攆走了翠環，讓人解氣之餘，不免也生出了幾分自危……

翠環被攆走一事，很快傳遍了容府上下。第一個得到消息的，便是李氏。

吳嬤嬤斟酌著言詞，委婉地將此事稟報了李氏。李氏先是一愣，旋即意味難明地笑了笑，隨口吩咐道：「既然是三弟的意思，妳就照辦吧！」

吳嬤嬤躊躇片刻，才小心翼翼地說道：「那翠環該往哪兒安置才好？」若是別的丫鬟倒也罷了，這個翠環卻有些特別，她爹是容府名下最大一間鋪子的掌櫃，她娘是田莊管事，都是有頭臉的下人。翠環又生得標緻，給容瑾做通房丫鬟也是夠格的。現在卻被容瑾這麼打發了出來，自然不能隨意的安置，可各個院子裡的大丫鬟名額都滿了……

李氏似笑非笑地看了吳嬤嬤一眼。「這點小問題還用問我嗎？」再有臉面的下人也只是下人，被主子嫌棄到這分上，還要什麼臉面？

吳嬤嬤立刻聽懂了李氏的意思，唯唯諾諾地應了，轉臉就將翠環安排到了漿洗房。

翠環做慣了風光的大丫鬟，哪裡能做得來這樣的粗活，再時不時的聽別人的譏諷恥笑，更是羞惱怨懟不已，將所有的怨氣都記到了寧汐的頭上，故意在背後惡意中傷寧汐。「……我什麼都沒做錯，三少奶奶看我不順眼，慫恿少爺攆我出來。這樣心胸狹窄的妒婦，不知用了什麼妖法，將少爺迷得暈頭轉向……」

下人們本就愛無事生非亂嚼舌頭，很快便將翠環這番話傳了開來，不乏添油加醋的，將寧汐說成了一個不能容人的妒婦。

李氏略有耳聞，卻只當作不知道，總不能世上所有的好事都被寧汐占光了吧！既然正大光明地對付翠環，自然也不會在乎這麼一點閒言碎語。

蕭月兒從荷香的口中聽到這些流言蜚語之後，頓時惱了，忿忿地拍桌子。「這都是誰在背後亂嚼舌頭，實在太過分了！」哪有這麼編排主子的，簡直目中無人！

荷香忙安撫道：「公主殿下請息怒，奴婢也只是偶爾聽丫鬟們閒談才知道的。具體是誰傳出來的，奴婢並不清楚，不過，肯定跟那個翠環有關。」

蕭月兒冷哼一聲。「不知死活的東西！給我去把她帶過來，我來親自問問她。」

荷香為難地勸阻道：「這可萬萬使不得，這畢竟是三少爺院子裡的事情，您過問得太多了，只怕不好。」要是落個仗勢欺人的惡名，未免不美。

一旁的菊香也婉言勸道：「荷香說得有理，您現在懷著身孕，不宜情緒波動，還是別管這事了。說到底，也沒什麼大事，下人閒來無事嚼舌根罷了，也傷不著三少奶奶什麼。」

蕭月兒怒氣平息了一些，想了想說道：「她指不定還什麼都不知道呢，我這就去告訴她一聲。」

荷香和菊香都勸不動她，只得跟著她一起去找寧汐。

此時的寧汐，正悠哉地翻著一本閒書打發時間，見蕭月兒來了，忙放下書本笑著迎了過來。「妳來得正好，我一個人正無聊呢！」

容瑾的婚假只有三天，這兩天又開始恢復了上朝，寧汐乍然一個人待在容府裡，別提多憋悶了。

蕭月兒不擅長拐彎抹角那一套，三言兩語地道明來意。「……妳還不知道吧，府裡的下人在背後說三道四的，說妳這個三少奶奶心胸狹窄……」

「容不得人，把伺候相公幾年的貼身丫鬟都攆走了是吧！」寧汐接得很順溜，臉上卻毫無生氣的樣子，反而浮著漫不經心的笑容。

蕭月兒一愣。「妳、妳知道？」

寧汐聳聳肩。「早就知道了。」小安子早將這些閒話學給她聽過了。

「妳一點都不生氣嗎？」蕭月兒疑惑地問道，這要是換成是她，早就氣得七竅生煙了。

寧汐笑了笑。「說一點不生氣是假的，不過，為了這點閒氣去和一個丫鬟置氣，實在沒意思。」她這麼豁達，倒顯得蕭月兒這個局外人太過激動了。

這反應也太奇怪了。蕭月兒忍不住擰起了眉頭。「妳是不是怕找那個丫鬟的麻煩會讓流言更厲害？要真是這樣，就把這事交給我，我替妳出這口惡氣。」

寧汐哭笑不得，連連擺手。「別別別，妳現在是孕婦，要保持心平氣和才好。」

見蕭月兒還是一臉的忿忿，寧汐心裡湧起一陣暖流，主動地拉起了蕭月兒的手。「我知道妳是心疼我，不過，我是真的不介意。路遙知馬力日久見人心，隨他們說得了，我為人到底怎麼樣，時間長了他們會知道的。」

她面容平靜語氣平和，唇畔還有淡淡的笑意。這幾年，她身為一介女子卻一直拋頭露面在鼎香樓裡做事，不知惹來了多少閒言碎語，不也照樣若無其事的挺過來了？這點陣仗真的不算什麼。

蕭月兒終於相信寧汐真的沒生氣，不由得洩了氣。「妳也真是的，都被人欺負成這樣了，也不想著狠狠的反擊一次，讓他們徹底領教妳的厲害。」

寧汐啞然失笑，耐心地說道：「翠環已經被攆走了，我才是贏家，她說再多的閒話也沒用，我又何必和她計較這些。」

這事放在李氏或是蕭月兒的身上，保管沒人敢多嘴。一個是容府的長媳，是容府的當家主母，另一個是堂堂公主，誰敢在背後亂嚼舌根？

而她，明明是平民出身，偏嫁到了容府做起了三少奶奶，下人們當面不敢說什麼，背地裡免不了要編排幾句。要是這一點閒言碎語都受不了，她還怎麼和容瑾廝守終身？有些事情無法改變，不如看開一些，反而活得坦然瀟灑。

再說了，落個妒婦的名聲也沒什麼大不了的，正好讓府裡那些自恃有幾分姿色的丫鬟都趁早死了這條心，省了將來的麻煩。

蕭月兒聽了這番話，徹底服氣了，嘆道：「妳也別這麼妄自菲薄。要我說，妳才貌雙全性情樂觀開朗，和容瑾是天造地設的一對。那些亂嚼舌頭的，根本就是瞎了眼。」

寧汐笑了，俏皮地眨眨眼。「我心裡也是這麼想的呢！」

兩人對視一笑，把這個話題徹底拋到了一邊。

容瑾每天早出晚歸，忙於朝務，一時也沒留意到這些。

很快地便到了大年三十晚上，容府一家子圍著飯桌坐下，吃起了年夜飯。李氏不知怎麼的閒閒地提了一句。「三弟，你還記得翠環吧？」

# 第三百五十六章　妯娌

容瑾笑容一斂，淡淡地笑道：「大嫂怎麼忽然提起她來了？」翠環不是被攆到漿洗房裡做事了嗎？李氏在這時候提起她做什麼？

寧汐心裡微微一動，忍不住瞄了李氏一眼。

府裡的閒言碎語，連蕭月兒都知道了，李氏當然不可能不知情。可卻從沒聽李氏提起過一句，偏偏在全家都聚在一起的時候提起翠環，這可就有些微妙了……

李氏輕描淡寫地笑道：「也沒什麼，我還以為你知道府裡那些閒言碎語了。」

容瑾挑眉。「什麼閒言碎語，大嫂不妨說得清楚點。」

桌上眾人的注意力頓時都被吸引了過來，齊齊看向李氏。李氏卻若無其事地笑道：「不過是下人亂嚼舌根罷了，不提也罷，免得擾了大家的雅興。」

容瑾面色微微一沈，正待說什麼，一隻溫軟的手忽然輕輕地按上了他的手。

寧汐朝他輕輕搖了搖頭，顯然是不願他刨根問底，免得攪和了桌上原本愉快輕鬆的氣氛。

容瑾只得隱而不發，將這口悶氣嚥了下去。

寧汐稍稍鬆了口氣之餘，不免琢磨起了李氏的用意。李氏忽然冒出這麼幾句，絕不是無的放矢，可這麼做對李氏能有什麼好處？

認識李氏也有兩、三年了，不過，她對李氏並無太深瞭解。只知道李氏出身名門，為人精明圓滑處事高明，將容府管理得井井有條。蕭月兒對掌管家事絲毫不感興趣，和李氏井水不犯河水，因此相處得還算不錯。至於她自己，更沒有和李氏一較長短的心思。可以說，她的存在對李氏的地位毫無威脅。

李氏為什麼要給她添堵？寧汐思來想去也沒想出個中奧妙來。

蕭月兒忽地朝她使了個眼色，裝模作樣地蹙眉道：「我覺得有些悶，氣都喘不過來了。」

寧汐忙笑道：「正好我也吃飽了，陪妳出去轉轉吧！」

容琮正想張嘴說「我陪妳去」，卻見妯娌兩個已經手拉手出去了，不由得啞然失笑，下意識地看了容瑾一眼。

容瑾目光深沈，不知在想些什麼，見容琮看了過來，笑著舉了杯。兄弟兩人默契地交換了個眼神，這兩人分明是找地方說悄悄話去了……

李氏分明也看見了，眼裡閃過意味難明的笑。

蕭月兒拉著寧汐到了隔壁的屋子裡，小聲說道：「寧汐，大嫂好端端的怎麼提起這個來了？」雖然李氏說得含蓄，可明眼人一看就知道是在給寧汐添堵呢！

寧汐無奈地攤手。「我也不知道是怎麼回事。」李氏這人看著挺親切的，可接觸久了就會發現其實並不容易親近。

蕭月兒眼珠轉了轉，忽地低笑道：「我明白了，大嫂這是心裡不平衡，故意想出這法子氣氣容瑾，順便也氣氣妳。」

容瑾和寧汐好得蜜裡調油一般，就連她看著都有些酸溜溜的，李氏看著順眼才是怪事。故意藉著這樣的舉動給寧汐添點堵，倒也可以理解。

寧汐怔了怔，不太確定地說道：「應該不至於吧！大嫂和大哥不也相處得挺好的嗎？」

蕭月兒嗤笑一聲。「妳當所有男人都像容瑾一樣嗎？」

容玨和李氏成親多年，雖然不甚熱切，可也一直相敬如賓彼此尊重。夫妻大多如此，李氏也沒什麼可埋怨的，可現在偏偏多了一對如膠似漆的恩愛小夫妻在眼前打轉，但凡是個女人看著都會覺得不是個滋味。

「……這些流言傳得沸沸揚揚的，連妳我都知道了，大嫂怎麼可能不知道。」蕭月兒中肯地說道：「她卻一直沒阻止，顯然是想用這件事讓妳鬧心來著。」

寧汐想了想，果然如此，不由得嘆了口氣。她明明什麼也沒做，竟然還會招惹到李氏，真是頭痛。

「妳打算怎麼辦？」蕭月兒一臉的躍躍欲試，眼裡閃著興奮的光芒。「要不要找個機會反擊回去？妳放心，我保證站在妳這邊……」

寧汐哭笑不得地白了她一眼。「喂，妳別添亂好不好？」簡直是唯恐天下不亂。

蕭月兒不服氣地噘起了嘴。「我這是在幫妳呢，妳不感激我也就罷了，居然還嫌棄我，真是沒良心。」

寧汐忙笑著哄道：「妳的好意我心領了，不過，妳什麼都不用做，安心養身子就行了，這件事我自己會處理好的。」

蕭月兒的氣來得快去得也快，頓時好奇地追問道：「那妳打算怎麼做？」

寧汐笑而不語，扯著蕭月兒回了飯廳。李氏正好看了過來，兩人的目光在空中遙遙相對。

寧汐若無其事地笑了笑，看不出情緒如何。李氏心裡悄然一動，反而不敢小覷了寧汐。別的不說，單只這份鎮定功夫就遠遠勝過蕭月兒幾倍了。

蕭月兒看看李氏，又看看寧汐，眼裡充滿了興味。

妯娌三人之間的微妙，落在容玨兄弟三人眼中，自有不同感受。

容瑾定定地看向寧汐，眼中不無詢問之意。寧汐淺淺的一笑，回以安撫的眼神。

容琮不無擔憂地看了蕭月兒一眼。蕭月兒雖然比寧汐大一些，可性子卻任性浮躁多了，又和寧汐感情深厚，可別為了寧汐做出什麼不妥當的舉動才好……

容玨微微皺了眉，不動聲色地看了李氏一眼。今天是大年三十，一家子難得聚在一起吃頓年夜飯，別整這些有的沒的，白白破壞了氣氛。

李氏笑容未減，眼底的笑意卻漸漸淡了，心裡那股懊惱和鬱悶頓時又湧上了心頭。

蕭月兒猜得一點沒錯，她確實是看寧汐有些礙眼，這種不痛快，無關家世背景容貌這些東西。

真論起來，寧汐除了比她年輕貌美一些，其餘的皆遠遠的不如她。她出身名門，自小被嚴格教養，琴棋書畫樣樣都通，更是一個合格稱職的當家主母。年齡雖然稍長幾歲，可她也是不折不扣的美人兒。

容玨待她也是不錯的，可這份「不錯」，在寧汐和容瑾的綿綿情意對比下，簡直暗淡無光到了極點。這份微妙的酸意從很久以前就有了，在寧汐過門之後，越發的洶湧。尤其經歷翠環一事，更是迅速地堆積到了頂點。

只因為寧汐的一句話，容瑾竟毫不手軟的就打發了貼身丫鬟。憑什麼寧汐可以得到容瑾全心全意的憐惜呵護？

同樣身為女子，寧汐的幸福實在刺目，直直地刺進李氏心底最軟的一處。李氏不會做什麼出格的事情，不過，這種給人添堵的事情卻是輕而易舉。

寧汐，當所有人都用異樣的眼光看妳的時候，妳還會笑得那樣幸福滿足嗎？

一時之間，飯桌上的氣氛微妙極了。

容將軍分明察覺些許不對勁，卻也不好對兒媳們說什麼，淡淡地扯開話題。「焰火都準備好了嗎？」年夜這一晚，幾乎家家戶戶都會放焰火，容府自然更不例外，早已備下了各式焰火。

李氏忙笑著應道：「早就準備好了。吃了晚飯兒媳就吩咐幾個身體健壯的小廝去點焰火，到時候我們站在一旁看熱鬧就行了。」

蕭月兒忽地興致勃勃地來了句。「看別人點焰火多沒意思，我想自己動手！」

「不行！」眾人幾乎異口同聲的反駁，然後一致地看向容琮。這個孕婦實在太不安分了，一定得看牢了才行！

容琮瞪了蕭月兒一眼。「想都別想。」

蕭月兒訕訕地笑了笑。「我隨便說說而已，你們別當真。」

寧汐何曾見過她這副樣子，頓時樂了，故作大方。「二嫂，待會兒我點焰火給妳看好了。」然後撒嬌地扯了扯容瑾的袖子。「相公，你同不同意？」

這聲相公又嬌又媚，簡直有故意秀恩愛的嫌疑，根本不是寧汐一貫的行事風格。容瑾心念電轉，很配合地寵溺地笑了笑。「當然同意。妳想做什麼都行，不過，一定要注意安全。」

寧汐甜甜地一笑，故意瞄了李氏一眼。她不就是羨慕嫉妒恨嗎？今天索性讓她多看一幕，今晚鬱悶得睡不著才好呢！

李氏扯了扯唇角，笑得有些僵硬。

寧汐憋了一晚上的悶氣，總算抒發出來大半。

# 第三百五十七章 誓言

容瑾絕頂聰明，稍微一思索，便將事情的原委猜中了七、八分。接下來的時間裡，他一直黏在寧汐身邊，兩人淺笑低語，眼神脈脈，到了放焰火的時候，甚至手拉手一起點焰火。寧汐清脆的笑聲和容瑾溫柔的低語混在一起，親暱極了。

容玨和容琮看得雞皮疙瘩都起來了。兩人平時就夠黏糊的，可今晚也未免太誇張了吧！當他們都不存在是怎麼的？

蕭月兒卻看出了其中的奧妙，忍不住會心一笑。好個寧汐，既沒翻臉又不動聲色的回擊了李氏一記，真是厲害！

蕭月兒都能看得出來，李氏自然不可能不清楚寧汐的用意，笑容越來越勉強。可除了憋屈，還能怎麼樣？容玨又不肯這麼親熱的站在她身邊拉著她的手什麼的……

蕭月兒偏偏還湊了過來，裝模作樣地嘆道：「他們兩人的感情這麼好，真是讓人羨慕呢！」

李氏也不是個好惹的主兒，立刻微笑著回敬。「是啊，說出來不怕妳著惱。我平日看著二弟待妳就夠好了，可比起三弟對寧汐，倒又差了幾分。」然後故意長嘆了口氣。「所以說啊，什麼身分家世都是虛的，女人最要緊的就是找到一個知冷知熱的丈夫，這才是一輩子的福氣。」

這些話似一枝利箭正中靶心。蕭月兒的笑容頓時有些僵了，下意識地看了容琮一眼，旋即若無其事的擠出笑容。「大嫂說得是呢，寧汐這份福氣我們比不了。」

一旁的容琮抵了抵容玨，低聲說道：「大哥，你說大嫂和月兒在聊什麼這麼熱鬧。」鞭炮聲焰火聲啪啪作響，雖然隔得不遠，卻也聽不清她們到底在說什麼，兩人的笑容都有點怪怪的……

容玨挑了挑眉，笑容裡滿是嘲弄。「你怎麼越來越婆媽，像個娘兒們似的。她們聊她們的，你管這麼多幹什麼。你就放心好了，你大嫂不會欺負你的寶貝媳婦的。」

容琮訕訕一笑，不好意思再多說什麼。

此刻的寧汐心情卻好極了，一簇簇絢麗的焰火在空中綻放，那一剎那的燦爛美麗，讓人感動得幾乎落下淚來。心愛的男人就含笑陪伴在自己身邊，此情此景，此生都難忘！

寧汐忘了之前的不快，忘了還有容家人在一旁，眼中只有唇角飛揚的容瑾。

容瑾被她這麼一看，心裡頓時軟成了一池春水，低聲呢喃。「汐兒，我現在很開心很幸福。」那聲音低低沈沈的，悄然地鑽入寧汐的心底。

寧汐嫣然一笑，輕聲地回應。「我也是。」

璀璨的滿天焰火下，寧汐俏然盈立，明眸若水，是容瑾生平見過的最美麗的風景。他一個衝動，忽地上前兩步，狠狠地摟了寧汐一下。

寧汐被嚇了一跳，旋即脹紅了臉。「這兒這麼多人在，你發什麼神經。」眉來眼去打情罵俏倒也罷了，可當著這麼多人的面摟摟抱抱的成何體統。

最最關鍵的是，容將軍也在啊！

容瑾低笑一聲，賴皮地不肯鬆手。「怕什麼，我們已經成親了，夫妻愛怎麼親熱就怎麼親熱，誰也管不著。」

短短兩句話工夫，這邊不尋常的動靜已經惹來了所有人的注目。

容將軍咳了咳，將頭扭到了一邊去。李氏吃驚得瞪大了眼，蕭月兒一臉豔羨，容琮和容玨也被震住了。丫鬟婆子們就更別提了，一個個伸長了脖子往這邊看，交頭接耳好不熱鬧。

寧汐的臉紅得快能滴出血來了，七手八腳地推開了容瑾，臉上熱辣辣的，壓根兒不敢看任何人。

容瑾咧嘴笑了，狹長的鳳眸閃爍著熠熠的光芒，那份逼人的風華令人不敢直視。

容玨促狹地笑道：「三弟，你還是快些帶你媳婦回去吧！」有他們兩個在，一個個哪還有心情欣賞焰火，都去看他們秀恩愛了。

這話正中容瑾下懷，不客氣地點頭應了，不忘拉著寧汐去容將軍那兒道了個別，這才施施然走了。

眾人或豔羨或嫉妒或異樣的目光追隨著他們倆的身影，直至消失不見。

寧汐低著頭急急的走，一直到回了院子進了屋子只剩她和容瑾兩人了，才稍稍鬆了口氣。一抬頭，卻見容瑾得意戲謔的目光，她頓時羞惱得不得了，恨恨地擰了容瑾一把。「都怪你，我明天沒臉見人了。」

這一把擰得貨真價實，容瑾疼得直吸氣。「有什麼不能見人的，大嫂不就是見不得我們兩個恩愛嗎？我們今天讓她看個過癮好了！」

提起李氏，寧汐的笑容淡了下來。

容瑾輕舒手臂，攬住寧汐的身子。「汐兒，委屈妳了。」再怎麼說李氏也是長嫂，就算心裡不痛快也不好多說什麼，只能用這樣的方式為寧汐出口氣了。

寧汐打起精神笑道：「沒什麼委屈的，沒嫁你之前，我就料到會有這樣的局面。等時間長了，這些流言蜚語自然就散了。」就算沒有翠環這件事，她也躲不過這些竊竊私語的議論。

容瑾輕哼一聲，語氣森冷。「妳放心，最多兩天，再也不會有人敢在背地裡說妳閒話。」哼，想也知道這些閒話是誰傳出來的，他饒不了翠環！

「你別衝動。」寧汐柔聲地安撫道：「她們也只敢背地裡說，總之沒人敢當著我的面說什麼，你何必為了我大動肝火……」

腰間的手陡然緊了。「我娶妳是想讓妳過上好日子，不是讓妳受閒氣的。」容瑾的語氣如常，並未刻意抬高音量，可這兩句輕飄飄的話卻比所有誓言都要有力，直直地擊中寧汐心底的柔軟。

寧汐的眼角陡然濕潤了，聲音哽咽。「容瑾，我有沒有告訴過你，遇到你是我這一生最幸運的事情。」前世的情傷早已成了模糊的記憶，現在的幸福如此的真切踏實。

容瑾的目光陡然柔和，俯頭輕吻她的臉頰。「汐兒，遇到妳才是我最幸運的事。」

如果沒遇見妳，現在的我必然還是孑然一身，在這個陌生的年代陌生的世界裡漫不經心的活著；如果沒遇見妳，我的人生還是那樣的空洞寂寞；如果沒遇見妳，我不會知道愛一個人是這樣的幸福滋味……

幸好，我遇見了妳。

輕柔的吻如細雨般落在寧汐的額上臉上唇邊，容瑾是那樣的溫柔小心，彷彿手心捧著的是世上最珍貴脆弱的珠寶。細細啄吻了半晌，才緩緩地移到她柔軟如花瓣的紅唇上，那樣輕柔密意的吻，和往日濕熱灼燙的吻完全不同。

寧汐閉著雙眸，長長的眼睫毛微微顫抖著，心裡被巨大的幸福塞得滿滿的，輕飄飄的似要飄到半空一般。

容瑾第一次沒有急切地上下其手，只緊緊地摟著她的身子，吻得近乎虔誠。

許久，容瑾才抬起了頭，寧汐輕喘著睜開眼，四目相對。分明有千言萬語要傾訴，可誰也沒有張口說話，就這麼靜靜的凝視著對方。

你的眼中只有我，我的眼中只有你。

容瑾低語。「汐兒，這句話我這輩子只說一次。我愛妳，我一定會讓妳幸福。」

歡喜的淚珠自然而然的滑落，寧汐伸手拭淚，卻是越擦越多，哭得像個淚人兒一般。容瑾愛憐地將她摟緊。

待兩人情緒都平息，已經是三更時分了。

容瑾低頭親了親寧汐的臉。「這麼晚了，睡了吧！」

寧汐回過神來。「那我讓人送熱水給你洗澡。」這也算容瑾的怪癖了。不管天氣怎麼寒冷，每天晚上必要沐浴更衣才肯入睡。

容瑾哪裡捨得讓寧汐操勞。「不用了，湊合著睡一晚也無妨。」

簡單地梳洗過後，兩人相擁著睡下。說來也奇怪，每天晚上都要折騰一番才肯睡的容瑾，今天卻沒鬧騰。上了床之後異常老實安分，碰都沒碰寧汐一下。

寧汐反倒有些不習慣了，胡思亂想了片刻，終於伸出白嫩的腳丫子輕輕的踢了容瑾一下。沒什麼力道，簡直像撓癢似的。「你睡著了嗎？」

容瑾懶懶地睜眼，唇角微微揚起。「怎麼，妳睡不著嗎？」尾音拉得長長的，曖昧極了。

換在平時，寧汐早就面紅耳赤不肯理他了，今天竟然大著膽子嗯了一聲，那咬著嘴唇的模樣別提多勾人了。

容瑾心裡一蕩，慾望陡然湧了上來，幾乎立刻便有了反應。可不知怎麼的，他竟然還是沒有動作……

寧汐疑惑不已，忍不住偷偷瞄了容瑾一眼。他今天是怎麼了？難道是……累了？

「別亂猜，我一點都不累，有得是力氣。」容瑾似笑非笑的聲音在帳中響起。「不信，妳來摸摸看……」

寧汐不爭氣地又紅了臉，白了他一眼。

容瑾悶悶地笑了會兒，然後才低低的說道：「最多還有兩個時辰天就亮了，明天是大年初一，肯定很忙，妳好好休息，免得明天沒精神。」要不是顧忌這個，他哪能忍得住。

這樣的細心體貼，對容瑾來說實在太少見了，越發讓人感動。

寧汐心裡一甜，乖乖的在他懷中蜷縮身子，很快便睡著了。

容瑾靜靜地看著她香甜的睡顏，心裡湧起難以言喻的滿足。身體依舊緊繃難受，可心裡卻異樣的踏實，那種靜好安謐的幸福，甚至比激烈的交歡更讓他滿足。

不知不覺中，容瑾也漸漸地入了夢鄉。

他作了個夢。

夢裡，他和寧汐幸福的廝守在一起，朝夕相伴，夫唱婦隨。寧汐為他生了一個可愛的女兒，還生了兩個健壯的兒子。一家五口，幸福安謐。

就在此時，一張扭曲猙獰的面孔忽地闖入他的夢境，眼神貪婪而炙熱的盯緊了他。「容瑾，你別想逃過我的手掌心！」

「滾！」容瑾厭憎的冷語。「滾得遠遠的！」

那個男人卻不死心地繼續來糾纏。「容瑾，我對你是真心的，你為什麼就是不喜歡我？為什麼……」

容瑾陡然醒了，明知道只是個夢，可還是皺緊了眉頭。新年第一天，竟然夢到這個人……

# 第三百五十八章 暗鬥

大概是他的低氣壓氣場太過明顯，寧汐也跟著醒了，揉了揉惺忪的睡眼。「你怎麼起得這麼早？」

容瑾定定神笑道：「時候也不早了，我們該起床去給爹和大哥他們拜年了。」夢見四皇子的事情，還是別讓寧汐知道了，免得她心裡彆彆扭扭的不高興。

寧汐自然料不到他作了那樣一個古怪的夢，忙笑著應了。

新年的第一天，在忙忙碌碌中度過。容府旁支的親友也不少，一撥接著一撥的登門拜年。李氏身為長媳，責無旁貸地負起了接待的重任。蕭月兒最喜歡熱鬧，也跟在李氏的身後忙活。

容琮唯恐她身子吃不消，湊到她身邊低聲關心道：「別累著了。」

蕭月兒心裡甜絲絲的，口中卻嗔道：「放心好了，我不會累著你兒子的。」

容琮不擅哄人，只笑了笑便不吭聲了。

蕭月兒便真的有些惱了，輕哼一聲，將頭扭了過去，不理容琮了。

容琮一臉的無辜。

寧汐忍住笑意，忙扯了扯蕭月兒的袖子，小聲說道：「今天是大年初一，可得好好的。聽人說，新年吵架的夫妻會從年頭鬧到年尾的。」

「真的嗎？」蕭月兒被唬住了。

寧汐一本正經地點頭。「當然是真的。妳聽我的沒錯，今兒個別和二哥鬧彆扭了。」

蕭月兒被唬得一愣一愣的，委委屈屈地點了點頭。接下來果然老實多了，安靜柔順地待在容琮身邊。這份難得的溫柔，倒讓容琮有些不適應了。

自從懷了身孕之後，蕭月兒的脾氣陰晴不定，常是前一刻還好好的，下一刻就惱了。容琮無奈之餘，只能安慰自己，孕婦脾氣總是比較大的，等生了孩子總會好些的……

李氏自然不會支使嬌貴的蕭月兒，於是，便指派起了寧汐——當然，李氏說話滴水不漏很是客氣。「弟妹，妳瞧瞧這一大攤子，我一個人實在忙不過來。妳二嫂又是個嬌貴的雙身子，只能煩請妳幫幫忙了。」

寧汐自然不好不答應，忙笑道：「有什麼事大嫂儘管吩咐。」

李氏笑道：「按理來說，妳是新過門的媳婦，不該叫妳做這些的。不過我們容府裡正經的主子也就這幾個，只能煩勞妳。這兩天賓客眾多，中午晚上都得備家宴，廚房這邊的事情就交由妳負責吧！」

寧汐暗暗鬆了口氣，忙笑著應了。廚房裡的一應事務可是她的老本行了，比起迎客應酬之類的，她倒是更樂意接手廚房的雜事呢！

李氏見她答應得痛快，唇角微微揚起，眼裡閃過一抹意味深長的笑。雖然寧汐做過幾年廚子，不過，廚藝好和管理廚房可是兩碼事。容府廚房裡的管事和那幾個廚子，都不是那麼好應付的……

寧汐心知李氏有意看她笑話，自然更打起了十倍精神。

到了廚房之後，先將負責廚房雜務的幾個管事叫了過來，不輕不重地敲打了一番。「這幾天廚房的事務暫時歸我負責，我年輕脾氣急，若是有什麼說得不好做得不到的，還請幾位管事多多包涵。」這番話軟中帶硬，雖是含笑說了出來，卻力道十足。

幾個管事連道不敢，倒是不敢小覷這位新過門的三少奶奶了。

寧汐又特地將幾位大廚召了過來，含笑說道：「這幾天就要辛苦諸位大廚了。說起來，我和大家都是同行，對鍋灶上的事情也算懂一些。如果忙不過來，直接告訴我一聲，我幫著大夥兒一塊兒忙。」

這裡的廚子誰不知道寧汐的赫赫大名，可寧汐名氣再大也是以前的事，如今嫁到容府成了三少奶奶，要是再煩勞她動手做菜，那可就是打廚子們的臉了。因此，寧汐此言一出，幾個大廚忙陪笑道：「爐灶上的事情有我們幾個呢，哪能煩勞三少奶奶。」

寧汐順勢笑道：「那就辛苦你們了，等忙過了這幾日，人人都有賞。」

這麼軟硬兼施，廚子們哪還有不服氣的，做起事來果然又快又好。那幾個管事倒是想整點么蛾子，可寧汐時不時地就到廚房裡晃悠一趟，想推諉拖拉也說不過去，只好老老實實地做事。

容瑾生平最不耐煩應酬，不過正值新年，來來往往的又都是容府的親友，也只能按捺著性子應酬了大半日。

第二天，朝中交好的同僚又紛紛登門，照例又是一日忙碌。

容瑾見寧汐忙得腳不沾地，別提多心疼了，窺了個空，將寧汐扯到了一邊。「汐兒，妳這樣跑來跑去的也太累了，還是別管這些瑣事了。」廚房這些事務一般都是由李氏身邊的管事嬤嬤負責的，現在故意交給了寧汐，分明是成心為難。

寧汐倒是很坦然。「總不能看著大嫂一個人忙活，我卻做甩手掌櫃吧！廚房這點事累不倒我的，你放心好了。」

李氏藉著此事為難她，她偏偏要做得漂漂亮亮的，讓李氏無話可說。

別看寧汐平日裡溫溫柔柔的很好說話，其實性子強得很，認準了事情誰也勸不動，容瑾只得隨了她，背地裡卻派了小安子去了趟廚房。

也不知小安子到底說了什麼，總之，那幾個管事忽然勤快麻溜了不少，對著寧汐的時候態度更是好得不得了，比起前兩天的敷衍了事不可同日而語。

寧汐稍微一想，便知道容瑾必然暗中出了力，心裡甜絲絲的。

蕭月兒好不容易找到了寧汐，忍不住抱怨道：「不過就是管個廚房，怎麼忙得連和我說話的時間都沒了。」

寧汐失笑。「我的好二嫂，妳知不知道廚房裡到底有多少事要忙。」她初來乍到對人事都不熟悉，又得督促廚子們做菜，又得指派著管事們做事，還得安排家宴桌席，恨不得多生出一雙手來才好。

這個……她怎麼可能知道！蕭月兒毫無羞愧之意，理直氣壯地應道：「不知道，妳說給我聽聽好了。」果然是太閒了。

悶。

寧汐只得陪著她閒聊打發時間，將廚房裡的一應事情隨便挑了幾樣說給蕭月兒聽了解

蕭月兒聽著聽著來了興致。「不如我也陪妳去廚房好了。」

寧汐立刻告饒。「妳就饒了我吧！別給我添亂了。」想也知道，蕭月兒去了什麼忙也幫不了，自己還得再騰出時間精力來照顧她，哪裡吃得消。

蕭月兒不滿地瞪圓了眼。「喂喂喂，妳說這話是什麼意思？什麼叫我給妳添亂，我是去給妳幫忙的好不好，妳就這麼嫌棄我嗎？」

寧汐總算領教到有口難辯的滋味了，只得苦笑著說道：「我一時口誤，歡迎妳去幫忙。」

這還差不多！蕭月兒滿意地笑了。

寧汐習慣獨來獨往，每次去廚房從不帶丫鬟，可蕭月兒就不一樣了，這邊剛一抬腳，那邊荷香、菊香立刻跟在了身後，再加上宮中派來的四個嬤嬤，聲勢陡然浩大了不少。

寧汐既無奈又好笑，忍不住調侃道：「我們這麼多人去廚房，保准會把廚房裡的人都嚇得膽戰心驚不敢說話。」

蕭月兒挑了挑秀氣的眉，嘻嘻一笑。「那才好呢，看誰還敢不聽妳的話。」

她說得輕描淡寫，寧汐心裡卻是一動。蕭月兒硬是要跟著去廚房，難道是聽到了什麼風聲，特地去廚房給她撐腰……

蕭月兒似是看出她在想什麼，低聲笑道：「大嫂那個人，表面看著和氣，其實心高氣傲

得很。大概是覺得妳出身小門小戶的，才故意讓妳領了這麻煩差事，好藉機壓壓妳的風頭，順便看妳出醜鬧笑話，只可惜，她這如意算盤是打錯了。」

有容瑾為寧汐撐腰，有她這個堂堂公主給寧汐壓陣，那些見風使舵的下人豈敢生事？

寧汐心裡暖暖的，忍不住握了蕭月兒的手。「謝謝妳。」

蕭月兒白了她一眼。「和我還說這種客套話，也太見外了。我可一直把妳當成妹妹，才不會和妳客氣呢！有什麼不痛快的糟心事，我第一個想到的就是妳，再麻煩妳我都沒覺得不好意思。」

寧汐被逗樂了。這番理直氣壯不太講理卻又溫暖入心的話，果然是蕭月兒一貫的風格。

她忽地想起了和蕭月兒初識時候的情景。

那個時候，蕭月兒只以為她是個普通廚子，她明知對方是公主，卻佯裝不知情，一個有心，一個無意，竟結下了一段情同姊妹的緣分。經歷了一連串的事情之後，她和蕭月兒終於真正的坦誠相待，感情日益深厚。

緣分這東西，果然妙不可言。誰能想到，她會和堂堂大燕王朝明月公主親如姊妹又成了妯娌？

蕭月兒見她笑容滿面，也笑開了，俏皮地眨眨眼。「今天我也見識見識廚房裡是什麼樣子。對了，我可不能白來一趟，妳得親手做些好吃的讓我解解饞才行。」

她的孕吐反應已經結束，現在胃口好得很呢！早就巴巴的盼著寧汐給她做好吃的了。

寧汐眉眼彎彎的笑了。「好，想吃什麼儘管點。」兩人相識一笑，攜手進了廚房。

# 第三百五十九章　昔日情敵今日小姑

李氏本以為寧汐乍然接手廚房肯定會手忙腳亂，怎麼也沒料到一日三餐安排得妥妥當當，連菜色也比往日新穎美味了不少。

來往的客人更是讚不絕口，就連容將軍也難得的讚了一句。「這幾日的飯菜味道不錯。」

蕭月兒搶著笑道：「那是當然，寧汐天天去廚房指點那幾個廚子做菜呢！」

寧汐忙笑著自謙幾句。「這都是幾位大廚做得好，我哪裡幫得上什麼忙。」

容將軍笑了笑，讚許地看了寧汐一眼。他對這個新過門的兒媳婦雖不排斥，但也談不上有多少好感，這些日子看她說話做事，倒是落落大方很有章程，容瑾果然有些眼光。

容將軍生性嚴肅，很少誇讚誰，這樣讚許的目光便已是極為難得了。李氏在一旁看著，心裡酸溜溜的。她掌管容府幾年，天天忙碌操心，也沒見公爹誇過她一句……

正想著，容將軍忽地看了過來，淡淡的問道：「最近府裡的下人有些不安分，妳這個管家理事的怎麼也不管管，任由他們在背地裡亂嚼舌頭編排主子。」雖然說得不甚明朗，可在座的誰能聽不出其中的意味，容將軍分明是在責備李氏管家不力縱容下人。

李氏的笑容有些僵硬。「公爹說得是，兒媳一時疏忽了。今兒個有空，一定去好好查查，這流言蜚語是從哪個嘴裡傳出來的，一定嚴懲不貸。」

容將軍點點頭，不再說話。

寧汐心頭湧起一陣溫暖。她本以為容將軍天天忙於應酬親友同僚，根本不會留意到府裡的這些瑣事。沒想到容將軍不但留意到了，而且還特地為此數落了李氏兩句……

蕭月兒朝寧汐擠眉弄眼。公爹這麼一發話，大嫂不定多難受呢！

寧汐扯了扯唇角，心裡自然是愉快的。

妯娌三人中，李氏年長，又是當家主母，而且心思細密精明過人，她和蕭月兒都遠遠不及。不過，好在她和蕭月兒關係親厚，李氏也未見得穩占上風就是了。

李氏見她們兩個眉來眼去極有默契，心裡不由得掠過一陣酸意。

可再不痛快，該做的事情卻一樣不能少。吃罷了午飯之後，李氏立刻命吳嬤嬤叫了翠環過來，嚴厲斥責了一頓，又將翠環直接打發去了田莊做事，再將幾個沒有口德的丫鬟婆子各打了三十個板子。雷厲風行的手段一經實施，頓時效果斐然，再也沒人敢在背地裡對三少奶奶說三道四了。

寧汐占了上風之餘，也不想和李氏弄得太僵，特地親自下廚做了幾個點心送到了李氏面前。「大嫂辛苦了，這點小小心意，還望大嫂笑納。」

正所謂伸手不打笑臉人，更何況這張笑顏真摯動人，讓人想生反感都不容易。

李氏心裡暗嘆一聲，面上擠出笑容。「弟妹說這話可真是見外了。前些日子實在太忙，我無暇顧及這些瑣事，才使得這些個不安分的下人逮著空閒猖狂了一回，妳別因此生我的氣才是。」

寧汐忙又笑著應對了幾句，這個小小的風波總算暫時告一段落。

這一場妯娌暗鬥，以寧汐占上風收了場。妯娌三人心中各有計較，不必細說。

容瑾對這個結果並不意外，私底下叮囑寧汐。「以後若是遇到這類事情，妳只管告訴我，我替妳出氣。」李氏畢竟是長媳，寧汐和她較勁必然吃虧。還是他出面穩妥點。

寧汐又是甜蜜又是好笑。「好了，女人間的事情，你就別摻和了，你看我是那種任人欺負不還手的性子嗎？」

容瑾挑了挑眉，也笑了。

是啊，當年剛認識寧汐的時候，他不知被她的伶牙俐齒氣了多少回，後來漸生情愫，他更被她折騰得鬱悶懊惱無數次。就她這副脾氣，誰能欺負得了她？

小夫妻正隨意地閒聊說話，丫鬟翠雲笑盈盈的進來稟報。「啟稟少爺少奶奶，姑爺小姐回來了，老爺叫你們都過去呢！」

姑爺、小姐？

寧汐怔了片刻，才反應過來翠雲說的是誰，原來是容瑤和姑爺羅庭回來了。

容瑤在去年嫁到了羅家。這個羅家雖比不上容府，可也是書香門第清貴之家。羅庭是羅家次子，相貌平平不算出眾，卻頗有幾分才學。容將軍便是看中了羅庭的人品，才應了這門親事。可聽說容瑤嫁過去之後，和姑爺並不甚和睦……

寧汐眼中閃過一絲譏諷的笑意。

容瑤喜歡的，是像邵晏那樣的溫潤美少年。羅庭或許還有幾分風度，可相貌卻實在不甚起眼。在各有特色風采逼人的容氏三兄弟面前，更是被比得暗淡無光。容瑤心裡便有些怨氣，總覺得自己嫁得委屈。她又是個沈不住氣、沒城府的性子，在平日的言行中便流露了幾分。

羅庭也是個聰明人，焉能察覺不到？若不是礙著容府，只怕夫妻兩個早就鬧騰開了。

容瑾見寧汐的笑容有些奇怪，心裡微微一動，忽地說了句。「妳是不是一直都不喜歡四妹？」

寧汐倒也坦白。「我確實不喜歡她。」頓了頓，又補充了一句。「當然，她也不喜歡我。」她和容瑤之間的舊怨不提也罷。

容瑾挑了挑眉，若有所思，卻沒追問什麼。正如寧汐瞭解他一樣，他也很瞭解寧汐的脾氣。別看她整天笑咪咪的好像很好說話的樣子，其實嘴緊得很，只要她不肯說，再怎麼追問也沒用。

兩人成親不足一個月，正值情濃，親密恩愛自不必說。可她的心底，仍有極小的一塊角落他闖不進去……

寧汐見容瑾面色深沈，心裡也有些心虛，忙笑盈盈的挽起了他的胳膊，嬌嗔道：「快些走吧，別讓大家久等了。」

容瑾淡淡一笑，起身和寧汐一起往外走。

老遠的就聽到正廳裡傳來說笑聲，容瑤略顯尖細的笑聲分外的刺耳，直直地鑽入寧汐的耳中。寧汐微不可見的蹙了一下眉頭，旋即舒展眉頭，微笑著走了進去。

容瑤的目光和寧汐在空中遙遙相接，微微一頓，便各自若無其事地扭開了頭。再不對盤也是以前的事，現在一個出嫁一個做了容府的新媳婦，成了姑嫂。總要顧及些顏面，不能鬧得太僵太難看。也因此，兩人寧可遠遠的對峙不說話，也沒明著起過爭執。

「弟妹，妳來得正好。」李氏笑吟吟的向寧汐招手。「我們正聊到妳呢！」

容瑾去和姑爺羅庭寒暄，寧汐只能硬著頭皮到了李氏身邊，不偏不巧的和容瑤對了個臉。

容瑤還是那副跋扈的壞脾氣，故意哼了一聲，將頭扭到了一邊。寧汐心裡冷笑一聲，面上還是禮貌的笑容。兩相一對比，頓時顯出了高下之別。

李氏對兩人的舊怨自然心知肚明，眼裡飛快地掠過了一絲笑意，口中卻笑道：「四妹，妳都是出嫁的人了，可不能像以前那麼任性，快些和妳三嫂打個招呼。」

三嫂？她是誰三嫂！

誰是她三嫂！

容瑤和寧汐同時嗤之以鼻，只不過一個顯在了臉上，一個在心裡暗暗吐槽。礙著李氏的顏面，一個不情願的喊了聲，一個淡淡地應了一聲，卻連看都沒看對方一眼。

蕭月兒也開始覺得不對勁了，疑惑地看了寧汐一眼。這是怎麼了？妳才剛過門，怎麼就和這位小姑鬧得不愉快了？

寧汐回了個眼神。此事說來話長，以後慢慢再告訴妳。

蕭月兒只得按捺下心中的疑惑，笑著打圓場。「四妹難得回來一次，這次小住兩日再回去吧！」這當然是客套話。嫁出門的女子若想回家小住，至少也得經過公婆的允許，容瑤來時並沒帶換洗衣物和行李，顯然是當天就得回羅家。

沒想到，容瑤竟然點了頭。「我也正有此意呢！爹難得回來一趟，再過幾日就要離開京城了，我想陪陪爹。」

蕭月兒笑容一頓，下意識的看了李氏一眼。李氏咳嗽一聲，笑著說道：「四妹似乎沒帶換洗的衣物回來。」

容瑤滿不在乎地說道：「待會兒讓綠竹回去一趟，收拾些衣物送過來就是了。」

這個……不太好吧！

蕭月兒和寧汐交換了個眼神，不約而同的保持了沈默。李氏只得委婉暗示道：「四妹，這事要不要和妹夫商量一聲……」

「不用了。我想在自己的家裡住幾天，他能有什麼意見。」

容瑤一臉不以為然地打斷李氏，頓了頓說道：「大嫂，妳這麼說是不是不歡迎我？」

李氏最是圓滑，自然不肯正面惹惱容瑤，忙正色笑道：「四妹說這話可真是折殺我一片心了，我巴不得妳常回來住呢！我平日裡可常念叨妳的，不信，妳問問妳三嫂就知道了。」

容瑤扯了扯唇角，似笑非笑地看了寧汐一眼。「哦，真的嗎三嫂？」

寧汐笑了笑。「當然是真的，我們都盼著妳能多住些日子，多陪陪公爹呢！」至於她會因此和公婆丈夫鬧得不愉快吵架之類的，跟自己有什麼關係？

# 第三百六十章　雞飛狗跳

不出所料，容瑤要在容府小住的消息一宣布，便惹來了眾人不同的反應。

羅庭雖然掩飾得不錯，可眼底一閃而逝的不快卻很明顯。

容瑤卻像沒看見似的，逕自向容將軍撒嬌。「爹，您這一走就是半年不回來，我想在府裡住幾天，好好陪陪您。」

容將軍雖然明知此事不妥，可畢竟只有這麼一個女兒，平日也是頗為疼愛的。遲疑片刻，便笑著看向羅庭。「瑤兒這丫頭就是有些任性，還請賢婿多多擔待了。」

話說到這分上，羅庭還能說什麼，只好笑著點頭應了。

容瑤早已興致勃勃地吩咐綠竹去羅府收拾換洗衣物行李了。

寧汐瞄了默不作聲的羅庭一眼，心裡忽地生出些許同情之意。以容瑤的囂張跋扈任性，想必這位姑爺也吃了不少苦頭。偏偏三個舅子一個比一個厲害，岳丈更是手握兵權的武將，想一振夫綱只怕是有心無力……

算了，人家夫妻的事情跟她無關，她管不著也沒那個閒心去管，還是在一旁閒閒看熱鬧就好。接下來的幾天，她離容瑤遠一點就是了。

寧汐盤算得挺好，只可惜容瑤半點都不配合，住下來的第二天就開始找茬鬧騰了。

廚房送去的早飯，容四小姐嫌棄難吃，當時就讓綠竹原樣的端了回來。廚子只得又重做了幾樣，誰料容四小姐還是不滿意，吃了幾口就將盤子都扔了。然後氣沖沖的到了廚房，不由分說地罵了廚子一頓。「……你們這幾個不長眼的東西，看我出嫁了就不把我這個四小姐放在眼裡了是吧！竟敢弄些不能入口的東西來敷衍我……」

那幾個廚子滿肚子的委屈，卻都知道容瑤的脾氣，只得乖乖地站著挨罵。

容瑤罵了一通之後，又將廚房裡的幾個管事挨個兒訓斥了一頓。

寧汐知道此事之後，心裡的火氣陡然冒了出來。如今這廚房裡的事情由她打點負責，容瑤這麼做根本就是醉翁之意不在酒，成心給她添堵呢！

那幾個廚子還在委屈的訴苦。「三少奶奶，小的可以向您擔保，今天早上送去的飯菜都是精心做的，可四小姐非說我們幾個有意敷衍。還說午飯若是再不如她的心意，就要將我們幾個都攆走。」這擺明就是有意找茬嘛！

說來也有點蹊蹺，容瑤脾氣雖然不好，可這樣無理取鬧卻是第一回呢！也不知道是誰招惹到這位難纏的姑奶奶了，竟把一腔火氣都撒到了他們頭上，

寧汐眸光一閃，將火氣生生地壓了下來，淡淡地笑道：「好了，我知道了。」

「那中午該做什麼菜式送過去才好？」其中一個大廚小心翼翼地問道。

寧汐泰然自若地笑道：「我正好閒著沒事，今天四小姐那邊的午飯就由我來做好了。」頓了頓，又補充了一句。「還有大嫂、二嫂院子裡的飯菜，也一併由我來做。」

廚子們面面相覷，雖然俱是滿心疑問，總算沒人敢多嘴。

寧汐捲起衣袖，隨口吩咐廚子們做準備，便開始忙碌起來。蟹肉雙筍絲、桃仁山雞丁、

琵琶大蝦、糖醋荷藕、蔥爆牛柳、三鮮龍鳳球，再加桂花魚條、蜜汁番茄，配著晶瑩透亮的米飯，還有一碗熱騰騰的口蘑雞湯。

菜色豐富不說，每一道菜都有其特色，鮮香俱全，既有偏辣也有偏甜的菜式。就算再挑剔的食客，也絕不會無從下筷。

行家一出手就知有沒有。廚子們都是識貨的，只看幾道菜式的搭配便知寧汐絕不是浪得虛名，更不用說寧汐流暢至極的動作是何等的自信養眼了。

寧汐特意將每道菜都留了一份，和顏悅色地笑道：「這幾日大家都辛苦了，今天中午也嚐嚐我的手藝。」

廚子們受寵若驚，連道不敢。

寧汐微微一笑，也不多說，便離開了廚房。

她在這兒，廚子們自然束手束腳的不自在，她這麼一走，各人倒是都不客氣，各自拿了筷子過來品嚐。

「妙！這道蟹肉雙筍絲味道鮮美，入口爽脆，簡直妙極了。」一個廚子滿臉的驚嘆。

「依我看，這個糖醋荷藕才是一絕。糖醋的比例恰到好處，口感黏糯香醇，實在太好吃了。」

「這道蔥爆牛柳才是真的好……」

總之，這一頓飯過後，廚子們對寧汐是徹底服氣了。

同一時刻，容瑤也坐在飯桌前，雖然竭力想挑飯菜的毛病，可幾道菜式偏偏都很合她的胃口，一時也顧不上說什麼了，一口接著一口吃個不停。

羅庭對桂花魚條尤為鍾愛，忍不住讚道：「你們府上的廚子手藝果然好，這道桂花魚條外脆裡嫩，香而不膩，我在酒樓雖也吃過，可遠遠不及這個味道。」

他這麼誇口稱讚容府的廚子，容瑤自也覺得面上有光，口中卻偏要反其道而行之。「還過得去罷了，早飯敷衍了事，午飯總算下了些功夫。」

羅庭瞄了她一眼，沒有吭聲。依他看來，早飯其實也頗為豐盛美味了，容瑤卻大發脾氣，也不知道是真的嫌早飯做得不好，還是想藉機鬧騰。

「今天的午飯是哪個廚子做的？」容瑤隨口問了一句。

綠竹也不太清楚，便遣了個小丫鬟跑去廚房問了問。待那個小丫鬟匆匆地跑來稟報之後，容瑤頓時變了臉色。「妳說什麼？這是三少奶奶親手做的？」竟然是寧汐親手做的飯菜？

小丫鬟老老實實地點頭。「是，廚房裡的幾位大廚都是這麼說的。」

容瑤的臉色變了又變，隱隱的有些扭曲。

羅庭對她和寧汐之間的恩怨並不清楚，反射性地笑道：「沒想到三嫂廚藝這麼好。」

「好什麼好？」容瑤冷哼一聲，沒好氣地說道：「她根本就是有意賣弄。要不是仗著這點廚藝，三哥怎麼可能看得上她！」

這話說得可有些過分了。

羅庭皺了皺眉。「怎麼能這麼說話，再怎麼樣，她總是妳三嫂，妳這話要是傳到她耳朵裡，以後見面還怎麼說話……」

容瑤蠻不講理的搶過話頭。「你到底還是不是我丈夫，怎麼一心向著她說話？是不是看她長得漂亮？」

羅庭臉色也變了，面色鐵青。「快些住嘴。這話也能隨便說嗎？」這等胡言亂語要是傳到容瑾耳朵裡，他還怎麼做人？

他難得如此強硬，容瑤先是一愣，旋即哭鬧開了。「你要是沒這個心思，幹麼怕我說兩句。你分明就是看她長得好，才會向著她……」

羅庭再一次體會到什麼叫秀才遇到兵有理說不清，咬牙拂袖而去。

容瑤見他竟不肯軟下身段哄自己，心裡越發懊惱，哭哭啼啼地去了陶姨娘的院子訴苦去了。

對這些，寧汐自然不知情。她午睡過後，便起了床。一時閒著無事，便打算再去廚房看看。翠玉殷勤的笑著湊了過來。「少奶奶要去哪兒，奴婢伺候您去吧！」

寧汐不習慣有人跟著自己，忙笑道：「不用了，妳們就在院子裡待著，我去會兒就回來。」說著，便抬腳走了。

翠玉愣了片刻，忍不住想道，少奶奶其實挺和氣挺好伺候的，從不擺主子架子，對下人也十分客氣呢！

寧汐一個人獨自往返廚房，早已成了容府裡一道獨特的風景。一路上遇到的丫鬟婆子，俱都客客氣氣地向她躬身問好。寧汐含笑點頭，那笑容溫柔親切，讓人如沐春風。

路過一處園子時，寧汐眼角餘光忽地瞄到一個熟悉的身影。不由得微微一怔，他不和容瑤在一起待著，怎麼一個人跑到這兒來了？

出於禮貌，寧汐很自然地靠近幾步，笑著打了個招呼。心裡暗暗奇怪，羅庭的臉色似乎不太好看，該不會是和容瑤吵架了才會氣得在園子裡胡亂轉悠吧！

羅庭也沒料到會在這兒遇到寧汐，頗有禮貌地寒暄道：「三嫂這是要到哪兒去？」

寧汐笑著應道：「我閒著無事，打算到廚房轉轉呢！」

白天各自忙碌，到了晚上眾人才有時間聚在一起吃飯。也因此，晚上這頓家宴比較重要，廚房得好好準備。

一提到廚房，羅庭不由得想起了之前和容瑤的口角，笑容淡了下來。旋即打起精神，笑著讚道：「三嫂廚藝實在太好了，今天中午那道桂花魚條實在美味。」怪不得寧汐年紀輕輕就成了名動京城的名廚，確實有過人之處。

寧汐嫣然一笑。「這麼誇我，我可不敢當。」

她本就生得美麗出眾，穿戴遠勝從前，更多了幾分嫻雅貴氣。這嫣然一笑，便像是鮮花怒放，無比動人。

羅庭呼吸一頓，忙將那絲不該有的蕩漾壓了下去，笑著應道：「我句句都是真話，可不是成心要奉承三嫂。」

兩人之前從未單獨說過話，此時客套一番，倒也沒冷場。

寧汐笑著應對了幾句，便打算告辭去廚房。

羅庭不知想到了什麼，忽地來了一句。「三嫂，如果容瑤說了什麼不中聽的話，妳千萬別往心裡去。」

寧汐微微一怔。好端端的，羅庭怎麼會突然冒出這麼一句話來？

# 第三百六十一章　潑婦難纏

羅庭也不好說得太直白，含蓄地說道：「她性子急，還請三嫂多擔待。」以容瑤的性子，對寧汐說上幾句難聽話實在不算稀奇。

衝著這番話，寧汐對羅庭的印象頓時有了改觀。忙笑著應道：「這說的是哪兒的話，都是一家人，有什麼擔待不擔待的。」肯護著自己妻子的男子，總不會差到哪兒去。沒想到容瑤還有這份福氣，嫁了個好丈夫，只可惜容瑤向來是個不懂惜福的……

羅庭的笑容裡多了幾分感激之意。正待說什麼，忽然聽到一個熟悉的刁蠻聲音遠遠的響了起來。「羅庭！」

羅庭笑容一頓，暗道不妙。兩人之前剛為了寧汐吵了一架，現在再被容瑤看到他和寧汐單獨說話，不打翻醋罈子才是怪事。可此時躲也來不及了，只能硬著頭皮轉身。「瑤兒，妳怎麼來了？」

容瑤冷笑一聲，嬌俏的面孔陰沈沈的，卻理都沒理羅庭，恨恨地瞪了寧汐一眼。

寧汐倒是分外坦蕩，微笑著打了個招呼。「四妹。」沒做虧心事，當然也無須心虛，不過是出於禮貌說了幾句閒話而已。容瑤醋勁再大，也不該胡亂衝她發脾氣吧！

只可惜，容瑤這個人向來不能以常理來推斷，就見她氣勢洶洶的走到了寧汐面前，咬牙說道：「好妳個寧汐，嫁人了還不安分，把三哥迷得暈頭轉向娶妳過了門，現在又想勾引我相公嗎？」

呸！

寧汐頓時沒了笑臉，冷冷地應道：「容瑤，請妳說話注意些分寸。」什麼「不安分」什麼「勾引」，這種話簡直是對她的極大侮辱！

容瑤見她動了火氣，絲毫不懼，冷笑著說道：「怎麼，被我說中心事惱羞成怒了嗎？」跟這種人果然沒道理可講。寧汐氣急反笑。「容瑤，我們打開天窗說亮話，妳不喜歡我，想找茬儘管來，別往我身上潑髒水。」

眼見著情勢緊急一觸即發，羅庭皺緊了眉頭，沈聲說道：「瑤兒，我剛才和三嫂只是閒聊幾句，妳怎麼可以這樣胡言亂語，快些和我回去……」別在這兒丟人現眼了。

容瑤早就憋足了一股勁要和寧汐鬧騰，哪裡肯乖乖回去，見羅庭伸手來拉她，不假思索的拍開了羅庭的手。「滾開！不要用你的髒手來碰我！」

羅庭咬牙切齒，額頭上青筋畢露。「容瑤，妳別太過分了！」

容瑤的下巴高高地抬起。「我怎麼過分了，我說的都是實話，明明就是寧汐不安分勾引你……」

羅庭再也忍不住了，猛地一把拉過了容瑤的手，半拽半拉地硬是將人拖走了。容瑤再刁蠻也不及他的力氣大，氣急敗壞地罵道：「羅庭，你敢這麼對我，等爹回來了，我就去找爹評理去……」

寧汐被氣得火氣直往心頭湧，本來還以為容瑤出嫁了會安分點，沒想到比以前更囂張討厭。光天化日當著下人的面鬧了這麼一齣，也不怕丟人。

寧汐深呼吸口氣，冷冷地看了不遠處探頭張望的幾個丫鬟一眼。那幾個丫鬟頓時訕訕地收回了目光，立刻作鳥獸散。不過，可以肯定的是，不出半日，府裡又要開始流傳新一波的流言蜚語了。

寧汐只覺得太陽穴隱隱作痛，好不容易才將心裡的火氣按捺了下來，抬腳去了廚房。還有一場「硬仗」要打，她不能亂了陣腳，也得好好想想接下來該怎麼應對才好……

容將軍回府得最早，還沒喝完一杯熱茶，就聽到外面一陣吵吵嚷嚷，其中最尖銳的女子聲音分明是容瑤。

容將軍眉頭一皺，沈聲吩咐。「看看外面怎麼回事。」

還沒等丫鬟應聲，門就被咚地一聲推開了。容瑤哭哭啼啼的衝了進來，一臉委屈地控訴。「爹，您可要為我作主，我這日子是沒法過下去了。」

跟著進來的羅庭一臉隱忍的怒氣，卻沒忘了女婿該有的禮數，恭恭敬敬地給容將軍行禮問安。「岳父，小婿今日失禮了。」

容瑤兀自哭鬧個不休。「爹，羅庭欺負我，寧汐更不是什麼好東西，成心給我添堵……」

越聽越不像話！容將軍面色一冷，沈聲道：「有話好好說，這麼多年的閨儀都學哪兒去了，羅庭的名字也是妳叫的嗎？還有，寧汐是妳三嫂，妳怎麼能直呼其名？」

久戰沙場的武將威嚴一出，屋子裡的溫度陡然降了下來。

容瑤果然老實多了，用袖子胡亂擦了眼淚，哽咽著告狀道：「爹，您今天一天不在，不知道發生了什麼事情。中午的時候，寧汐……三嫂為了顯擺能耐，親手做了飯菜，我不過說了飯菜幾句，羅庭……相公他竟然向著三嫂說話，和我吵了一架。到了下午，他又和三嫂獨自在園子裡說話，被我逮了個正著，爹一定要給女兒作主……」

羅庭聽不下去了，上前一步。「岳父，請容小婿說幾句。中午的時候，小婿只是誇了三嫂廚藝不錯，瑤兒就不高興，和我吵了幾句。我一時煩躁，便在園子裡胡亂轉了半天，沒想到無意中碰到了三嫂，出於禮貌才打了個招呼寒暄了幾句，小婿絕沒有半分不軌之心。三嫂說話行事更是坦蕩，絕不像瑤兒說的那般不堪，還望岳父明鑑！」

容瑤的眼神像刀子一般咻咻地飛了過去。「羅庭，你還敢說你沒起半分邪心嗎？口口聲聲都向著寧汐那個賤人……」

「閉嘴！」一聲怒喝聲響起，伴隨著一聲重重的拍桌子聲。結實的桌子，竟硬生生的被拍出了一條細細的裂縫。

容瑤被這一聲巨響嚇住了，頓時噤若寒蟬。

容將軍眼神滿是寒意。「瑤兒，事情還沒定論，妳怎麼能隨意出口誣衊妳相公和妳三嫂？妳知不知道一個人的清譽是何等重要，要是這等混帳話傳開來，妳相公和妳三嫂還要不要做人了？」不分青紅皂白，隨口誣衊自己的丈夫和嫂子，簡直匪夷所思！

容瑤身子瑟縮了一下，眼中迅速地蓄了淚珠，在眼眶中直打轉。「爹，您不替女兒作主，怎麼替外人說話？」

當著羅庭的面，竟然說出「外人」這等混帳話。

容將軍被氣炸了。「照妳這麼說，妳是出嫁了的姑娘，也是外人才對吧！你們夫妻倆的事情，鬧到我面前算怎麼回事，立刻給我收拾東西回羅府去。」

容瑤哪裡肯，又開始哭鬧不休。「我不回去，這裡才是我家……」

羅庭一臉無奈的羞惱，眉宇間滿是陰霾。娶了這樣的妻子，可以想像今後的日子會怎樣的「精彩」！

李氏聽到動靜之後，急急地趕了過來，在半路遇上了連袂而來的蕭月兒和寧汐。也沒時間多說什麼，一起進了容將軍的院子。

老遠地便聽到了屋內傳出的哭鬧聲，李氏耳尖的聽到了寧汐的名字，不由得意味深長地看了寧汐一眼。此事既然和她無關，樂得看個熱鬧。

寧汐力持鎮定，可眉宇間卻隱隱的浮現出怒意。

這個容瑤，簡直天生就是她的死對頭，前生為了邵晏，兩人沒少對峙過。現在成了姑嫂，竟還是鬧得這般雞飛狗跳的。別的倒也罷了，偏偏將這等骯髒的髒水往她身上潑，真是是可忍孰不可忍！

蕭月兒也蹙起了眉頭，對這個小姑的印象直跌入谷底。

聽聽她那些胡言亂語，哪裡還像個有教養的大家閨秀，倒還和市井潑婦差不多。原來好竹也會出歹筍……

妯娌三人一起進了屋，出現在三人眼前的便是這樣一幕——

容將軍沈著臉滿是不快，羅庭束手立在一旁，一臉羞憤。容瑤倒是越哭越起勁，扯著容將軍的袖子不放。聽到身後的動靜，容瑤哭聲一頓，恨恨地瞪向寧汐。「寧汐，虧妳還有臉來見我爹。」

寧汐視若無睹，穩穩地上前給容將軍行禮問安。

這份鎮定功夫，倒讓容將軍刮目相看了，先警告地瞪了容瑤一眼讓她閉嘴，然後淡淡地說道：「妳來得正好，今天有什麼事情，當面說開了。都是一家人，大新年鬧騰成這樣，徒惹笑話。」

這番話看似不偏不倚，可細細一品味，分明是在偏向容瑤。

明眼人都能看得出來，此事純屬容瑤無理取鬧。可容瑤再不好，畢竟是容將軍的親生女兒，容將軍自己罵幾句無所謂，可當著幾個媳婦的面，總要給女兒撐撐腰。

寧汐心裡哂然，面上卻越發溫順恭敬。「公爹說得是。」

容瑤氣順了不少，自然的站在自家老爹身邊，眼裡閃過一絲得意的冷笑。寧汐，妳不就是仗著三哥疼妳寵妳嗎？我今天倒要看看，妳要怎麼應付自家老爹的責難？

情勢十分微妙，蕭月兒不由自主的往寧汐身邊靠攏了幾步，咳嗽一聲說道：「公爹，此事不能偏聽一面之詞，要不，先聽聽寧汐怎麼說吧！」

三個兒媳中，蕭月兒身分最矜貴，容將軍平日對她也最客氣，見她擺明旗幟的向著寧汐，也不好說什麼，淡淡地說道：「也好，寧氏，妳先說說看，今天到底是怎麼回事？」

# 第三百六十二章　女兒和媳婦

寧汐感激地看了蕭月兒一眼，然後定定神說道：「說起來，這事確實是兒媳的不對。」眾人都是一愣。

容將軍略有些意外，眼神露出深思之色。容瑤眼中閃過得意。蕭月兒卻暗暗著急，連連朝寧汐使眼色。

寧汐對眾人異樣的反應視若不見，逕自說道：「我身為三嫂，本該好生照顧四妹，沒想到卻惹得四妹大動肝火，也使得公爹心情不快，還驚動了大嫂、二嫂，讓大家新年時節過得不安穩。不管事情起因如何，歸根結柢都是我錯了，還請公爹責罰。」

別人尚未反應過來，李氏卻是神色一動。做嫂子的和出嫁的小姑起爭執，公爹向著誰不言而喻。好個寧汐，面對這樣尷尬難堪的處境，竟來了個以退為進，這份風度和心胸已經遠勝容瑤了。

而容瑤，根本沒意識到寧汐這一手的厲害之處，見寧汐低頭示弱，眼角眉梢已經透露出了得意和輕蔑來。

對手根本不是一個重量級別的，讓看熱鬧的李氏也沒了原本的期待。

果然，容將軍面色一緩，看向寧汐的目光溫和了不少。「這也不能全怪妳。」為小姑親自下廚做飯，本就是委曲求全的討好之舉。容瑤卻不識好歹的挑三揀四，到底是誰在藉機生事，不言自明。

可再怎麼樣，容瑤是他唯一的女兒，也是捧在手心裡疼愛著長大的。在人前，他總得護著自己的女兒，也只能稍微委屈寧汐這一回了。

寧汐乖巧地低頭應道：「多謝公爹寬宏大量。不過，兒媳也有些話不吐不快，還望公爹准許兒媳多舌幾句。」

容將軍點頭准了。

寧汐抬起頭，定定的看了面有得色的容瑤一眼，緩緩的說道：「四妹心裡有什麼不痛快的，和我直說無妨，一家人不必為這點小事鬧得不愉快。不過，四妹這一生氣上火就愛亂說的毛病可得改一改。今天幸好沒有外人，那些荒唐話不會傳出去，不然，我們姑嫂可就成了人家眼中的笑話了。」

容瑤笑容一僵，杏眼似噴出火星來了。「寧汐，妳說這話是什麼意思？我什麼時候亂說了，妳明明就是仗著有幾分姿色勾引我相公……」

「瑤兒！」容將軍動了真怒，目光冷了下來。「妳已經不小了，怎麼說話還像以前那般不懂事，快些向妳嫂子陪個不是。」

容瑤看著自家老爹那張冷凝的臉，心裡也有幾分懼意，卻不肯低頭認錯。「我沒錯，憑什麼要向她道歉。」

容將軍濃眉一挑，無形的威勢散發出來，壓得人透不過氣來。「瑤兒，去給妳三嫂道歉。」

容瑤自以為委屈，眼淚又掉了下來，口中胡亂嚷著。「我不，我就是不道歉，我沒錯，都是她不對，憑什麼我要給她道歉，她根本就是個不安分的狐媚子……」

「容瑤，妳在說什麼？」一個陰冷的聲音在門口響起。

眾人回頭，只見容瑾陰沈著臉站在門口，一臉的山雨欲來風滿樓之勢。

容瑤生平最怕的就是容瑾，見他這副陰沈可怕的樣子，眼淚都被嚇了回去。「三、三哥，你什麼時候回來的？」

容瑾大步走到了寧汐身邊，擋在寧汐身前，冷笑著應道：「我要是再不回來，汐兒豈不是被妳欺辱得不敢抬頭了？什麼不安分的狐媚子，我可以清清楚楚明明白白地告訴妳，是我先喜歡上了妳三嫂，死纏爛打地才娶了她過門。妳有什麼資格來評斷她好不好？」

他目光冷冽，渾身散發著駭人的寒意，容瑤首當其衝，連直視他的勇氣也沒有，不自覺地往容將軍身邊瑟縮了一下。

容將軍咳嗽一聲，溫和地打圓場。「瑾兒，你來得正好，你妹妹和你媳婦鬧了點口角，竟鬧到了我面前來，我正說她們兩個。」

容瑾盛怒之餘，對自家老爹也沒了往日的客氣，冷冷地應道：「照這麼說來，爹已經有了定論了吧！不知道是誰無事生非鬧得家宅不寧？」

容將軍略有些尷尬。這事明擺著容瑤不對，寧汐剛才的低頭認錯已經夠委屈了。要是直言這一點，容瑾不發火才是怪事。四個兒女中，就數容瑾脾氣最壞也最固執，常讓他這個當爹的也頗為頭痛。現在鬧騰到這一步，該怎麼收場才好？

李氏笑著打圓場。「三弟，你先消消氣，此事說來話長。」

容瑾在氣頭上，可不吃這一套，冷笑著瞄了李氏一眼。「大嫂既然一直都在，想必對這事清楚得很。總該知道是誰對誰錯，要不，就請妳說給我聽聽如何？」

李氏也吃不消容瑾犀利的言辭，頓時語塞。

寧汐扯了扯容瑾的袖子，小聲地說道：「這不關大嫂的事，你別亂發火。」

容瑾輕哼一聲，唇角抿得極緊。

蕭月兒也硬著頭皮打圓場。「三弟，你先別發脾氣，公爹正在問明情況，並沒怪任何人。說起來就是鬧了幾句口角的事情，也沒什麼大不了的。」

寧汐迅速地說道：「是啊，公爹剛才還讓四妹向我陪不是呢！你先冷靜下來，別亂發脾氣。」容瑾護著她的舉動自然很窩心，可總不能讓容瑾因此背上忤逆長輩的不孝名聲。

兩人目光對視片刻。

容瑾在她的眼中清清楚楚地看到了擔憂，心裡陡然一軟。寧汐為了他想息事寧人，他又何嘗捨得寧汐受這樣的委屈？可今天要是徹底鬧僵了，今後寧汐在容府也沒法做人了……

容瑾深呼吸幾口氣，定定神，看向容將軍。「我剛才一時情急說話不妥，還請爹別怪罪。」

容將軍順勢下了臺，擺擺手說道：「算了，你們小輩的事情，我也懶得管了，你們都散了吧！」

容瑤還待再說什麼，容將軍卻迅速地瞪了她一眼。「還不快些回院子裡待著好好反省去。」卻沒讓容瑤就此打道回羅府。

容瑤抽抽噎噎地應了，和一臉陰鬱的羅庭先出了院子。沒等走上幾步，容瑾便追上來了。「等等。」

容瑤不情願地停住了腳步。「三哥，你還有什麼事？」

容瑾冷冷地說道：「容瑤，今天的事我暫不追究，要是再有下一次，別怪我對妳不客氣。」

容瑤氣結，想反駁卻又沒這個膽子，在容瑾吃人一般的目光下十分不甘願地點了點頭。

容瑾又看向羅庭，淡淡地說道：「妹夫，以後瓜田李下，還是多避嫌一些比較好，也省得有人口舌生瘡無事生非胡言亂語。」

容瑤被罵得滿臉通紅，羅庭更是羞愧至極，唯唯諾諾地點頭，不敢直視俊美逼人的容瑾。他絕不敢向任何人承認，在和寧汐獨處的那片刻，心底曾蕩起的絲絲漣漪……

容瑾說完之後，看也沒看兩人，大步去追寧汐。

蕭月兒站在不遠處，和寧汐一起欣賞了容瑾毒舌犀利的一幕，忍不住嘆道：「寧汐，容瑾對妳真好。」

換了別的男人，遇到這樣的事情必然頭痛得很。一邊是妻子，一邊卻是自己的親爹和親妹妹，怎麼著也得猶豫一下該向著誰。可容瑾卻毫不猶豫的站在了寧汐這一邊，真是羨煞人也。

寧汐無聲地笑了笑，之前的那點鬱悶不快一掃而空。

容瑾也聽到了蕭月兒這句由衷的感慨，扯了扯唇角。對他來說，這根本不是選擇題。這個世上最重要最親的人當然是寧汐，和家人之間的親情反而並不特別熱絡。而且，他一直都不喜歡這個任性刁蠻的妹妹，要不是礙著容將軍也在，他今天才不會這麼輕易就放過容瑤。

寧汐低聲問道：「你怎麼知道我在公爹這裡？」

容瑾簡短地應道：「小安子派人告訴我的。」容府說小不小，說大也就這麼大。下午發生的那點事情，很快就傳到了小安子耳朵裡。小安子一向機靈，早派人到門房那兒等著，容瑾剛一進府，就知道了事情的始末，總算趕得及將寧汐解救出來。

寧汐心裡暖暖的。「我知道你心疼我，不過，下次遇事可別這麼衝動了。」雖然容瑤鬧騰的動靜不小，可自己並沒吃什麼虧。倒是容瑾這麼一出現，更激化了矛盾，以後和容瑤見面，怕是連表面上的和睦也沒了。

容瑾頓住了腳步，深深地凝視寧汐一眼，忽地說道：「汐兒，我陪妳回寧家住些日子吧！」這話題轉得太快太突然了。

寧汐一怔，可仔細一想便明白過來了。

看這架勢，容瑤幾天之內都不會回去，不卯足了勁和寧汐鬧騰才是怪事。寧汐再聰慧，可為人媳為人嫂的身分擺在這兒，和小姑較勁必然吃虧。容瑾又開始上朝，大部分時間都不在府中，不見得第一時間都能趕回來。

與其留在府中受這些窩囊氣，倒不如回寧家住些日子，也省得鬧心。

寧汐也心動了，猶豫著問道：「公爹會不會不高興？」剛鬧出這等事情，她後腳就回娘家，似乎不太好……

容瑾挑了挑眉，淡淡的笑道：「妳放心，我爹不會反對的。」

# 第三百六十三章 都不省心

鬧過這麼一齣，容將軍必然也頭痛得很。寧汐回娘家住些日子，正好可以避開和容瑤正面衝突，他豈有不同意的道理？

寧汐想了想，笑著點頭應了。

天色將晚，現在去顯然來不及，明天再回也不遲。至於容將軍那邊，自有容瑾出面去說，寧汐樂得少煩心一層。

公爹偏袒親生女兒，她早有心理準備，並沒特別難過，而且應對得十分得體，可心裡的委屈卻並沒少半分。她也是被家人捧在手心裡長大的，何曾受過這樣的閒氣？做了人家的兒媳，和以前未出閣的時候到底不一樣了……

容玨和容琮相繼回府，分別從李氏和蕭月兒的口中知道了事情的始末。

容玨皺了皺眉頭。「四妹越來越不像話了。」

李氏卻說道：「一個巴掌拍不響，這也不能全怪四妹一個人，要是寧汐肯多讓著她一點，也不會鬧騰出這麼多事情來。」

容玨似笑非笑地瞄了李氏一眼，雖然什麼也沒說，可李氏卻愣是有了一絲心虛。夫妻多年，對彼此的性情脾氣都再熟悉不過。容玨稍微動一動眉毛，她也能知道容玨在想什麼，顯然是對她最近的表現不太滿意了……

李氏抿了抿嘴唇，沒有吭聲。

容玨意味深長地說道：「四妹脾氣不好，也不是一天、兩天的事情，我們早就習慣了，倒也不會見怪。可弟妹畢竟剛入門，這樣分明有些欺負新媳婦的意思，妳這個做長嫂的，以後也該幫襯提點弟妹，別弄得家宅不寧的。」

李氏面色微微一變。「相公是在指責妾身嗎？這件事自始至終妾身都不知情，哪想到四妹和弟妹會鬧得這麼厲害。相公這麼說，未免對妾身不公平。」

這番話義正辭嚴，任誰聽了都會覺得李氏很無辜。

容玨扯了扯唇角，眼底卻沒什麼笑意。「事實到底怎麼樣，妳心裡最清楚，我也不想多說。總之，此事僅只一次，絕不能有第二次！」

李氏執掌府裡的事務也有幾年了，府裡發生的一切動靜都瞞不過她的耳目。寧汐和容瑤在花園裡鬧騰出這麼大的動靜，她不知道才是怪事。可李氏卻袖手旁觀什麼也沒做，到最後，竟然鬧到了容將軍的面前。事情鬧得這麼大，李氏自然有些責任。

李氏咬咬牙，滿腹的委屈。「好好好，什麼都怪我。我天天忙裡忙外操持府裡的瑣事，非但沒落半點好，倒惹了一身的不是。從今兒個起，這個家我也不當了，誰愛當家誰當去！」說著，扭身就走。

容玨的火氣也蹭地冒了上來，對著李氏的背影嚷了一句。「這話可是妳說的，妳別後悔！」李氏身子頓了頓，頭也沒回地出了屋子。

當天晚上的家宴，容玨一個人列席，李氏沒有出現。

容將軍暗暗奇怪，忍不住問道：「李氏人呢？」

容玨忙擠出笑容應道：「她身子有些不舒服，今晚便沒過來。我們先吃吧，不用等她了，待會兒我會讓廚房做些吃的送過去。」

容將軍不疑有他，點點頭便拿起了筷子。

寧汐心裡一動，總覺得有些不對勁，忍不住瞄了蕭月兒一眼。正巧，蕭月兒也看了過來，兩人交換了個眼神。

李氏之前還好好的，一轉眼的工夫怎麼就不舒服了？該不會是和容玨嘔氣吵架了吧！

容瑤見寧汐和蕭月兒眉來眼去，心裡有些鬱悶。蕭月兒的身分是何等的尊貴，這大燕王朝裡再也找不到比她更矜貴的女子了，有這樣一個嫂子，她自然也是驕傲的。可蕭月兒嫁到容府之後，對她一直不冷不熱，最多維持了姑嫂之間的客套。

她一直以為蕭月兒天生便是冷淡的脾氣，可直到今天才知道，蕭月兒並不是對誰都這樣，對著寧汐的時候笑得可親暱得很……

「二嫂，」容瑤殷勤地挾了塊糖醋排骨，放入蕭月兒的碗中。「妳懷了身孕，可得多吃些。」

蕭月兒笑著道了謝，本不想動筷子，可容瑤就這麼直瞪瞪地看著自己，不吃似乎說不過去，只得將排骨送入口中，胡亂吃了。

容瑤的笑容頓時燦爛起來，不停的為蕭月兒挾菜，順便扯著蕭月兒閒聊起來，故意將寧汐晾在一旁。

蕭月兒倒是想將寧汐拉進話題，可剛一扯到寧汐身上，容瑤便立刻將話題扯了開去，幾次下來，蕭月兒也沒了轍。當著容將軍和容琮等人的面，也不好不理睬容瑤，只得硬著頭皮應酬，邊朝寧汐歉意地笑了笑。

寧汐微微一笑，安撫地看了蕭月兒一眼，表示自己並不介意。

這麼多年了，容瑤還是和她記憶中的一樣，任性幼稚得可笑。和這種人斤斤計較，簡直在拉低自己的智慧，只當眼前沒這個人就好。

待各人都吃得差不多了，容瑾才若無其事地提起了要陪寧汐回寧家小住一事。「爹，有件事我想和您商量一下，我打算陪寧汐回娘家小住幾天。」

容將軍先是一愣，待會意過來，面上難得的有絲不自在，正待點頭答應，就聽容瑤搶著說道：「我剛回來，三嫂就要回娘家，這是什麼意思嘛，要是不歡迎我，我明天回去就是了。」

容瑾餘怒未消，對她自然不會客氣。「知道自己不受歡迎，總算還沒笨到家。」

「你……」論口舌，容瑤哪裡是容瑾對手，忙向容將軍告狀訴苦。「爹，三哥又欺負我。我知道，嫁出去的閨女就是潑出去的水，哥哥嫂子們都不樂意見到我，爹，您不會也想趕女兒走吧？」一邊說邊裝模作樣地抹起了眼淚。

容將軍立刻心疼了，忙低聲哄了幾句，然後又瞪了容瑾一眼。「你是怎麼當人兄長的，就這麼欺負你妹妹的嗎？虧得不是你當家，不然瑤兒豈不是連娘家都不敢回了。」

容瑾眼眸微瞇，唇邊沒了笑意，分明是發火的先兆。

寧汐心裡一跳，唯恐容瑾和自家老爹頂嘴，忙搶著道歉。「公爹說得是，都是兒媳不好，不該在這個時候想著回娘家。等以後有空閒了，再回去也不遲。」

這話聽著還算順耳，容將軍神情溫和了不少。「我再過幾天就得離開京城，瑤兒也住不了幾日。到時候，容瑾陪妳在寧家多住個十天半月的也行。」

寧汐忙笑著應了。

話說到這分上，容瑾也沒了較勁的心情，繃著臉不吭聲，算是同意了。

容瑤見自己又占了上風，心裡很是得意。笑容剛一浮上臉頰，容將軍便警告地看了她一眼。「瑤兒，妳現在已經出嫁了，凡事都不比以前，總得有幾分大人樣子。在府裡住的這幾天，不准和幾個嫂子胡鬧，聽見沒有？」

容瑤應得爽快極了，可在座的人都很清楚，這保證根本不值一文。

羅庭今晚一直很沈默，從頭至尾也沒說過什麼話，更沒抬頭看對面的寧汐和容瑾一眼。

容瑤春風得意之餘，低下身段，主動挾菜放入羅庭面前。「相公，是不是菜式不合你胃口？你怎麼一直都沒動筷子？」

刁蠻的俏臉溫柔起來，也是嫵媚動人的。可成親半年來，羅庭早已領教了她陰晴不定的驕縱脾氣，對這張臉甚至隱隱地生出了厭煩之意。

羅庭卻沒動筷子，淡淡地應道：「中午吃了不少，我現在還不餓。」

一提到中午，容瑤不免就想到了午飯時兩人起的爭執，以及後來在花園中發現他含笑和寧汐說話時的憤怒，一股無名怒火頓時又蹭的冒了出來。咬牙低語。「羅庭，你這是什麼意思？我親自挾菜給你，你都不肯吃嗎？」

羅庭眼中掠過一絲不耐，壓低了聲音應道：「妳別鬧了好不好，我真的不餓！」

容瑤氣得臉都青了，按著她往日的脾氣，此刻早該拍案而起，和羅庭大吵一番了。不過，她總算在失態之前記起家人都在，當著這麼多人的面吵架實在難看，尤其是自家老爹也在。要是她和羅庭當眾鬧翻，大家顏面都不好看……

容瑤勉強忍了這口氣，可臉色卻難看極了。

他們兩人雖然竭力壓低了聲音說話，可飯桌就這麼大，兩人的臉色又都沒好看到哪兒去，誰能看不出他們兩人又吵架了？

寧汐冷眼看熱鬧，心裡暗暗想著，羅庭也夠可憐的，竟娶了這麼一個不省心的妻子。至於容瑤，別看她現在囂張又得意，可丈夫的心卻離她越來越遠。縱然娘家勢力再大，也沒法保證她的婚姻幸福美滿吧！羅庭能忍她一時，能忍她一世嗎？

可以想見的是，以後必然會有更多的「熱鬧」可看。反正和她沒什麼關係，她樂得看熱鬧就是了。

晚飯結束之後，容將軍特地叫住了羅庭。「賢婿請留步，聽聞你對書畫頗有見地，我書房裡有幾幅，想請你評點一番如何？」

岳丈相邀，羅庭焉能不從，忙欣然應了。反正他也不想早早回去對著容瑤，還不如在這兒多消磨點時間。

容玨顯然也有相同的心思，忙笑道：「我也去湊湊熱鬧。」

# 第三百六十四章 當家

第二天一大早，府裡的管事齊整的站在外面，可李氏愣是一個也不見，躺在床上裝病不肯起來，偏偏今日容將軍特地邀了幾個朝中同僚到容府作客，接待之類的瑣事都得由李氏操持才行。這個時候撂挑子，可真是夠讓人著急的。

有機靈的管事見勢不妙，忙跑到前廳去稟報容玨。

容玨聽到一半便變了臉，暗暗咬牙。夫妻多年，拌嘴什麼的自然免不了，可像這樣不顧顏面的嘔氣，還是第一遭……

「怎麼了？」容將軍察覺到容玨臉色不對，關切地追問了一句。

容玨擠出笑容。「李氏身子不適，暫時還不能下床，今天只怕得煩勞弟妹幫著料理瑣事了。」當著家人的面，他怎麼也沒臉說出李氏和他嘔氣的事情來。

眾人都是一愣。

容琮反射性地皺了眉頭。「月兒懷著身孕，不能太過勞累。」再說了，蕭月兒根本沒操持過這類事情，不弄得一團亂才是怪事。

蕭月兒自己倒是躍躍欲試，扯了扯容琮的袖子小聲說道：「昨天太醫還說我胎象穩得很，做些瑣事也不妨礙的。」

「不行。」容琮瞪了她一眼。

寧汐只得主動請纓。「要不，就讓我試一試吧！」

不管李氏是真病還是假病，總之今天是不會露面了。這裡裡外外一大攤子雜事，總得有人料理。這兒雖然有不少人，可蕭月兒身孕未足四個月不宜太過勞累，容瑤又是出嫁的姑娘不便理事。數來數去，也只能由她出面理事了。

容將軍想了想，便點頭應了。「也好，如果有人膽敢不聽妳的話，只管發落。」

寧汐恭恭敬敬地應了。

蕭月兒最好湊熱鬧，見寧汐抬腳要走，忙說道：「等等，我也一起去。」不等容琮發脾氣，便識趣地保證。「我就是跟在寧汐身邊打發時間，保證什麼也不做，絕不會累到自己。」一副信誓旦旦的樣子，就差沒對天發誓了。

容琮不太情願地點了頭。以蕭月兒的性子，想拘束著她老老實實的待在哪兒，也著實不易，只要不胡亂鬧騰就好。

容瑤眼珠轉了轉，忽地也笑道：「我在這兒也沒什麼事，索性跟著二嫂、三嫂一起湊熱鬧好了。」

湊熱鬧？只怕是想跟著搗亂的吧！寧汐淡淡地瞄了容瑤一眼。「四妹肯來幫忙，自然最好了。」礙著容將軍也在，不好一口拒絕。

容瑾本來一直坐著慢悠悠的喝茶，此時忽地長身而起，幾步走到了容瑤身邊。

容瑤略有些心虛地退了一步。「三哥，你這是要做什麼，我可是去幫忙的，又沒打算給三嫂添麻煩。」

容瑾慵懶地挑眉一笑。「我又沒說什麼，妳這麼緊張幹麼？」然後施施然對寧汐說道：「這兒有爹和大哥二哥，應酬客人足夠了，我反正也沒什麼事，陪妳一起去見管事。」有他壓陣，倒要看看誰敢不安分。哼！

寧汐窩心極了，卻又怕容將軍不高興，忍不住瞄了容將軍一眼。好在容將軍並未阻止，反而笑道：「瑾兒跟著去也好。寧氏嫁過來時日尚短，府裡的下人又多，肯定有不少都不熟悉。有你在，他們也不敢不老實。」

有容瑾和蕭月兒相陪，寧汐的底氣足了不少。先將府裡分管各項雜事的管事召集到了自己的院子裡，簡單地吩咐了幾句。

這十幾個管事大多是容府裡的老人，精明者有之，狡猾者有之，見風使舵者亦有之，總之，沒一個省油的燈。李氏執掌府裡事務五、六年，才將這一干管事收服得服服貼貼，寧汐一個新過門的少奶奶，自然還沒這分威信。

不過，管事們都是人精，剛看到容瑾和蕭月兒一左一右待在寧汐身邊，便自動自發地老實了許多。不管寧汐說什麼，都恭恭敬敬地聽著，無人敢多舌。

寧汐含笑吩咐道：「……大夥兒就照著平日的習慣先忙活去，如果有什麼不妥當的，立刻來回覆。」眾管事齊齊應了，各自散去。

寧汐悄然鬆口氣，小聲問容瑾。「我剛才表現得怎麼樣？」她可從沒做過當家主母，剛才對著一幫子管事，還真有點發怵呢！

容瑾唇角上揚，調侃道：「我都聽得一愣一愣的，那些管事就更不用說了。」

這哪裡是誇讚，分明就是取笑她嘛！

寧汐瞪了他一眼，決定不理他了，轉過頭和蕭月兒低聲說話。「二嫂，大嫂身子不舒服，我們也該去看看她才是。」李氏這場「病」來得莫名其妙，十有八、九有些內情。藉著探望的名義，正好可以看看到底是怎麼回事……

蕭月兒立刻看懂了寧汐眼神中蘊含的深意，欣然點頭應了。

容瑤一直沒找到機會說話，此時忙說道：「妳們是要去看大嫂嗎？我也去！」

此時只有他們四個人，寧汐自然懶得應付她，淡淡地笑道：「大嫂身子不適，一下子探望的人太多了，只怕她也會嫌吵。依我看，妳不如下午再過去。」明明白白地拒絕了容瑤同行的提議。

有容瑤在，她和蕭月兒說話都不方便，她還得時刻防備著容瑤找茬，別提多累了。

容瑤被噎了一下，頓時惱了，柳眉一豎正要發脾氣，容瑾淡淡地看了過來。

容瑤立刻洩了氣，悻悻地哼了一聲。「我下午自己一個人過去。」頭也不回地忿忿離去。想也知道，肯定又找容將軍告狀去了。

容瑤一走，寧汐心情陡然好了不少，笑盈盈地拉著蕭月兒去了李氏的院子。容瑾卻沒跟著來，長嫂身子不適，做小叔的探望多有不便。

守門的丫鬟見蕭月兒和寧汐連袂而來，不敢怠慢，飛奔著進去稟報，過了片刻，才陪笑著回轉。「二少奶奶、三少奶奶勿怪，我們少奶奶說了，她不能下床，實在不便見人，還請兩位少奶奶改日再來探望。」

蕭月兒和寧汐對視一眼，有默契的交換了個會心的眼神，然後便一起退了出來。

「妳說，大嫂到底是怎麼了？」蕭月兒壓低了聲音。「若是真的生病了，卻又沒見請大夫來診治。若說沒生病，這麼避著不見人又是怎麼回事。」

寧汐低低地笑道：「依我看，大嫂根本沒生病，肯定是和大哥吵架了。」李氏素來好強，自然不肯將這一面示於人前，也因此才不肯見她們。

蕭月兒想了想，忍不住笑了。「平日裡盡被大嫂看我笑話，現在總算也輪到我看她的熱鬧了。」她和容琮常鬧口角，李氏哪回不是看得津津有味，這一次總算風水輪流轉了。

寧汐也抿唇笑了。她和李氏的關係很微妙，說好吧談不上，說不好吧，也沒到撕破臉皮的地步。難得有這樣的熱鬧可看，她可要睜大了眼睛才好。

下午的時候，興致勃勃前往的容瑤也吃了閉門羹。容瑤可沒寧汐那麼好的脾氣，當時便撂了臉子，陰陽怪氣地說道：「大嫂這到底是生的什麼病，怎麼連人都不肯見了？」

吳嬤嬤滿臉陪笑，好說歹說，總算將容瑤哄走了。待難纏的容瑤走後，吳嬤嬤忍不住擦了擦額角的汗珠，才進去稟報李氏。「少奶奶，四小姐已經走了。」

李氏淡淡地嗯了一聲，隨意的看手裡的書打發時間。

吳嬤嬤雖然不識幾個字，可也知道李氏壓根兒沒看得進去，這都半天了，也沒見李氏翻頁。眼睛雖然盯著手中的書本，可思緒早不知飄到哪兒去了。

吳嬤嬤心裡暗暗嘆氣，忍不住勸慰道：「少奶奶，您就別和少爺嘔氣了，府裡哪能少得了您主事……」

李氏扯了扯唇角，眼底分明沒什麼笑意。「少了我也沒什麼，不是還有三少奶奶嗎？」

她人雖然沒出院子，可外面的一舉一動都瞞不過她的耳目。寧汐暫時領了管家理事的重任，蕭月兒和容瑾一起為寧汐撐腰，哪有人敢懈怠。這一天，竟是比平時的效率高了不少。這讓成心嘔氣撂挑子的李氏更是鬱悶得無以復加。

吳嬤嬤見李氏臉色不豫，也不敢再多勸。心裡暗暗盼著容玨早些讓步低頭，女人不論年齡大小，都是需要哄的。李氏真正氣惱的，其實就是容玨的態度而已，只要容玨稍微低個頭，李氏自然就好了。

# 第三百六十五章 旖旎

這一天，寧汐自然是最忙碌的那一個。

不當家不知理事的難處，這一天下來，寧汐總算領教了李氏平日的辛苦。事情不論大小都要一一過問，不能光聽管事們的一面之詞，遇到要緊的事情必須親自過問。遇到那些不聽話或是犯了錯的下人，更得注意處理的方法。

寧汐乍然接觸這些事情，免不了有些手忙腳亂，好在蕭月兒派了兩個精明厲害的嬤嬤給她做助手，總算沒出什麼岔子。

等一應賓客心滿意足地離開容府，寧汐也累得夠嗆，還得強打起精神，指揮著丫鬟婆子將正廳內外打掃得一乾二淨。

容瑾送了客人回來，見她略皺著眉頭訓斥一個做事不力的小丫鬟，又是心疼又是生氣，冷冷地瞪了那個丫鬟一眼，直把小丫鬟嚇得淚眼汪汪。

容玨正巧走了進來，見狀調侃道：「三弟，你也太不懂憐香惜玉了，瞧你把小姑娘嚇成什麼樣子了。」

容瑾斜睨了他一眼，輕哼一聲。「這一點我當然不及大哥了，還請大哥將這番憐香惜玉多用些在大嫂身上，說不準大嫂的身子也能好得快一些。」李氏裝病一事，稍微一想就能猜到是怎麼回事了。

容玨被戳中了痛處，尷尬地笑了笑，忙扯開話題。「今天都累了一天，時候也不早了，快些回去休息吧！」說完便要轉身離開。

容瑾挑了挑眉，揚聲問道：「大哥，明天這家裡的事情怎麼辦？」

容玨咳了咳，陪笑道：「你大嫂不舒服，總要休養幾天，只能先麻煩弟妹了。」

什麼，還要幾天？容瑾不自覺地擰起了眉頭，正待說什麼，寧汐笑吟吟地走了過來說道：「幾天我倒還能撐得住，只要別拖成一、兩個月就好。」

話語中的調侃之意，容玨焉能聽不出來？

容玨自嘲地笑了笑，什麼也沒說便離開了。

容瑾略有些不滿的咕噥。「大哥也真是的，大嫂不高興，哄幾句不就是了，鬧來鬧去的像什麼話。」最關鍵的是，城門起火殃及池魚，竟連累得寧汐要管這麼一大攤子事情。

寧汐柔柔地笑道：「好了，我知道你是心疼我，不過，夫妻之間哪能沒點口角，我擔待幾天也沒什麼。」

溫暖的燭火下，寧汐眼角眉梢的疲憊一覽無遺，可唇角卻噙著柔和的笑意。

容瑾又是心疼又覺欣慰，默然地攥住了寧汐的手，小夫妻兩個就這麼親熱的手拉手回了院子。下人們見到這一幕早已見怪不怪，再不像一開始那般驚嘆地探頭張望了。

丫鬟們都知道容瑾的習慣，早已備下了熱水，大大的木桶裡熱氣騰騰，上面漂浮了一層花瓣，幽幽的香氣充盈鼻間。

寧汐背過去迅速地解了衣衫，在容瑾灼熱的眼神中跨進了木桶裡。待赤裸的身子被熱水全部遮住後，總算沒那麼羞澀了，這才抬起眼瞼看了容瑾一眼。

容瑾只覺得喉嚨發乾，聲音有些低啞。「妳在勾引我。」美人入浴圖，他自然不是第一次看到，可每次她都要忸怩半天才肯當著他的面寬衣解帶，這一回卻如此主動……

當然，他只看了個背影。可那婀娜的身形，雪白細膩的柔膚，不盈一握的纖腰，披散在身後的烏黑秀髮，圓潤翹挺的臀部，還有筆直的玉腿……

容瑾渾身的血液頓時沸騰起來，身體已經有了反應。

寧汐眨了眨無辜的大眼，白嫩的臉蛋在熱氣繚繞中越發嫵媚動人。「我什麼時候勾引你了，是你自制力不強好不好？」

容瑾挑了挑眉，唇邊露出一抹邪氣的笑容。他的容貌生得極好，這一笑，更是如同開屏的孔雀一般，散發出令人目眩的神采。

他明明硬挺得很難受了，卻不肯示弱的急色求歡。白皙修長的手指將衣結挑開，慢條斯理地脫去上身的衣物，露出光滑結實的胸膛和平坦的小腹。再徐徐除去下身的衣物，那個雄赳赳氣昂昂的物件頓時傲然出現在寧汐面前。

寧汐的臉一片酡紅，也不知是因為木桶裡的水太過熱了，還是因為身體裡的情潮翻湧。裸裎相對也有一段日子了，她總算不像一開始那般動輒就臉紅，水汪汪的大眼迅速地在他下身瞄了一眼，嬌嗔了一句。「好醜好難看！」

那黑黝翹挺的物件，實在有些猙獰，和容瑾白皙俊美的面孔一點都不搭……

容瑾低低地笑了，跨進了木桶裡，將寧汐緊緊地摟入懷中，湊到她耳邊低語。「待會兒妳就不會嫌棄它了。」大手輕車熟路地罩住兩只翹挺的蜜桃，輕捻慢揉，那柔軟的頂端迅速的挺立，色澤嫣紅。

容瑾再也忍不住了，托起她的身子，低頭含住其中一只，火熱的舌在紅色的果實上滑過。寧汐嚶嚀一聲，不自覺地微微拱起身子，倒像是主動將自己遞到他嘴邊一般。

木桶裡的水溫陡然又升高了幾度。

容瑾伸出手，摩挲她柔嫩的私處，只覺得那裡水潤順滑，手指輕易地滑了進去，那溫暖緊致的私處緊緊的包裹著他的手指，帶來美妙絕倫的銷魂滋味。

「容、容瑾……」寧汐在狂湧的情慾前，早已丟盔棄甲潰不成軍。

容瑾早已箭在弦上，卻硬是忍住了入港馳騁的衝動，又伸入一根手指，極耐心地撫摸按揉，直感到手下的嬌軀一陣銷魂的顫慄，才志得意滿地笑了。

寧汐高潮了一回，全身輕飄飄的酥軟無力。被容瑾輕易地在水中轉了身，灼熱的硬挺在臀處胡亂磨蹭了幾下，然後一個用力，挺入她的體內。

那驟然充滿的酥麻感，讓寧汐嬌喘不已。這樣的姿勢讓人覺得羞恥，卻又更深入刺激，容瑾從背後牢牢的握住她的雙乳，下身不停地退出又狠狠的進入。她尚未完全消退的情慾，被輕易的又撩撥了起來，星眸渙散，紅唇逸出一聲一聲的嬌吟。

水花四濺，屋內一片春光旖旎。

不知過了多久，容瑾的動作陡然加劇，每一次都深入到底，寧汐被致命的快感折磨得欲仙欲死，在容瑾最後一次衝刺中，兩人一起顫慄著到了高潮。

餘韻久久未息。

兩人還維持著剛才的姿勢，俱是喘息不已。容瑾戀戀不捨地在寧汐身上摩挲了片刻，才退了出來。打起精神抱著寧汐出了木桶，用潔白柔軟的毛毯將兩人的身子一起擦乾淨，然後親自為寧汐穿上了褻衣單衣，其間不免大飽手足之慾，上下其手若干次。

待收拾好了之後，容瑾才揚聲喊了丫鬟婆子們進來收拾。

剛才動靜鬧騰得太大，水桶裡的水濺落得到處都是，屋子裡更是瀰散著一股奢靡的交歡之後的氣味。幾個尚未解人事的丫鬟都隱隱的紅了臉，壓根兒不敢看帳幔下的床鋪，匆匆地收拾妥當便退了出去。

寧汐紅著臉不肯睜眼，真是太丟臉了，鬧騰得滿屋子都是水，瞎子也知道是怎麼回事了……

容瑾神情饜足，像隻吃飽了魚兒的貓一般慵懶自得，咧嘴笑道：「有什麼不好意思的，夫妻恩愛，誰也管不著。」

寧汐不肯和他討論這個問題，胡亂扯開話題。「我又累又睏，要睡覺休息了。」

容瑾唇角勾起，倒也沒再鬧她，心滿意足地摟著她緩緩入眠。心裡卻想著，明天一定得找個機會和大哥私下好好「聊聊」，可不能讓大嫂這麼一直「病」下去……

只可惜，接下來的兩天容玨一直有事忙碌，容瑾連見他一面的機會幾乎都沒有，更別提「談心」了。

寧汐也只好繼續做代理主母，整天忙得團團轉。這倒也不算什麼，關鍵是還有個不省心的小姑天天扯後腿。不是嫌飯菜不合胃口，就是責罵下人伺候不力，要嘛就是鬧騰些別的，反正，沒一刻能消停的，仗著有容將軍撐腰，簡直處處給寧汐添堵。

這不，又到寧汐面前鬧騰了。

「三嫂，」容瑤頤指氣使的樣子哪像是和自家嫂子說話。「我這兩天沒帶多少衣物回來，妳去讓人請針繡房的人來，為我裁幾身新衣。」

寧汐笑了笑，眼中掠過一絲嘲諷，她該不是打算在容府長住不回了吧！竟然還要添置新衣……

「四妹，這事我可作不了決定，妳要是想做新衣服，還是問問大嫂吧！」

不出所料，容瑤頓時面色一變。「妳這話是什麼意思，難道我連幾身新衣服也做不得了嗎？」

寧汐不疾不徐地應道：「四妹此言差矣。妳要做多少新衣我都沒意見，可我只是代大嫂管幾日瑣事，銀錢上的事情，還是按著往日的習慣。妳要做新衣，到底要花多少銀子合適，這個我不懂，說了也不算。再說了，這個針繡房是怎麼打交道的，我也不太清楚，還是問過大嫂更合適一些。」

這一番話有條不紊，挑不出任何毛病。

容瑤語塞片刻，又強詞奪理道：「大嫂這幾天身子不適，誰都不肯見，妳讓我去找她，豈不是讓我白白的去碰軟釘子？」

寧汐秀眉微挑，正待說什麼，一個熟悉的聲音從背後響起。「大嫂已經休養了幾天，也該好得差不多了，正好我也有事要問她，要不，我們就一起過去好了。」自然是蕭月兒又趕來救場了。

這幾天若不是有蕭月兒一直明裡暗裡護站在寧汐這一邊，容瑤這個令人頭痛的小姑不知會鬧騰成什麼樣子呢！

容瑤無話可說，不吭聲算是同意了。

# 第三百六十六章　病好了？

寧汐和蕭月兒對視一笑。李氏病了也有幾天了，也該「休養」得差不多了，今天總不至於還不肯見人吧！

到了李氏院子裡，趁著小丫鬟飛奔著去通傳，蕭月兒和寧汐咬起了耳朵。「大嫂脾氣也夠擰的，都幾天了，怎麼還沒和大哥和好。」

寧汐輕笑出聲。越是平日裡和和氣氣的人，發起脾氣來越是洶湧。這一點，從李氏身上就可以得到明證。

屋內，吳嬤嬤勸著李氏。「兩位少奶奶和姑奶奶都來了，少奶奶總該出去見她們一面。」

李氏默然片刻，終於點了點頭。在床上躺了幾天，兼之心情鬱結不快，沒病也快悶出病來了，只恨容玨這幾日連屋子也沒回，一直都睡在小妾挽虹那裡。

她再這麼嘔下去，實在沒多少意義，也該重新振作起來了。

吳嬤嬤心裡一喜，忙命人給李氏梳妝。自己卻親自迎了出去，將寧汐等人引著到了偏廳裡坐下。又是奉茶又是點心，邊殷勤地笑道：「少奶奶正在梳洗，請兩位少奶奶和姑奶奶稍等片刻。」

蕭月兒露出會心的笑容，口中卻一本正經地問道：「大嫂現在身子怎麼樣了？」明知李氏什麼病也沒有，可這些事情卻不能說破，免得大家顏面不好看。

吳嬤嬤裝模作樣的嘆氣。「少奶奶操勞過度，憂思成疾，歇息了幾日，精神總算好多了。」

寧汐忍住笑，忙也跟著安慰了幾句。

正說得熱鬧，李氏便在丫鬟的攙扶下過來了，妯娌姑嫂互相寒暄問候，好一番熱鬧。

寧汐悄然打量李氏幾眼，心裡隱隱有些惻然。李氏雖已有二十五、六歲，可平日又重保養又會打扮，也是個端莊的美人兒。可這短短幾天，人瘦了一圈不說，氣色也遠不如往日，脂粉敷得再多，也遮蓋不住那分憔悴。

李氏也在看寧汐，寧汐的神采飛揚，越發映襯得自己暗淡無光。

女人就像是鮮花，唯有被關愛滋養，才會散發出美麗的光華。反之，便像是失了滋養的珍珠，毫無光澤……

李氏將心頭那股莫名的酸澀按捺了下去，打起精神和三人寒暄。先是關心了蕭月兒的身子情況，再來便是容瑤在府中住得是否如意，然後又感謝寧汐在她病中代理容府瑣事。

果然不愧是名門貴婦，這份面面俱到的社交手腕和辭令可不是誰都能學得來的。

寧汐笑著應道：「大嫂生病需要休養，我只好硬著頭皮頂了幾天，這幾日真是手忙腳亂，這才體會到大嫂平日的辛苦。我可一直盼著大嫂早些好起來，好將這燙手的山芋早些脫手呢！」

她說得風趣，李氏等人俱都笑了起來。

吳嬤嬤仗著膽子插嘴道：「三少奶奶只管放心，大少奶奶今日精神已經好多了，最多一、兩日就能好了。」李氏這幾日異常消沈，別人不知，她卻是看在眼底一清二楚。又是心疼又是著急，不知勸了多少回。容玨不肯低頭來哄，也只能盼著李氏自己想開些，別折騰自己了。

李氏淡淡地瞄了她一眼，不知想到了什麼，眼底掠過一絲黯然，旋即振作起精神笑道：「是啊，我這人天生就是勞碌命，天天這麼休養著，倒是越發沒精神了。還不如打起精神做事，說不定能好得快些。」頓了頓，又調侃道：「只不知道弟妹捨不捨得將管家的事情交還給我了。」

高門大戶裡的媳婦們，為了爭奪管家的權力，明爭暗鬥多得是。不過，在容府裡，卻恰恰相反。蕭月兒陪嫁豐厚，肆意揮霍也足夠幾輩子的榮華，自然不會對容府的家業存著覬覦之心。

至於寧汐，經歷過一遭生死之後，對這一切看得更是淡然，只求生活平安喜樂，哪裡會在乎這些。更何況，這幾日的管家經歷足以讓她頭痛了，巴不得早些從繁重的事情中解脫開來，聞言忙笑道：「好嫂子，妳就可憐可憐我吧！我這幾天吃也吃不好睡也睡不香，再這麼下去，頭都要大了。」

李氏抿唇笑了。

容瑤冷不防地來了一句。「三嫂說這話是什麼意思，是不是嫌棄我給妳添亂了？」在和諧友愛的氣氛中，能來上這麼一句大殺風景的話，真不是普通人能做到的事情。

寧汐淡淡地笑了笑，沒接話茬兒。
事實擺在眼前，容瑤恨不得時時刻刻都給她添堵。雖然沒了前世的舊怨，可今生兩人依舊互相看著不順眼，甚至不用任何理由，天生就是不對頭。
容瑤見寧汐不吭聲，以為寧汐是怕了自己，越發得意的對著李氏告狀。「大嫂，我想做些新衣服，三嫂都不肯同意，非要我來問妳……」
李氏眸光微閃，含笑應道：「這也怪不得妳三嫂，她從沒和針繡房打過交道，不知道定例。這樣吧，我這就讓人去請人過來，府裡正經的女眷就我們幾個，每人做幾身新衣也不算過分。」至於陶姨娘和容玨的妾室挽虹，雖也是主子，可比起她們卻差了一大截，可以忽略不計。
容瑤一聽此言，頓時眉開眼笑，不無得意地看了寧汐一眼，又故意讚道：「還是大嫂最好了，不像有些人，小氣又計較。」這個「有些人」，顯然非寧汐莫屬了。
寧汐懶得搭理容瑤，任由她一個人自娛自樂自唱自演。
蕭月兒卻略略皺起了眉頭，瞄了容瑤一眼，想說些什麼，總算忍了下來。
李氏略坐著說了會兒話，精神果然好了一些，隨口笑道：「說說笑笑的，時間倒是過得快。橫豎今天晚上公爹他們都不在，妳們就留在我這邊吃晚飯吧！」容將軍和容玨三兄弟一大早就接到請帖出去了，晚上肯定不會回來吃飯了。
容瑤立刻應了，蕭月兒也無可無不可地笑了笑。
她們倆都答應了，寧汐也不好推辭，便笑著點了頭。李氏消息果然靈通，對府裡的動靜堪稱瞭若指掌。

吳嬤嬤見李氏興致如此高昂，心裡也很高興，忙笑著說道：「老奴這就去廚房安排。」

容瑤假惺惺地笑道：「廚房那幾個廚子手藝實在不怎麼樣，比起三嫂可差遠了，今晚不如請三嫂露一手吧！」這話若是由別人說出口，必然是隨口玩笑話，可她的眼神和語氣卻完全不是那麼一回事，絲絲鄙夷顯露無遺。

寧汐心頭火起，面上卻不動聲色地笑道：「承蒙四妹瞧得起，這麼抬舉我，我可真是受寵若驚了。不過，今晚是大嫂要請客，我動手做菜豈不是奪了大嫂的心意？四妹若是想吃什麼，改天說一聲就行了。哦，對了，也不必當著公爹的面再說，只要四妹隨時想吃了，我隨時去廚房做就是了，我這個做嫂子的總不至於這點心胸氣度都沒有。」這卻是在諷刺容瑤總愛去容將軍面前告狀，仗著有親爹撐腰欺負人了。

「妳……」容瑤沒什麼城府，更沒什麼涵養，面色頓時為之一變，眼裡都快冒出火星來了。

李氏見勢不妙，忙笑著打圓場。「好了好了，這算什麼大事。廚房那幾個廚子手藝不如妳三嫂是事實，不過，容府的少奶奶也不必總親自下廚。今天晚上，就請薛大廚動手做些好菜，我們也能解解饞。」

容瑤悻悻地住了嘴。

寧汐占了上風，心裡舒坦多了，再也不看容瑤一眼，和蕭月兒嘀嘀私語起來。

李氏已經開始為一時的多嘴後悔了，還沒吃飯就開始鬧騰，等真正吃晚飯的時候，還不知道要鬧多少意氣口角。她又得從中調解做和事老，真是何苦來哉！

天色漸漸暗了，飯廳那邊已經佈置好了。吳嬤嬤在李氏耳邊低語一句，李氏點點頭，笑著看向容瑤。「四妹，府裡也沒有外人，要不，就請姑爺一起過來吧！」這顯然是客套之詞了。

平日裡一家子聚在一起，倒也沒講究男女之別，可眼下四個都是女眷，羅庭出現在這樣的場合就很不合適了。

容瑤顧慮的卻是另有其事，先瞄了笑語嫣然的寧汐一眼，才笑著婉拒李氏的好意。「不用了，讓廚房送些飯菜給他就行了。」

李氏略略一愣，便明白過來，心裡暗暗好笑。容瑤的心胸未免也太狹窄了。寧汐有容瑾那樣的俊美男子相伴，哪裡還有閒心多看別的男子一眼。說句不好聽的，就羅庭那副平庸的長相，放在哪一個女子面前也不會多看他一眼。

當日，容將軍親自挑中這個女婿，也是仔細考慮過的。容瑤是庶出，又嬌生慣養著長大，脾氣浮躁，嫁給年長幾歲性子又平穩的羅庭，再合適不過。容瑤有娘家撐腰，羅家上下也無人敢讓她受氣，羅庭也不會輕易生出納妾之類的心思。

出於這些考慮，容將軍果斷地定下了這門親事。容瑤出嫁之後，也曾在娘家的兄長嫂子面前不無委屈地抱怨過丈夫相貌太過平庸。這對衷情翩翩美少年的容瑤來說，簡直是幻滅式的打擊。

其實，羅庭性情忠厚為人平和，家世也算清貴，也不算辱沒了容瑤。長得平庸些也不是壞事，男兒重才情重人品重風度，皮相差一些算什麼。只可惜，容瑤愣是沒體會到容將軍的一片苦心……

李氏無聲地笑了笑，站了起來。「時候也不早了，我們一起入席吧！」

容瑤忙笑著應了，和李氏一起並肩前行，寧汐和蕭月兒緊隨其後。

# 第三百六十七章　意外

這頓晚飯果然吃得十分「精彩」。容瑤不時的語出挑釁，話裡話外幾乎全是衝著寧汐去的。寧汐也不是好惹的，伶牙俐齒的反擊毫不客氣。

反正容將軍不在，不必顧忌任何人。

蕭月兒自然偏向著寧汐，時不時的幫襯一、兩句。容瑤吃得消才是怪事，不一會兒就被氣得俏臉發白。

李氏也沒了看熱鬧的心情，硬著頭皮做起了和事老。心裡不止一次的暗暗後悔，真不該多嘴將這一對冤家對頭攏到一起，現在真是夠頭痛的。

吃完了飯之後，李氏也沒心情再留客，假意嘆道：「真是對不住，我身子還沒大好，想早些歇著，就不多留妳們了。」

她這麼一說，誰也不好再多留，各自笑著起身準備離開。

李氏親自送到了院門口，少不得又說了幾句「招待不周」之類的客氣話。容瑤滿腔的怨氣總算找到了出口，故意笑著說道：「大嫂可別自謙，今晚的飯菜很好呢！」故意瞄了寧汐一眼，又說道：「比起那些沽名釣譽空有名頭的人做的飯菜可好吃多了。」

寧汐眉毛都沒動一下，只當沒聽見一般，依舊笑吟吟的和李氏話別。

這種無視，比起剛才的口舌交鋒更令人羞惱。容瑤從不是什麼好脾氣，頓時被氣得變了臉色，口不擇言起來。「寧汐，我剛才說的妳沒聽見嗎？」

寧汐其實也憋了一肚子悶氣，聞言輕笑一聲，故作訝然。「剛才妳說話了嗎？不好意思，請恕我耳拙，還以為是誰家的圈門沒關好，吠聲都傳出來了呢！」

蕭月兒悶聲笑了起來。

容瑤勃然大怒，柳眉倒豎，不假思索地上前一步，竟欲動手推寧汐一把。

還沒等寧汐有什麼反應，蕭月兒不假思索地擋了過來，容瑤不偏不倚地推中了蕭月兒的左肩。蕭月兒「哎喲」一聲，踉蹌一步，身形不穩，竟摔倒在了地上。

寧汐面色一白，慌不迭地蹲下身子攙扶著蕭月兒起身。「二嫂，妳怎麼樣？肚子痛不痛？」

蕭月兒哪裡還能說出話來，捧著肚子，疼得直冒冷汗。

這個變故發生得實在太突然，李氏也有些反應不及。

蕭月兒身邊的丫鬟嬤嬤們已經圍攏了過來，一個個嚇得面無人色。孕婦最是嬌貴，別說是摔跤了，動作大些都有可能小產，要是蕭月兒出了什麼事，她們幾個的小命也別想要了。

李氏定下心神，按捺住心慌意亂，沈聲吩咐道：「荷香，妳快些去請太醫過來，其他幾個人，小心地攙扶著公主先進屋裡歇著。」

自從蕭月兒懷孕之後，皇上便遣了個太醫過來，每天專門為蕭月兒看診。好在有這麼一個太醫在，不然這大晚上的，去尋醫生真是不方便。

寧汐和菊香一左一右攙扶著蕭月兒起身，幾個嬤嬤緊隨其後。

李氏著急之餘，也顧不得讓人收拾房間，便將自己的臥室騰了出來。蕭月兒一直咬著唇沒吭聲，直到躺下來，臉色才稍稍緩和了一些。

容瑤早被嚇懵了，她再膽大妄為，也不敢成心招惹蕭月兒啊！這點自知之明她還是有的。蕭月兒身分尊貴，是天家公主，現在又懷了身孕，可以說被容府上下捧在手心裡也不為過。她壓根兒沒想到自己隨手輕輕一推，竟然把蕭月兒推得摔了一跤。要是蕭月兒腹中的孩子有個什麼不妥，她可就闖了大禍了……

「二嫂，」容瑤害怕之餘，聲音裡已經有了哭腔。「我不是故意要推妳的，我本是要推三嫂的，怎麼也沒想到妳會突然冒了出來，我這才一個不小心推了妳……」

「閉嘴！」寧汐雙眸飽含怒氣，狠狠地瞪了容瑤一眼。「沒見二嫂現在正難受嗎？有什麼事情等太醫來看過了再說。」

容瑤生平第一次乖乖閉了嘴，老老實實的站在床邊。

李氏憂心忡忡的皺起了眉頭。

她嫁過來這麼多年，也曾懷過身孕，卻因為憂勞過度小產了，之後便再也沒懷上孩子。這是她心底最大的痛處，孕婦的脆弱，她比誰的體會都要深刻。現在偏偏在她的院子裡鬧了這麼一齣，於情於理她都難辭其咎……

寧汐坐在床邊，緊緊地攥著蕭月兒的手，心裡自責極了。

如果不是她和容瑤一逞口舌，容瑤也不會一怒之下做出這樣魯莽的舉動來。若是連累到了蕭月兒腹中的孩子，她如何能安心。

蕭月兒閉著雙眸，蹙著眉頭，一臉的痛苦之色。

時間在眾人焦灼的等待中過得異常緩慢，當太醫小跑著進來的時候，眾人都是精神一振，忙各自讓開，以便太醫看診。

那太醫見蕭月兒痛苦不堪的表情，心裡也是一驚，忙為蕭月兒搭脈，凝神聽了片刻說道：「公主這是動了胎氣。」

李氏急急地追問：「腹中的孩子無礙吧？」

太醫正要點頭，袖子忽地被輕輕的拉了一下，床上的蕭月兒竟睜了眼，瞄了他一眼，能被派來伺候蕭月兒的太醫，自然老道世故，頓時領悟於心。咳了咳，皺著眉頭說道：「現在還不好說，先開張藥方，吃上幾副看看。」

李氏忙命人捧來紙墨，太醫略想了想，開了副安胎的藥方。李氏正想把藥方給吳嬤嬤，蕭月兒身邊的一個嬤嬤卻搶著上前接過了藥方。「這個時辰，藥鋪子都關門了，老奴幸好認識一家藥鋪的掌櫃，這就去跑一趟。」

李氏自無異議，忙讓人去備馬車。

吳嬤嬤想了想，在李氏耳邊低語。「少奶奶，發生了這樣的大事，還是遣個小廝去給老爺他們送個信吧！」

李氏不假思索地點了點頭，又叫了兩個伶俐的小廝過來，仔細叮囑了一番。

李氏忙著操持這些瑣事，寧汐卻一直坐在床邊陪著蕭月兒，不停地低聲安撫。「妳好好躺著，別亂動，待會兒就會好了……」說著說著，聲音已經哽咽了。

蕭月兒有心朝她眨眼，卻又怕被李氏和容瑤看出端倪，只得閉上眼睛。

不到片刻，羅庭也得了消息過來了，他不便進來，便在門外喊了容瑤一聲。容瑤憋了半天，早嚇得六神無主，見羅庭來了，頓時簌簌地落下淚來。「我真不是故意要推她的……」

是不是故意根本不重要，重要的是蕭月兒確實被她推得摔了一跤，還動了胎氣！

羅庭忍住怒意，淡淡地說道：「先別說這個了，只要二嫂沒什麼大礙就好，到時候妳好好地跟二嫂陪個不是。」

容瑤委屈地點點頭。

羅庭見她沒半點悔意，心裡那個氣就別提了，壓低了聲音數落道：「到底是怎麼回事？妳不是和幾個嫂子在一起吃飯的嗎？好好地怎麼鬧出這樣的事情來。」

一提這個，容瑤的臉色變了一變，又氣又惱又恨地說道：「還不是怪寧汐，竟拐著彎兒的罵我，我一氣之下，伸手推了她一把，沒想到二嫂忽然擋了過來，我一時反應不過來，就推中二嫂了。要是寧汐反應快些扶住二嫂，哪會發生這等事情。」

羅庭聽到這等不知悔改的話，簡直望天無語了。

想也知道，寧汐絕不可能無故罵她，肯定又是容瑤挑釁在先，寧汐忍不住才還了幾句。容瑤惱羞成怒之餘，竟不顧閨儀動了手，沒想到蕭月兒挺身而出為寧汐擋了一下。說到底，根本就是容瑤的錯，她倒好，竟把責任推到寧汐頭上了……

「你這是什麼表情？」容瑤見羅庭面色不對，羞惱不已。「你是不是又要向著寧汐？」

羅庭再好的脾氣也禁不住惱了，面容一冷。「妳有閒心胡言亂語，倒不如好好想想，待會兒岳父和妳二哥回來了妳該怎麼交代才是。」

容瑤被戳中了痛處，面孔脹得通紅。忿忿地瞪了羅庭一眼。「好好好，都是我不好，都是我不對行了吧！待會兒爹回來，要怎麼處置我都隨他，這便令你稱心如意了是吧！」

羅庭氣得臉都紅了，恨恨地說道：「妳簡直不可理喻！」

容瑤胡攪蠻纏。「我怎麼不可理喻了？你怎麼不好好反省反省，哪有像你這樣的丈夫，凡事不向著自己的妻子，竟向著別人，胳膊肘兒盡是往外拐……」

眼看著夫妻兩人又要鬧僵，綠竹忙湊了過來，低聲勸道：「小姐姑爺，二少奶奶還在床上躺著，你們就先別吵了。」都什麼時候了，夫妻兩人竟然還在鬧彆扭。

羅庭抿緊了唇角，不吭聲了。

容瑤心裡焦躁難安，也沒了吵架的心情，腦子飛速地琢磨起了對策。

出府抓藥的嬤嬤很快趕回來了，煎藥的事情自然不能假手旁人，菊香親自去照看。還沒等藥煎好，就聽丫鬟飛奔著進來稟報。「老爺少爺他們回來了。」

# 第三百六十八章 風波

李氏忙迎了出去，容瑤、羅庭夫婦也不敢怠慢，跟著李氏一起往外走。

寧汐本該也跟著出去相迎，卻又放心不下蕭月兒，躊躇間，袖子忽地被輕輕地拉扯了一下。

寧汐下意識地看向床上的蕭月兒，只見蕭月兒飛快地眨了眨眼。

寧汐先是一愣，旋即吃驚地瞪圓了眼睛。蕭月兒一直閉著眼蹙著眉，一副疼痛難忍的樣子，這一轉眼的工夫，精神竟然好了許多，眼裡閃著狡黠的神采，哪像動了胎氣的孕婦……

敢情剛才驚險的一幕竟是她裝出來的！

明白了這一層，寧汐又是好氣又是好笑，容瑤一直和她不對盤，處處對她使絆子，蕭月兒只怕早就看容瑤不順眼了。今晚恰好有這樣巧的事情，索性鬧騰一回，給容瑤一個教訓。

屋子裡還有不少丫鬟婆子，其中不乏李氏的心腹，有許多話不便明言，寧汐只能瞪了蕭月兒一眼。做什麼不好，竟弄了這麼一齣來整人！所有人都被嚇到了。

蕭月兒不敢露出得意的神情，只挑了挑眉，唇角微微翹起便又裝模作樣的抿緊了嘴唇。

寧汐差點笑了出來。蕭月兒的演技實在不怎麼樣，剛才事出緊急，眾人都被唬住了，現在回過頭想想，其實有些細節還是有破綻的。

算了，事情鬧到這一步，只能將計就計演下去再說了。

「月兒！」一個焦灼的聲音響起，幾步便到了床前。「妳現在怎麼樣？肚子還痛不痛？」自然是容琮來了。他焦急的審視著床上的蕭月兒，見她面色蒼白難看，心裡頓時糾痛不已。

蕭月兒擠出一絲弱弱的笑容。「我、我沒事，你不用擔心。」她說的可是實話，剛才被推的那一下，並不太重。摔倒之後，肚子確實隱隱作痛，可並沒有疼到站不起來的地步，故意裝得厲害點嚇唬人罷了。

容琮疼得心都揪緊了，眉頭皺得極緊，攥住蕭月兒的手，眼裡閃過一絲怒氣。「這個容瑤，淨是會闖禍，我絕對饒不了她！」

蕭月兒聽得正中下懷，面上卻怯生生地為容瑤開解。「駙馬，你別生氣，這事也不能全怪四妹，她也不是成心的。」

寧汐配合得好極了，紅著眼圈道：「說起來，有大半都要怪我，四妹和我鬧鬧嘴皮子，我讓著她一些就是了，偏偏惹得四妹發了脾氣，沒想到竟讓二嫂代我受了過……」

站在門外的容將軍等人一字不落地聽進了耳中，氣得臉都黑了，狠狠地瞪了容瑤一眼。

容瑤何曾被容將軍這般怒視過，頓時哭了起來。「爹，這事真的不能全怪我，都怪三嫂，要不是她說話難聽，我也不會生氣推人，一個不小心推得二嫂摔了跤……」

容瑾哪裡還能聽得下去，冷冷地喝斥。「閉嘴。」

容將軍也氣得不得了。「真是家門不幸，怎麼養了妳這麼一個不省心的東西？這才住了沒幾天，折騰得人人不安寧。妳二嫂平平安安的也就罷了，要是有個差錯，我饒不了妳！」

容瑤被罵得面無人色，還待哭哭啼啼的爭辯，羅庭忙使眼色讓她閉嘴，然後對著容將軍躬身賠禮。「岳父大人，都是小婿的錯。等二嫂身子養好了，我一定親自領著瑤兒來賠罪。」

女兒不爭氣，女婿倒是個懂事的。

容將軍嘆口氣，揮揮手道：「算了，你們先回院子歇著，明天再說吧！」

羅庭領著容瑤離開，兩人回去之後自然有一番爭執鬧騰不提。這一邊，蕭月兒喝了安胎藥之後，身子好轉了不少，便要回去。「我已經好多了，就別打擾大哥大嫂休息了。」

容琮忙道：「妳別亂動。」說著，俯身把蕭月兒抱了起來。

蕭月兒也沒料到容琮當眾會做出這般親暱的舉動，蒼白的俏臉染上了一抹紅暈，心裡甜絲絲的。

寧汐趁別人不注意，朝蕭月兒眨眨眼，夫妻兩人趁著這時候增加感情可是最好不過了。

容琮抱著蕭月兒，穩穩地走了出去，容將軍也不好過分靠近，隔了三尺左右的距離問道：「公主現在還好嗎？」

容琮淡淡地應道：「先靜養幾天再說。」頓了頓，又扔了一句。「對了，我還要請爹答應一件事。」

容將軍顯然已經猜到了容琮要說什麼，咳嗽一聲說道：「你放心，我會讓瑤兒安分些，不要打擾公主靜養。」

容琮挑眉輕哼一聲。「她住在府裡，誰能管得住她，還是快些讓她回羅家吧！」要是容瑤繼續在他面前晃悠，他可保不准自己會做出什麼事情來。

鬧了這麼一齣，容將軍也不好再護著容瑤，只得點頭應了。

容瑾眸光一閃，若有所思地看了寧汐一眼，這一眼大有深意，寧汐竭力不露半點心虛。一路無話，回了屋子之後，容瑾果然發問了。「汐兒，今天到底是怎麼回事？」

寧汐也不隱瞞，將事情一五一十地道來，只在說到蕭月兒動了胎氣這一段的時候，稍微有些含糊其詞。

容瑾何等精明，頓時察覺出不對勁來。「二嫂真的動了胎氣嗎？」

寧汐應得理直氣壯。「那是當然，我騙你做什麼。」只不過，實情並沒表面看起來這麼嚴重罷了。

容瑾思忖片刻，便會意過來，也不再多問。

蕭月兒將動靜鬧得大一些也好，容琮一發怒，容瑤明天得乖乖地回羅家去。少了容瑤，家裡的日子也會安寧多了。

這一邊，容玨和李氏這對夫妻也在屋子裡談論此事。之前雖然一直在嘔氣，可遇到這樣的事情，夫妻兩人自然而然地將那些不快暫時擱到了一邊。

容玨問清了事情的來龍去脈，皺了眉頭，半晌沒有說話。

李氏自責地嘆道：「這事我也得負些責任，明知道四妹和三弟妹不和睦，偏偏還留了她們吃晚飯，沒想到會鬧成這樣。」真是始料未及後悔不迭啊！

容玨倒沒怪她，反而溫和地安撫道：「這哪能怪妳，四妹就是那副壞脾氣，和寧汐鬧騰也不是一回、兩回了，誰能想到會讓公主動了胎氣。」

李氏聽了這番話，心裡升起一陣暖意，幾日來的鬱悶不快陡然散了大半。「只要公主沒有大礙就好。」

容玨點點頭。當晚，便歇在了李氏的屋子裡，夫妻倆言歸於好。

第二天一大早，容將軍便親自去了容瑤的住處，先沈著臉訓斥了容瑤一通。「……妳別再給我添亂了，收拾行李回去吧！」

容瑤傻了眼，哭嚷著不肯走。這一招往日最是奏效，可今天卻不管用了，容將軍顯然下定了決心，看也不看容瑤一眼，逕自對羅庭說道：「賢婿，這些日子委屈你了。瑤兒嬌氣任性，等回了羅府之後，你只管好好管教她。」

羅庭低頭應了，心裡卻自嘲地笑了笑，娶了這麼一個不省心又愛鬧騰的妻子，他想過些清靜日子是不可能了。

就在丫鬟們忙碌著收拾行李的時候，就聽小廝飛奔著來稟報容將軍。「老爺，大皇子殿下來了。」

容將軍一驚，不假思索地問道：「到府裡了嗎？」

那小廝不敢怠慢，忙應道：「已經到了，大少爺二少爺三少爺都到門口相迎，大少奶奶和三少奶奶也去了正廳候著。」

容將軍嗯了一聲，腦中飛速地掠過了一連串的念頭。

昨晚蕭月兒摔了一跤動了胎氣，今天上午大皇子就來了。大皇子的來意不問可知，顯然有些興師問罪的意思了……

羅庭面色凝重，顯然也想到了這一層，沈聲說道：「岳父，小婿也跟您一起過去，若是大皇子殿下怪罪下來，由我一力承擔。」容瑤再有千般不是，總是他的妻子，闖了禍他總不能置之不理。

容將軍見女婿如此有擔當，心裡十分安慰。他果然沒挑錯人，羅庭雖然相貌平平，可卻重感情有擔當，是個好丈夫，容瑤嫁了這樣的丈夫也算有福氣了。

容瑤聽到大皇子來了，心裡正忐忑不安。聽到羅庭這番話，難得有了絲愧疚，主動地說道：「我也跟你們一起去。」

「不必了。」容將軍和羅庭不約而同地阻止。開什麼玩笑，就以容瑤的性子，萬一在大皇子面前說出什麼不該說的話來，可就真的糟了！

容將軍想了想，吩咐道：「妳哪兒也別去，就在院子裡好好待著，順便收拾行李，等大皇子殿下走了，妳再回羅府去。」

容瑤難得地老實聽話，點頭應了。

容將軍和羅庭兩人急匆匆地趕到了正廳去，李氏和寧汐兩人也剛到不久。

李氏略皺起眉頭，低聲對容將軍說道：「公爹，待會兒若是大皇子殿下問起昨晚的事情，我們該怎麼說才好？」

容將軍果然有大將之風，短短時間裡已經鎮定下來，沈聲說道：「大皇子殿下這麼快就得了消息趕到容府，定然是公主身邊有人通風報信。大概大皇子也知道事情的始末了，待會兒若是他主動問起，不妨實話實說。」

李氏點點頭應了。

羅庭自發的和寧汐保持了距離，只輕輕地點點頭算是打了招呼。

寧汐也是滿腹心事，哪有心情理會羅庭。別人不知道，她卻清楚得很，蕭月兒的胎象不穩大半都是裝出來的，老天保佑今天可別露餡兒才好。

就在此刻，大皇子昂揚地進了正廳。

# 第三百六十九章　撐腰

論起容貌，大皇子自然不如容玨、容琮，比容瑾更是差得遠，可他的身上自有一股高高在上的氣度，昂首闊步而來，雙目炯炯令人不敢直視。

容將軍忙上前見禮，還沒等躬身，大皇子已經笑著親自攙扶了一把。「今日本王過來，只是因為很久沒見月兒，特地來看看她，容將軍不必如此客氣拘禮。」倒是坦然的說明了自己的來意。

容將軍略有些尷尬地笑道：「說起來，都是小女淘氣，玩鬧的時候沒個輕重，昨天晚上不小心推了公主一下，結果公主摔了一跤，動了胎氣……」

羅庭二話不說上前一步請罪。「這事大半都怪我，昨天和內人鬧了幾句口角，她心情不暢快，行為舉止比平日魯莽，因此衝撞了公主，還請殿下見諒！」深深地躬身。

大皇子眸光一閃，待羅庭躬身完了，才虛虛地扶了一把，口中淡淡地笑道：「好了，也不是什麼大事，只要月兒身子沒大礙就好。」話倒是說得漂亮，可這麼急急的登門造訪，還不是心疼蕭月兒動了胎氣前來給妹妹撐腰？

容琮咳了咳，上前一步說道：「殿下先去看看月兒吧！她剛才聽說您來了，激動得想下床相迎，被我給攔住了，還請殿下移步。」

大皇子來就是想探望蕭月兒，聞言欣然應了。他這麼一去，容府人自然一個不落，都得跟過去。

寧汐故意走到最後面，離大皇子遠遠的。

大皇子曾有意納她為妾，這件事容府上下人盡皆知，如今寧汐已經嫁到容家做起了三少奶奶，自然更要避嫌，只可惜一個人悄悄溜走太著痕跡，她還真想溜之大吉……

李氏和寧汐並肩前行，低聲嘆道：「可別再鬧出什麼不愉快才好。」

寧汐定定神，低低地應道：「大嫂儘管放心，二嫂雖然嬌氣些，可心地是極好的，絕不會在大皇子殿下面前亂說什麼的。」蕭月兒本是想嚇唬嚇唬容瑤，大概自己也沒料到會驚動大皇子。

李氏嗯了一聲，又壓低了聲音說道：「前些天辛苦妳了。」

寧汐笑了笑。「哪裡說得上辛苦，大嫂病剛好，就得接手府裡的事務，才是真的辛苦呢！」李氏一大早便接手了府裡的事務，寧汐樂得早點將這苦差事脫手，自然沒半點意見。

李氏以己之心度人之腹，總覺得寧汐不可能像面上這般不介意。聞言淡淡一笑，不再說什麼。

一行人很快就到了蕭月兒的住處。

丫鬟嬤嬤們整整齊齊的站在院子裡給大皇子行禮請安。大皇子隨意地擺擺手，便看向荷香。「月兒怎麼樣了？」

荷香恭恭敬敬地應道：「公主早晨剛喝了安胎藥，精神還算不錯，只是還不能下床，得委屈殿下進內室看望公主了。」

大皇子點點頭，和容琮一起走了進去。

容將軍等人自然不便進去，李氏只得領著寧汐一起跟了進去。

蕭月兒坐在床上，見大皇子進來，眼眸頓時一亮，歡喜地喊道：「大皇兄。」她見了兄長自然是高興的，可這份高興，落在大皇子的眼中，卻有了不一樣的涵義。

大皇子眼裡閃過一絲涼意，面上卻笑道：「妳別亂動，動了胎氣可不是小事，就在床上好好待著，等身子養好了再下床。」

蕭月兒乖乖的點頭。「嗯，知道了。」其實，她昨天隱約有些肚痛，歇息了一夜，早已好得差不多了，可現在卻是騎虎難下，不得不裝下去。

菊香伶俐地端來椅子放在床邊，大皇子笑著坐了下來，先打量了蕭月兒的臉色，見她面色還算過得去，才稍稍放了心，又問起了昨日的事情。

蕭月兒迅速地瞄了寧汐一眼。寧汐朝她眨眨眼，蕭月兒頓時心領神會，竭力地輕描淡寫，只說是和容瑤鬧著玩兒，一不小心才摔了跤。

大皇子何等敏銳，早已察覺到蕭月兒和寧汐兩人在眉來眼去，卻不說破，只笑著責備道：「妳也是快做母親的人了，怎麼還這麼毛毛躁躁的。好在沒什麼大礙，不然，若是傳到父皇耳中，不知會怎麼擔心妳。」

一提到皇上，容琮有些站不住了。容瑤再不好，那也是自家妹妹，生氣歸生氣，可要是鬧到皇上面前可就不妙了。他自己不便為容瑤說情，便懇求地看了蕭月兒一眼。

蕭月兒立刻笑道：「父皇日理萬機，已經夠煩心的了，這點小事就別告訴父皇了。」

大皇子似笑非笑地應道：「父皇已經知道了。父皇命我先來看看妳，然後再回宮向他回稟一聲。」

什麼？這事傳出去的速度未免也太快了吧！到底是誰去通風報信的？

蕭月兒微微蹙了眉頭，瞄了身邊的幾個嬤嬤一眼。

不用想也知道，這個通風報信的人，必然是這幾個嬤嬤中的一個。她們本就是皇上派來伺候她的，最主要的任務就是照顧好她。她動了胎氣一事，可大可小。這幾個嬤嬤怕擔責任干係，便偷偷向宮裡遞了消息。

那幾個嬤嬤倒是一臉坦然。

容琮將心頭的不快壓了下去，笑著安撫蕭月兒。「妳不要生氣，她們幾個也是關心妳身子。」

蕭月兒輕哼一聲。「她們哪裡是關心我身子，怕是我出了什麼事不好向父皇交代吧！身邊養著這些自作主張的奴才，以後還不知道會做出什麼事呢！」

雖然只是薄怒，可那幾個嬤嬤的臉色已經變了，齊齊地跪下磕頭請罪。

大皇子笑著為她們解圍。「好了，妳也別衝她們發脾氣了。若是這樣的事情都不遞個消息給父皇，妳以為她們的小命還能保得住嗎？」

蕭月兒頗有些委屈的撇嘴。「我知道父皇和你都是關心我為了我好，可我也不是小孩子了，這點小事就興師動眾的。」父兄過度的關愛，也是一種負擔啊！

大皇子對著蕭月兒，簡直毫無脾氣，忙笑著哄道：「這是當然，我們月兒已經是要做娘的人了，當然不是孩子了。以後可要好好保重身子，父皇和我也不用總掛心妳了。」

蕭月兒這才平了氣，揮揮手讓幾個嬤嬤退出去。「妳們都出去，別跪在這兒給我添堵了。」那幾個嬤嬤如釋重負，紛紛磕頭謝恩退了出去。

蕭月兒並不可怕，可怕的是大皇子啊！大皇子一向疼愛蕭月兒，要是蕭月兒堅持要處罰她們幾個，大皇子眼都不會眨一下，就會「打發」了她們……

蕭月兒和大皇子也有月餘沒見面了，乍然見面，自然有不少體己話要說。容琮識趣地避開了，寧汐不用說，自然要和李氏同進同退，一起躬身施禮，準備退下。

大皇子忽地喊了聲。「寧汐！」

寧汐心裡的弦陡然緊繃，面上卻強自鎮定，微笑著應了聲。「殿下有何吩咐？」

大皇子定定地看了她一眼，進府這麼久，這是他第一次正眼打量她。那個伶牙俐齒聰慧過人的少女，如今綰起婦人髮髻，舉手投足散發出初為人婦的嬌媚風情，比他記憶中的更美……

李氏神情有些微妙，雖沒敢抬頭打量大皇子的神情，可也能猜出大皇子此時心情一定不平靜。男人大多如此，娶到手的美人兒不見得十分珍愛，沒能得手的那個，才是永遠的心頭好。大皇子對寧汐，是不是也是這樣的心情？

這一幕要是被容瑾知道了，還不知道會吃多少乾醋呢！

寧汐在大皇子的目光中力持鎮定，蕭月兒看不下去了，白了大皇子一眼。「皇兄，你有話不妨直說，你又不是不知道容瑾的脾氣，待會兒要是吃起飛醋來，誰能受得了。」

屋子裡微妙的凝滯氣氛，被蕭月兒這番話徹底消弭得一乾二淨。

大皇子定定神，微笑道：「我也沒什麼話要吩咐，你們可以出去了。」他自己都不知道為什麼會突兀的喊了寧汐一聲。或許，他只是想仔細地看她一眼罷了……

大皇子終於若無其事地收回了目光。

寧汐頓時有種逃過一劫的釋然和輕鬆，忙和李氏一起退了出去。

李氏壓低了聲音，迅速地說道：「妳放心，剛才的事情我不會告訴三弟的。」

寧汐淡淡地笑了。「多謝大嫂。」這事怎麼可能瞞得過容瑾，就算容瑾不主動問，她也得主動告訴他呢！

果然，剛一進偏廳，容瑾便看了過來，眼中滿是關切——大皇子沒說什麼冒失的話吧？

寧汐先是輕輕點頭，旋即又搖搖頭。雖然冒失的喊了她一聲，總算沒說什麼不該說的話。也不知道容瑾看懂了她的意思沒有，總之，面色不太好看就是了。

容將軍正低聲問容琮什麼，容琮迅速地將大皇子說過的話學了一遍。待聽到大皇子此行是皇上授意之後，容將軍面色微沈，眉頭皺得緊緊的。

本來只是家事，可一扯到皇上那裡，可就不那麼簡單了……

容琮低聲說道：「爹，您別擔心，等過了這幾天，我和月兒親自去宮裡一趟。父皇見月兒健健康康的，自然不會再遷怒。」

也只能這樣了。容將軍點點頭。

# 第三百七十章　誰的錯？

過了半個時辰左右，大皇子便從蕭月兒的寢室出來了。

容將軍自然熱情地挽留，大皇子笑道：「今日就不了，我還得回宮一趟，父皇正等著我。等以後有空，我再來府上叨擾。」

容將軍領著一眾人等，送了大皇子到門口。待大皇子的車輦離開容府，眾人都不約而同地鬆了口氣。

羅庭歉疚不已地說道：「真是對不住，要不是瑤兒任性，也不會惹出這麼多事情來了。」大皇子急著回宮，顯然是去稟報皇上一聲蕭月兒的情況。皇上要插手管人家的家事，也就是一句話的事情。

容將軍嘆道：「這事怎麼能怪你，都是我教女無方才對。」

想到容瑤，翁婿兩人不約而同的嘆口氣，都覺得頭痛。

羅庭也不多逗留，當即回了院子，和容瑤一起上了馬車回羅府。

寧汐礙不過面子，只得隨著眾人一起送行。

容瑤也知自己闖了禍，比往日老實多了，乖乖地上了馬車，只在臨走之前忿忿地瞪了寧汐一眼。

寧汐又是好氣又是好笑，這個容瑤，真是不知悔改。好在經過此事，她短期之內是不會回容府了，自己也能過些清靜日子。

午飯時，氣氛比起往日沈悶了許多，容將軍淺酌了幾杯，便沒了興致。

還沒等散席，宮裡便來人了，來的不是別人，正是蕭月兒以前身邊的崔女官。

按理來說，崔女官本該陪著蕭月兒一起嫁到容府來，可蕭月兒實在不喜歡她，硬是將崔女官留在了宮裡，崔女官在宮中的地位便有些尷尬了。索性就留在了明月宮裡，替蕭月兒守著寢宮，只等著蕭月兒偶爾回宮住幾日，才算有些事情做。

皇上要派人給蕭月兒送些東西，自然就派了崔女官過來。

御賜的安胎藥和補藥一份一份的送到了蕭月兒的院子裡，崔女官依舊是那副矜持的腔調。「容將軍，聖上知道公主身體微恙，特地賞賜了安胎滋補身子的補品。」

容將軍忙道謝。

崔女官說話刻薄純屬天性，淡淡地笑道：「按理來說，這些話不該我來說，不過，公主殿下是金枝玉葉，是皇上捧在手心裡嬌養著長大的。如今嫁到了容府，就是容府的人，想來容府也不會虧待了公主。不過，這樣的意外還是只此一次的好，免得驚擾了聖上。容將軍您說是也不是？」

容將軍老臉火辣辣的，硬著頭皮應了。

容琮見父親受辱，心裡不快，也淡淡地說道：「還請崔女官回去稟報一聲，等公主身子好了，我會親自陪公主回宮一趟，到時候我親自去請罪。」對蕭月兒的憐惜之意再多，也經不起大皇子和皇上這樣的折騰吧！

崔女官見駙馬爺動了怒，也不敢再多說了，進去看了蕭月兒一回，便告辭走了。

容琮又進了屋子，低聲問道：「妳現在好些了嗎？」

蕭月兒略有些心虛地笑道：「已經好多了，皇兄和父皇未免太小題大做了，本來就是件微不足道的小事，倒弄出這麼多動靜來。」她自然清楚容琮的脾氣，這麼一撥又一撥興師問罪的，他心裡舒坦才是怪事。

容琮笑了笑，叮囑蕭月兒多休息，便出了屋子。蕭月兒的笑臉撐到容琮離開便垮了。唉，怎麼會鬧成這樣？

荷香見她面色鬱鬱，湊了過來低聲說道：「公主，您現在安心養胎要緊，別胡思亂想了。」

蕭月兒悶悶不樂地應了聲，接下來卻一直沒說話。

荷香見狀，便悄悄地朝菊香使了個眼色。菊香心領神會，悄悄去尋了寧汐。

此時寧汐正和容瑾在屋裡說話。容瑾惦記著之前大皇子來的事情，直接問道：「大皇子有沒有對妳說什麼不該說的話？」

寧汐搖搖頭。「這倒沒有，他喊住我，卻什麼也沒說就讓我走了。」

自己的妻子被人一直惦記著可不是什麼令人愉快的事情。更何況，容瑾從不是什麼心胸寬廣的人，聽到這些，俊臉拉得老長。

寧汐心裡湧起一陣甜意，反過來安慰容瑾。「我現在已經嫁給你了，你還有什麼不放心的。」大皇子又不是那種荒淫好色的主兒，不會做出奪人妻室的事情來的。

容瑾輕哼一聲。「我當然放心妳，就是看那種人不順眼而已。」如果換了個人，他早不客氣了。

他繃著臉生悶氣的時候，倒又多了幾分難得的稚氣。寧汐看著又是好笑又是窩心，依在他的身邊撒嬌。「好了，別總說這些不高興的事情了，我們說點高興的好不好？你不是說要陪我回去住幾天嗎？現在四妹也回羅府去了，你總可以兌現諾言了吧！」

對著這麼如花的笑顏，容瑾那點怨氣迅速地消散不見，低笑著親了親寧汐滑溜溜的臉蛋。「好，我們明天就回去。」

寧汐俏臉紅撲撲的，大眼撲閃撲閃，異常明媚動人。容瑾看了心癢癢的，正待低頭有所動作，門外響起了丫鬟的聲音。「少奶奶，二少奶奶身邊的菊香姑娘過來了。」

寧汐不假思索地應了一聲。「告訴菊香一聲，我這就過去。」想也知道，肯定是蕭月兒心裡不自在，想和她商議接下來怎麼辦呢！

容瑾悻悻地放開寧汐。「二嫂也真是的，不遲不早偏偏這個時候來叫妳過去。」打擾人家夫妻恩愛可是個壞習慣。

寧汐哭笑不得地白了他一眼，見他繃著臉，心裡又一軟，低低地哄道：「別生氣嘛，晚上回來我一定好好補償你。」

容瑾一本正經地豎起兩根手指。「兩次，少了免談。」

寧汐紅著臉啐了他一口，便落荒而逃。

菊香在外等了片刻，見寧汐俏臉一片暈紅的出來了，頓時會意過來自己來得不是時候，略有些歉意地說道：「本不該來打擾三少奶奶，只是，崔女官走了之後，公主便一直懨懨的沒精神。奴婢便自作主張，想請三少奶奶陪公主說說話解解悶，免得公主一個人胡思亂想……」

一個人？容琮怎麼沒陪她？寧汐秀眉微挑，迅速的應道：「我們邊走邊說吧！」隨意的披了件厚實的披風，便和菊香一起走了出去。

沒了閒雜人等在一旁礙手礙腳，兩人說話也方便多了。

寧汐直截了當地問道：「二哥怎麼沒陪著二嫂？」蕭月兒剛動了胎氣，現在正是養胎的要緊時候，容琮又在府裡，卻沒陪著蕭月兒，實在說不過去。

菊香嘆口氣，低低地應道：「駙馬爺大概是生了些悶氣，自然沒心情多陪公主了。」

這悶氣從何而來，當然是跟大皇子和崔女官接二連三的到來有關。娘家人關心出嫁的姑娘無可厚非，可這樣咄咄逼人的全天下也只有這麼一個，也難怪容琮會覺得憋屈了。

寧汐明白了事情的始末，也忍不住嘆口氣。

蕭月兒和容琮之間存在的問題，根結就在於此了。

接下來，兩人無話，一路匆匆地趕到了蕭月兒的寢室。荷香見寧汐來了，頓時心裡一鬆，忙笑著迎了寧汐進來。

蕭月兒見了寧汐果然有了些精神，笑著朝寧汐招手。「坐床邊來說話。」

寧汐笑盈盈地走過去坐了下來，故意逗蕭月兒開心。「喝過安胎藥了吧！怪不得今天的臉色這麼紅潤好看，比搽胭脂要好看多了。」

蕭月兒本沒有嬉鬧的心情，也被逗得一樂。她一展顏，滿屋子的丫鬟嬤嬤都鬆了口氣。荷香最是機靈，立刻使了個眼色，所有人便都退了出去，她也跟著退了出去，將門輕輕地帶上，親自守在了門口。

屋子裡便只剩下蕭月兒和寧汐兩個人，說話自然方便得很。

「是菊香叫妳過來的吧！」蕭月兒一猜便中。

寧汐也不瞞她，笑著點點頭。「她們都擔心妳，剛動過胎氣，心情若是鬱結，對養胎不利。」

一提起胎氣，一連串的事情便都湧上了心頭。

蕭月兒長長地嘆了口氣，快快不樂地說道：「寧汐，如果我不是公主，容琮會不會對我更好一些？」容琮遷怒於她，她自然鬱悶。可皇兄父皇這麼做，也是關心她為了她好，她若是怪罪他們，卻是不識好歹了。想來想去，只覺得這就是個死結，怎麼都解不開。

寧汐只得寬慰她。「妳可千萬別這麼想，妳要不是公主，和二哥也沒這段緣分了。」這個她何嘗不知道！蕭月兒沒精打采的笑了笑，又發呆了。

寧汐想了想，又安撫道：「二哥一時不太痛快，等過幾天自然就好了。夫妻沒有隔夜仇嘛，要不，妳這幾天就主動的多讓他陪陪妳。在他面前多撒嬌，他一緊張，自然就忘了那些不愉快的事。等他心情好點了，妳再說幾句軟話陪個不是，兩人自然就和好了。」男人都吃這一套，容琮也不會例外吧！

這個主意倒是頗為可行。蕭月兒笑著點頭應了，心情好了不少。忽地想起一件要緊事來，壓低了聲音說道：「對了，有件事差點忘了告訴妳。」

「怎麼了？」蕭月兒如此慎重其事，寧汐也不由得略有些緊張起來。

# 第三百七十一章 壞消息

「大皇兄告訴我，宮裡的梅妃病了。」蕭月兒眉頭微蹙。「聽說病得很重，大概撐不了多久了。」

梅妃？寧汐心裡一驚。

梅妃不是四皇子的生母嗎？雖然她在宮中並不算得寵，可畢竟是生育了皇子的妃嬪，又陪伴皇上多年。要是真的生了重病彌留之際，皇上總不至於狠心不讓四皇子回京見她最後一面……

蕭月兒見寧汐面色沈重，便知道寧汐也想通了這要命的一點，嘆道：「說來也真是奇怪，梅妃年前還好好的，可過了年之後，不知染上了什麼怪疾，竟是一病不起。宮中所有的御醫都去瞧了個遍，也沒能找到病因，也就無從動手診治，只開了些安身健體的補藥拖延著。聽大皇兄說，父皇去探視梅妃的時候，梅妃苦苦地央求著父皇讓四皇兄回京見她最後一面，父皇雖然沒一口答應，可已經心軟了。」

照這樣下去，點頭也是遲早的事情。說到底，四皇子當日所犯的錯，是罔顧手足之情，卻並沒到忤逆不孝犯上的地步。如果梅妃真的快不行了，皇上肯定會讓四皇子回京城的……

等等，不對！

寧汐腦中忽地想起一件事情，面色陡然一變。前世的時候，梅妃安然地做了太后，身體健健康康好得很，從未聽說過她生過這樣的重病。她這病來得如此蹊蹺，難道是四皇子為了回京設下的計謀？

蕭月兒卻誤解了寧汐難看的面色，嘆道：「我知道這不是什麼好消息，四皇兄要是真的回來，只怕大家都別想過消停日子了。」有四皇子這樣死心不息的「情敵」，寧汐能過得安穩才是怪事。

寧汐定定神，湊到蕭月兒耳邊快速地低語幾句。

蕭月兒面色也是一變。「寧汐，妳確定沒記錯嗎？梅妃真的從沒生過病？」

寧汐面色凝重。「這樣重要的事情我怎麼敢亂說，我作那個噩夢，一連作了一個多月，每夜都是同一個夢境。記得很清楚，四皇子登基之後，第一件事就是讓梅妃做了太后。」

蕭月兒震驚了片刻，抓住了最重要的一點。「這麼說來，梅妃這次的重病應該是有預謀的，是為了四皇兄回京設下的計謀？」

「應該是這樣。」寧汐肯定地點頭。

天底下稀奇古怪的病症多得是，也不知道梅妃從哪兒尋的法子，讓自己染上怪疾。可以斷定，只要四皇子回了京，梅妃的病情就會漸漸好轉。

蕭月兒皺眉苦思半天，才說道：「這事畢竟沒有真憑實據，皇兄和我都不便在父皇面前多說什麼。」要是惹來皇上的猜忌，反而不妙。

寧汐嘆道：「心裡多層防備總是好的。」

兩人也沒心思再多說話了，心裡俱是沈甸甸的。

寧汐走後，蕭月兒左思右想，還是決定讓人給大皇子送個信。此事事關重大，自然得交給最信得過的人才行。蕭月兒將荷香叫到身邊，低低地耳語幾句。

荷香面色微變，旋即鎮定如常，穩穩地說道：「公主放心，奴婢這就去大皇子殿下府上。」

最末一句，恰巧落入剛進門的容琮耳中。

容琮顯然又誤會了，眼中閃過一絲不快，卻裝著若無其事地笑道：「妳現在好些了嗎？晚上有什麼想吃的，我這就去廚房，讓廚子給妳做些好吃的。」

蕭月兒想解釋，又無從解釋起，只得苦笑著將這口悶氣嚥了進去。

寧汐回來之後，便心事重重。

容瑾也覺得不對勁，關切地問道：「汐兒，二嫂和妳說什麼了，妳怎麼一臉的不高興？」

寧汐輕嘆口氣，據實相告。

容瑾面色一沈，眸光閃動。「妳真的能確定梅妃生病有詐？」

寧汐鄭重地點頭，肯定得不能再肯定。

容瑾沒再說話，皺著眉頭來回踱步。他早有種隱隱約約的預感，四皇子絕不會就此偃旗息鼓。沒想到，這一天來得這麼快這麼突然……

不行，不能讓他回京城！一旦他回來，寧汐豈不是陷入危險的境地？

可是，梅妃身在宮中，又病得岌岌可危，誰敢在這時候到皇上面前諫言不能讓四皇子回京城？
容瑾沈吟片刻，便有了決定。「我明天去找大皇子。」總不能眼睜睜的等著四皇子回來，至少得做些什麼。
寧汐一驚，急急地說道：「你千萬別衝動……」
容瑾安撫地笑了笑。「妳放心，我不會傻得到皇上面前說這些。」頓了頓，又調侃道：「我還要和妳白頭偕老，生一堆可愛的孩子，不會讓妳早早守寡的。」
寧汐鼻子酸酸的，眼圈都紅了。四皇子的歸來，無疑會在他們的生活中掀起陣陣波瀾，幸福安寧的日子如此短暫……
容瑾心一軟，將寧汐摟得緊緊的。「傻丫頭，說得好好的，怎麼又掉眼淚了？好了，先別管這些了，我們去爹那邊吃飯。」
寧汐吸了吸鼻子，點點頭。
不管怎麼樣，日子總要好好的過下去。先做好最壞的打算，四皇子如果真的回京城了，也不敢明著對他們怎麼樣，他們小心防範些就行。
第二天，容瑾便去了大皇子府上。兩人密談了一上午，不知道到底談了些什麼。總之，容瑾回來的時候，神情還算平靜。
寧汐追問，容瑾卻不肯細說，只笑道：「四皇子一旦回來，最著急的不是我們，是大皇子和三皇子。妳放心，自然會有人對付他的。」
寧汐細細地品味這兩句話，若有所悟。大皇子和四皇子固然勢不兩立，三皇子也未必容得下四皇子。這過去的半年裡，大皇子和三皇子為了太子之位鬥爭得異常激烈。可四皇子一旦要回來，說不定大皇子和三皇子會暫時聯手對付四皇子……

容瑾又催著她收拾行李。「我已經和爹說過了，今天我就陪妳回娘家小住，妳快些收拾一下行李，我們早點出發。」

寧汐拋開煩心事，高高興興地去收拾行李。

翠玉殷勤地幫忙，邊試探著笑道：「不知少奶奶要回去住多久？」

自從翠環被打發走了之後，翠玉便接替了翠環的位置。比起盛氣凌人的翠環，翠玉可伶俐識趣多了，對著寧汐分外殷勤，絕不敢有絲毫怠慢。容瑾看在眼底，自然對翠玉的表現很滿意，翠玉便成了院子裡的首席大丫鬟。

寧汐對伶俐的翠玉還算有些好感，笑著應道：「難得回去一趟，總得住個十天半月的。」這可是容將軍親口允諾過的，逮著這樣的好機會，自然要回去多住些日子。

翠玉又陪笑道：「少奶奶要回去住這麼久，身邊沒個人伺候肯定不行。奴婢不才，厚著臉皮自薦一回。」敢情是惦記著隨身伺候的事情呢！

從這也能看出翠玉的精明之處，雖然跟著到寧家伺候沒什麼實質的好處，可絕對是快速拉近主僕距離的最佳機會。若是得了寧汐的歡心，將來在這個院子裡的地位也會更牢固些！

寧汐失笑，婉言笑道：「我在家裡不習慣要人伺候，就不用妳跟著了。」一見翠玉一臉失望，便又添了一句。「我這些日子不在，妳替我好好守著院子，別讓小丫鬟們太過放肆了。」

翠玉頓時心花怒放，歡喜地應了。

臨走之前，寧汐特地去向蕭月兒告別。蕭月兒正苦著臉喝安胎藥，見寧汐來了，訴苦不迭。「這藥好苦好難喝。」更過分的是，她被勒令躺在床上，不能隨意下床走動，簡直快要悶死人了。

寧汐一臉的同情。「熬過這幾天就好了。對了，我要回去住些日子，這些天不能來陪妳了。」

什麼叫屋漏偏逢連夜雨，這就是了。蕭月兒一臉哀怨地控訴。「太過分了，妳怎麼可以拋下我一個人回娘家去？」沒有寧汐陪她，這日子豈不是更加難熬？

寧汐被逗得直樂，調侃道：「這話可不能讓二哥聽見，不然就該傷心了。」

一提到容琮，蕭月兒的笑容便悶悶的。寧汐見不對勁，關切地追問：「怎麼了，妳和他又嘔氣了嗎？」

這倒沒有，蕭月兒嘆口氣。「他對我倒是還不錯，只要有空便來陪我，對我身子也很關心，可是……」

那種關心，和全然出於本心的關懷有些微妙的不同，倒像是完成任務一般。憐惜中少了分親暱，尊敬中卻少了分熱情。就像一道上好的佳餚，偏偏少了最重要的一味調味料似的，總不是個滋味。

寧汐安慰道：「妳別鑽牛角尖了好不好？只要他心裡有妳，肯多陪妳就是了。」

蕭月兒悵然地笑了笑。「是啊，是我太不知足了。」金枝玉葉的身分，是她這輩子的榮耀，也是她和容琮之間最大的障礙。她想要容琮像個普通男人愛一個女人那樣的愛自己，實在是奢求……

寧汐看著蕭月兒這副樣子，又是心疼又是無奈。夫妻之間的事情，如人飲水冷暖自知，別人說得再多也沒用，只能希望蕭月兒自己想開些了。

# 第三百七十二章　好久不見

阮氏得了消息，早已在巷口等候多時了。待看到容府的馬車遠遠的出現在眼前，既高興又激動地迎了上去，寧暉緊隨其後。

此時已過了正月初十，按理來說，寧暉也該去鄴縣了。可惦記著寧汐要回來的事，硬是將歸程又拖延了幾日。

「娘，哥哥，嫂子。」寧汐迫不及待地下了馬車，笑盈盈的一一喊了過去。

阮氏早已激動地摟住寧汐，上下打量個不停，見寧汐面色紅潤比以前圓潤了一些，總算放下心來，這才有心情和容瑾寒暄。

待行李都收拾安頓好了之後，寧汐利索地挽起袖子去了廚房，叮叮咚咚地忙活起來。葉薇忙跟了進去幫忙，比起剛嫁入寧家的時候，動作可利索多了。

寧汐忍不住打趣道：「嫂子，嫁到我們家可辛苦妳了。」葉薇未出閣之前也是嬌生慣養的，到了寧家之後，卻得適應寧家的生活方式，不可謂不辛苦。

葉薇抿唇微笑。「妳不也一樣辛苦嗎？」嫁到高門府邸，要適應的地方肯定也不少。

寧汐笑著嘆口氣。「是啊，做兒媳可比做女兒辛苦多了。」容瑾待她自然是好得沒話說，可生活中可不止夫妻兩個，還有許許多多複雜的關係要處理。

難纏的小姑容瑤、精明的大嫂李氏，都不是省油的燈。容將軍對她看似不錯，可一遇到容瑤，這份好不免大打折扣。好在婆婆去世得早，要是再來個厲害婆婆，可就更「熱鬧」了。

對這一點，葉薇也深有同感。寧家人口簡單，公公常在宮中，極少回來。小姑寧汐又出嫁了，算起來，她只要應付阮氏就好，而且阮氏性情溫和，並不是那種難伺候的婆婆。按理來說，她的日子就夠舒心了，可婆婆和親娘總是不一樣的，疏遠了不好親近了又做不來，其中分寸很難拿捏。

姑嫂兩人忙活了半天，做了滿滿一桌子菜餚。剛擺好碗筷，院門便被敲響了。寧暉跑了去開門，見了來人頓時笑開了。「你來得倒是巧，妹妹剛回來，飯菜也剛上桌。」

正所謂熟不拘禮，來人也笑了，熟稔地走了進來，親暱地喊道：「師娘，寧汐妹子。」

寧汐見了來人，歡喜地喊了聲。「張大哥，你怎麼有空來了？」

自從定了婚期之後，她就極少出門，和張展瑜自然也沒了見面的機會，加加減減一算，竟也有幾個月沒見了。張展瑜眉目俊朗依舊，卻比往日更沈穩，眼神中更多了以前沒有的自信和從容。

張展瑜含笑應道：「我昨天剛到京城，今天特地過來看看師娘，沒想到這麼湊巧遇上你們。」口中說著你們，可眼裡看到的，分明只有寧汐一個，那眼神透著絲絲溫柔。

容瑾心裡直泛酸，當著阮氏等人的面卻也不好流露出來，笑容有些僵硬。

寧汐只顧著和張展瑜說話，一時也沒留意到容瑾的神色不對。「張大哥，鼎香樓也該開門做生意了吧！」

張展瑜笑道：「嗯，今天已經收拾打掃過了，明天就開張。雖然今天沒開始做生意，可明天的桌席已經全訂出去了，孫掌櫃倒是高興，我可要愁死了。有幾個廚子還沒趕過來，哪能忙得過來。」

聽著這熟悉的一切，寧汐心裡癢癢的，脫口而出道：「那我明天也去幫忙。」

張展瑜一愣，反射性地看了容瑾一眼。嫁了人還拋頭露面的出去做事，容瑾能樂意嗎？

容瑾笑了笑，寵溺地看著寧汐。「去解解悶也好，正好我明天要上朝，順路送妳到鼎香樓。」答應得異常爽快。

寧汐心裡美滋滋的，朝容瑾甜甜的一笑，明亮的大眼撲閃撲閃的，可愛又嬌俏。容瑾心裡一動，悄悄地在桌下伸出手，將寧汐的手緊緊地握在手心裡。

寧汐面頰微紅，卻沒縮回手。

小夫妻在桌底下的動靜雖然瞞過了眾人，可眼神交會的纏綿卻很清晰。阮氏心裡十分快慰，笑得合不攏嘴，寧暉也真心的為妹妹有了好歸宿而高興。

張展瑜也在笑，卻笑得有一絲澀意。曾經那樣的喜歡一個人，將那個人默默地放在心底幾年，關注她的一顰一笑甚至已經成了他的本能。縱然此生無緣，縱然她嫁了人他也有了心上人相伴，可心底深處總有一處地方留著她的影子。

習慣著放下，卻從未真正忘懷。看著她笑得甜蜜幸福，張展瑜也是高興的，可又深深地遺憾著讓她展顏的人從不是自己……

容瑾有意無意地瞄了張展瑜一眼，神情似笑非笑，似是洞悉了張展瑜內心深處的秘密一般。

張展瑜定定神，若無其事地轉過頭，笑著問阮氏。「師娘，師傅過年時候回來了嗎？」

阮氏笑嘆。「還不是和去年一樣，大年三十回來，新年初一就趕著回宮去了。」入宮做御廚固然風光無限，可也著實辛苦，越是到年節，越是脫不開身。

張展瑜忙笑道：「這也是因為師傅廚藝好受器重，才抽不開身來。」普通的御廚可以輪班著回家休息，寧有方和上官遠卻都得留在宮中。

說到寧有方的近況，大概沒人比容瑾更清楚。他笑著插嘴道：「岳父如今可是御膳房裡的第一紅人，風光得很。」

在皇宮裡，能得皇上的歡心是最重要的。寧有方廚藝本就是數一數二的，又是容瑾的岳父，皇上自然另眼相看。短短一年多，儼然成了御膳房裡最炙手可熱的名廚。上官遠已經難望其項背。

一提到上官遠，不免就要想起上官燕。

寧汐促狹地打趣道：「張大哥，你的年紀可不小了，也該和上官姊姊成親了吧？」

阮氏也笑著介面。「是啊，展瑜，你今年二十二了吧！也該成個家了。要是不懂三媒六聘這些煩心事，我幫著你打點打點就是了。」

張展瑜笑了笑，避重就輕地說道：「好，到時候一定請師娘幫忙。」

寧汐敏感地察覺出些許不對勁，一提到成親，張展瑜一點喜色也沒有，這是怎麼回事？難道上官遠還是堅持不肯同意他和上官燕的親事嗎？

當著這麼多人的面，寧汐也不好多問，暗暗將此事擱到了心底，還是等明天到了鼎香樓再悄悄問張展瑜好了……

吃了晚飯之後，張展瑜又說了會兒話才走了。寧汐知道容瑾愛潔，忙去廚房燒了熱水，兌好了之後喊容瑾過來洗澡。

容瑾從背後擁住寧汐，親暱地咬著她的耳朵低語。「妳陪我一起洗。」語氣曖昧極了，顯然動起了不正經的歪心思。

寧汐脹紅了臉，從他的懷裡掙扎開來，啐了他一口。「想得美，自己快洗去。」在容府裡，小倆口一起洗澡胡鬧倒也罷了，在這兒怎麼行？屋子都是緊挨在一起的，要是弄出動靜來被聽見了，可真是羞死了。

容瑾悶笑一聲，不再撩撥寧汐，坦然地寬衣解帶準備洗澡。

寧汐瞪了他一眼。「等我出去了再脫衣服。」說著，便去了阮氏那裡，母女兩個在燈下聊起了知心話。

「汐兒，妳這次回來真的要住上半個月嗎？」阮氏又是高興又是擔心。「妳公公不會不高興吧？」

「娘，您就放心好了。這次回來，可是得到公爹允許的。」寧汐笑著安撫阮氏。「再說了，公爹最多再有兩、三天就得回邊關去了，我愛住多久都沒人管。」李氏大概巴不得她遲點回去呢！

阮氏這才徹底放了心，笑著問道：「在容府過得怎麼樣？沒人欺負妳吧？」

寧汐立刻笑道：「沒有的事，大家對我都很好呢！」之前發生的那些糟心事自然不說，挑了些無關緊要的小事說了幾樁。

她雖然不肯說，可阮氏也是過來人，自然知道新媳婦的滋味，忍不住攥著寧汐的手嘆道：「汐兒，做人媳婦不比沒出閣的姑娘，難免要受些委屈。好在姑爺心疼妳，妳凡事多忍忍，以後總會好的。」

寧汐鼻子一酸，腦中忽地記起了當日和容瑤起了爭執之後容將軍的偏心。為人父母的，誰不偏疼自己的女兒？如果她和葉薇鬧了口角，阮氏毫無疑問也會護著她的吧！

這麼一想，寧汐心裡的氣反而平了，微笑著說道：「娘，您放心，我會過得好好的。」

阮氏欣慰地笑了。

第二天早上，寧汐早早地便起了床。容瑾手一伸撲了個空，略有些不滿地睜開了眼。「怎麼這麼早就起來了？」

寧汐白了他一眼。「已經不早了，我好些日子沒去鼎香樓了，既然打算去幫忙，總得早些過去，你也該起床去上朝了。」

容瑾這才想起寧汐要去鼎香樓的事情，忍不住酸溜溜地來了一句。「妳就這麼想去鼎香樓？」

聽聽這語氣！寧汐又好氣又好笑。「我看你上輩子八成是賣陳年酸醋的吧！說話一股子酸味，十里外就聞見了。」她和張展瑜只餘兄妹之情，再說了，她都已經嫁給他了，他還有什麼不放心的？

容瑾堅決不承認自己小心眼。「我是怕妳累著，又沒別的意思。」

沒有才怪！寧汐斜睨了他一眼，懶得搭理他了。

# 第三百七十三章　噩耗

這麼久沒去鼎香樓，寧汐竟有些近鄉情怯的興奮雀躍和緊張，一路上也顧不上和容瑾說話，一直探頭往外張望。

容瑾心裡酸溜溜的不是個滋味，故意重重地咳嗽了幾聲，寧汐總算回過頭來。「嗓子不舒服嗎？待會兒我去藥鋪子給你抓副藥。」

得到嬌妻關注的容瑾很可恥的繼續裝病。「嗯，頭也有點暈，大概是昨天晚上著涼了。」

一提到昨天晚上，寧汐的臉頓時紅了。昨天晚上，他非折騰著換姿勢鬧騰，結果，被子不知被踢到哪兒待著去了，不著涼才是怪事……

馬車在鼎香樓的門前停了下來。

寧汐眼眸亮了起來，嘴角漾起愉快的笑意。好久不見了，鼎香樓！

容瑾眼睜睜的看著寧汐像隻歡快的小鳥一般飛下了馬車，頭也不回地跑進了鼎香樓，頓時生出了「我竟然不如鼎香樓」的感慨。半晌，才悶悶地吩咐車伕調轉馬頭走了。

剛一進鼎香樓，熟悉的氣息迎面而來。

寧汐只覺得全身都異常的輕鬆，唇邊揚起燦爛的笑容，笑著嚷道：「孫掌櫃，我來了！」

正低頭撥弄算盤的孫掌櫃幾乎不敢相信自己的耳朵，愣愣地抬頭看了一眼。「汐丫頭，妳怎麼來了？」

寧汐被孫掌櫃的反應逗樂了，俏皮地應道：「怎麼，不歡迎我嗎？」

孫掌櫃呵呵笑了。「當然歡迎，就怕妳現在做了容府的三少奶奶，做不來鼎香樓裡的事情了。」做廚子其實很辛苦，忙起來一站就是兩、三個時辰，體力差一點的根本應付不來。

寧汐自信滿滿地笑道：「這怎麼可能。」

正說著話，廚子跑堂打雜的都圍攏過來了，爭相和寧汐打招呼，吵吵嚷嚷人聲鼎沸的，別提多熱鬧了。

容府裡的丫鬟婆子說話都是輕聲慢語的，主子們更是一個比一個矜持，哪有眼前這般鬧騰的光景。可說句實話，寧汐更喜歡待在這樣的環境裡，這樣真實的喧鬧，讓人覺得踏實極了。

張展瑜進來的時候，見到的便是寧汐被眾星捧月的圍在中間的情景，遙遙地看著寧汐小臉紅撲撲的興奮樣子，張展瑜啞然失笑，揚聲說道：「大家別鬧了，快些去做事。」

主廚一發話，眾人都老實多了，各自散開。

寧汐故意嘖嘖嘆氣。「張大哥現在可真威風啊！」

張展瑜笑了。「得了，妳就別來取笑我了。走，我帶妳去廚房。」寧汐欣然點頭應了。

她之前的廚房，早已給了別的廚子用。張展瑜便讓她和自己共用一個廚房，他們兩人相識多年，做事自有默契，也不需要多說什麼，各自忙碌起來。

張展瑜怕她應付不來，時不時地扭頭看她一眼。「要是覺得累，就歇會兒。」

寧汐嬌嗔道：「我哪有這麼嬌貴嘛！」

張展瑜失笑，不再多說。

寧汐嘴上雖然逞強，可這一忙就是大半天，漸漸便覺得手腳痠軟，不由得暗暗唾棄自己，才閒了沒幾天，竟然真的變嬌貴起來了。

寧汐也是個強脾氣，一聲不吭地撐著忙到了結束，待歇息下來的時候，坐在凳子上連動都不想動了。

張展瑜看了心疼不已，特地做了幾樣寧汐愛吃的菜，親自端了放在寧汐面前，連米飯都親自盛好了，筷子也輕巧地放到了寧汐的右手邊。

寧汐窩心極了，又開起了玩笑。「虧得上官姊姊沒在這兒，不然，一定會吃我的醋了。」

張展瑜笑而不語，他對上官燕雖也溫柔，可從沒這般細緻入微過。

吃了飯之後，照例有一、兩個時辰的休息時間。廚子們三三兩兩的坐在一起說話。寧汐往張展瑜身邊湊了湊，小聲地問道：「張大哥，你和上官姊姊到底怎麼樣了？她四叔還不同意你們的事情嗎？」

張展瑜點點頭，上官遠打從一開始就竭力反對他和上官燕的親事，他連登門提親的機會都沒有。

寧汐忿忿地哼了一聲。「這都鬧騰半年多了吧！真沒見過這樣的。乾脆別理他了，反正你和上官姊姊情投意合，就是要成親，他又能怎麼樣？」
張展瑜嘆道：「哪有妳說的這麼簡單。」
上官家家族興旺，族人眾多，上官燕是這一輩最出色的廚藝傳人，被寄予厚望，親事根本不能自主。上官遠是上官燕的親叔叔，在上官家有很深的影響力，他堅持反對，也會影響到其他人的想法。
「那要怎麼辦？總不能就這麼一直等下去吧！」寧汐皺起了眉頭。「你也老大不小了，再耽擱下去可不好。」不是只有女子才有青春，男人的青春一樣耽誤不得。
張展瑜抿緊了嘴唇。「我已經打算好了，等出了正月，就請師傅出面，替我到上官家去提親。」不管上官家那邊態度如何，他都要表現出誠意來。
寧汐點頭贊成。「對，先去登門提親再說。」
話音剛落，一個身影出現在門口。張展瑜背對著一時沒看見，寧汐卻是一愣，旋即驚喜地笑著起身喊道：「上官姊姊，妳怎麼來了？」
說曹操曹操就到，剛一提上官燕，上官燕居然就來了。
上官燕似有滿腹心事，勉強擠出個笑容。「寧汐妹妹，妳也在啊！」俏麗的臉龐竟有些憔悴之色。
寧汐心裡暗暗奇怪，卻很識趣地沒多問。
張展瑜見上官燕面色不對，心裡陡然一沈，輕聲問道：「燕兒，是不是出什麼事情了？」

上官燕咬著嘴唇，輕輕點頭，還沒張口說話，淚珠已經在眼中打轉了。

張展瑜心直直往下沈，面上反而越發鎮定，溫柔地說道：「先別哭，告訴我到底怎麼了？有事我來擔著。」

聽到這話，上官燕的眼淚頓時唰地流下來了，別說張展瑜被弄得慌了手腳，就連寧汐也愣住了。上官燕一直是個驕傲的女孩子，既倔強又好強，認識這麼久，還從來沒見過她在人前哭過。

寧汐連連朝張展瑜使眼色，上官燕哭成這樣，還不快些哄幾句。

張展瑜躊躇片刻，上前一步，從懷中掏了個帕子出來，默默地遞給上官燕。上官燕接過帕子，繼續哭。

寧汐無奈地聳聳肩。人和人果然不一樣，這要是換了容瑾，才不會管周圍有沒有人，早就摟過來哄了，張展瑜果然還是臉皮太薄了！

飯廳裡還有幾個廚子伸長了脖子在看熱鬧，寧汐朝他們幾個使眼色。等幾個廚子走了之後，自己也輕手輕腳地走了出去，只可惜飯廳向來是沒有門的，每天人來人往，實在不算安靜之處。

寧汐想了想，也沒走遠，不管有誰走到附近，都被她用眼神支走了。

飯廳內，上官燕依舊在哭泣。張展瑜不擅長哄人，便耐心地在一旁等著。一直等到上官燕哭得嗓子都啞了，哭聲才漸漸停了。

張展瑜心疼地問道：「到底出了什麼事了？」

上官燕吸吸鼻子。「我四叔……想讓我給三皇子殿下做妾。」

什麼？張展瑜先是一愣，旋即一臉鐵青，雙拳握得緊緊的，聲音裡滿是壓抑的怒火。

「他親口跟妳說的嗎？」

上官燕紅著眼圈點頭。「他中午特地到一品樓來和我說的，我剛和他大吵了一架，就跑來找你了。」

張展瑜面色難看極了，有種罵人的衝動。

上官遠果然利慾薰心，連自己的親侄女都要利用。去年就曾打過大皇子的主意，當時大皇子的心思都在寧汐身上，並沒理會這個茬兒，上官遠不得已才甘休。沒想到，不到一年工夫，竟又瞄準了三皇子……

張展瑜深呼吸口氣，竭力恢復冷靜理智。「這是他自己的打算，還是三皇子的意思？」

這其中的區別自然不小，如果只是上官遠一廂情願的打算，還有回旋的餘地。要是三皇子也有這個意思，可就不妙了。說到底，他只是區區一個廚子，在堂堂皇子面前，簡直卑微如塵泥，哪有資格和三皇子較勁。

上官燕被問得懵住了。她剛一聽這個話音，便又急又氣地和上官遠吵了起來，哪裡顧得上問這些細節。

張展瑜見她也六神無主，也不忍心再問了，思忖片刻說道：「妳先別急，妳四叔應該還在一品樓吧！我這就去找他！」說著，拔腿就要走。

上官燕心裡一慌，不假思索地拉住了張展瑜的手。「不，你別去。」上官遠一直都不喜歡他，他就這麼不顧一切地找過去，肯定會被狠狠地羞辱一番……

兩人在一起時，一直發乎情止乎禮，這樣親暱的拉手還是第一次。可張展瑜心裡卻無絲毫旖旎蕩漾，只有一陣酸楚。

他凝視著上官燕哀戚的眼眸，緩緩地說道：「燕兒，我今天一定要去見妳四叔，我要為我們的幸福努力一回。」

這是張展瑜第一次如此深情溫柔地看著她。

上官燕的眼淚湧了出來，模糊了視線。

# 第三百七十四章　男人的責任

寧汐在外面，將兩人的對話聽得一字不漏，心裡也酸酸的不是個滋味。

張展瑜的感情路也太坎坷了。

當年她也曾動搖過，想試著接受他的情意，可最終捨不下容瑾，只能辜負了張展瑜的一片心意。張展瑜消沈了很久，一開始甚至對上官燕很是反感，直到後來才開始慢慢接受上官燕。眼看著兩人的感情路就要開花結果了，沒想到又來了這麼一齣……

正想著，張展瑜和上官燕一起走了出來。張展瑜面色沈毅，上官燕眼眸紅腫，一看就知道狠狠痛哭了一場。

寧汐自然猜到他們兩個要去做什麼，心裡暗暗著急，忍不住勸道：「張大哥、上官姊姊，你們先別衝動，等把事情弄清楚了再作決定也不遲……」

「汐妹子，」張展瑜打斷了寧汐。「妳放心，我不會魯莽惹禍的。」頓了頓，又嘆道：「都怪我，要是我之前積極主動一些，早些去上官家提親，或許事情也不會鬧到今天這個地步。」

上官燕眼圈又紅了，哽咽著說道：「這怎麼能怪你？都是我四叔不好，利慾薰心，整天想著攀附權貴，將主意打到我頭上……」

寧汐鼻子一酸，心裡難受極了。

有這樣一個四叔，真是上官燕的悲哀！可上官遠再不堪，也是上官燕的親人，對上官燕有養育教導之恩。張展瑜此番前去，只怕沒什麼作用。

這些話，就算寧汐不說，張展瑜心裡也很清楚。可有些事情，明知不可為也要為之，只要還有一線希望，他都不能放棄。

張展瑜定定神，對寧汐說道：「我現在就去一品樓找燕兒的四叔，這邊的事情暫且交給妳了。」

看著張展瑜堅定的樣子，寧汐再也說不出一句話來，默默地點頭，讓了開來。

張展瑜的背挺得很直，步伐堅定有力。高䠷的上官燕緊緊的靠在他身邊，就像一個藤蔓依附著參天的大樹。兩人雖沒有親暱的拉著手，可誰都能看出兩人再也離不開彼此。

從這一刻開始，張展瑜才真正的放下了對寧汐的感情。從此以後，他的心裡只會有上官燕一個人的位置……

寧汐腦中迅速地盤算著該怎麼幫他們兩個一把。

不到一個時辰，鼎香樓上下都知道了此事。

孫掌櫃急匆匆地來找寧汐，急得直跺腳。「展瑜也太魯莽了，怎麼能一個人去一品樓？萬一和上官遠爭執起來，旁邊連個幫腔的都沒有。不行，我現在就過去看看。」

寧汐忙阻止道：「別急，再等等看，說不定上官燕一哭鬧，她四叔就心軟了，不會逼著她給三皇子做妾，成全了她和張大哥也說不準。」這當然是最好的結果了。

孫掌櫃嗤笑一聲。「這怎麼可能，上官遠野心勃勃，滿心想的都是榮華富貴，有這麼好的機會擺在眼前，肯放過才是怪事。」

雖然這話現實得近乎殘酷，可實情就是這樣。如果上官遠真的心疼上官燕，去年就該點頭同意她和張展瑜的親事了。

寧汐想來想去也沒想出什麼好法子，不由得有些煩躁。「那要怎麼辦才好？張大哥已經去了許久了，到現在也沒回來，該不是真的和上官遠吵起來了吧！」

孫掌櫃冷哼一聲。「我們鼎香樓的人可不是那麼好欺負的，我現在就帶幾個廚子過去看看怎麼回事。」

「我也去！」寧汐不假思索地說道。

孫掌櫃哪裡肯讓她跟著涉險，忙安撫道：「汐丫頭，妳就別去了，這邊總得有個人守著……」寧汐現在可是容府三少奶奶，比以前矜貴多了，還是不要拋頭露面的好。

寧汐卻異常堅持。「孫掌櫃，你若是不肯帶上我，我待會兒就一個人過去。」不知怎麼的，她心裡有種隱隱的不妙的預感，張展瑜去了這麼久還沒回來，一定是出了什麼事了。

孫掌櫃也拿倔強的寧汐沒法子，只得點頭應了。匆匆地喊了幾個身體壯實的廚子，又出去喊了輛馬車，直奔一品樓。

這一路上，眾人都在討論著到了一品樓該怎麼辦；這個廚子說「要是他們敢為難張大廚，我們也別客氣，直接砸了他們的廚房」，那個嚷著「放心我已經把刀都帶上了」，一個個滿臉憤慨情緒激昂。

寧汐又是好笑又是無奈的嘆口氣，要是事情真的這麼簡單倒好辦了，這可不是動手就能解決的問題啊！

到了一品樓外，廚子們爭先恐後地下了馬車，齊刷刷地往裡面衝。一品樓的李掌櫃一看就知來者不善，皺了皺眉頭，領著幾個跑堂攔住了幾個廚子。「你們是什麼人，到我們一品樓來有何貴幹？」

孫掌櫃走上前去，皮笑肉不笑地和李掌櫃寒暄。「李掌櫃，打擾了。」

一品樓和鼎香樓是最大的競爭對手，兩個掌櫃雖然沒見過幾面，可對彼此都很熟悉。孫掌櫃一出現，李掌櫃也不好再裝傻，笑著拱拱手。「原來是孫掌櫃，別來無恙，今天光臨我們一品樓，不知有何要事？」

孫掌櫃沒心情和他兜圈子，直截了當地說道：「我是來找張展瑜的，煩請李掌櫃派人去叫他一聲。」

李掌櫃故意皺皺眉頭。「張大廚到我們一品樓來了嗎？我怎麼不知道？」

「李掌櫃，明人面前不說暗話。」一個清脆的聲音響起，廚子們自發地讓了開來，一個美麗動人的女子緩緩走上前來。一雙眸子就像冷澈的潭水，定定地落在李掌櫃的臉上。「張大哥和上官姊姊一起到一品樓來找上官御廚。現在他們人到底在哪裡？」

這張俏臉，李掌櫃當然認識。

短短兩年，便在京城聲名鵲起，技壓眾多名廚，堪稱風頭最勁最年輕的名廚，讓眾多廚子望而生嘆。最令人津津樂道的，當然是她和當朝公主蕭月兒的手帕之交，以及和容府三少爺容瑾之間傳奇式的愛情。

她當然就是已經貴為容府三少奶奶的寧汐！

李掌櫃不自覺地陪了笑臉。「這個我真的不知情，要不，我現在就讓人到廚房那邊看看，煩請諸位稍等片刻。」

「不用了。」寧汐淡淡一笑。「我來過幾次，知道廚房在哪兒，我親自去找。」說著，便直直地穿過大堂，向門口走去，孫掌櫃和廚子們迅疾跟了上去。

李掌櫃額頭直冒冷汗，忙不迭地也跟了過去。

寧汐走過長廊，正待走進大廚房，耳中忽地聽到了一個熟悉的聲音。「……張展瑜，你別癩蝦蟆想吃天鵝肉了，現在就給我滾……」

寧汐心頭無名火起，妙目一掃，便找到了聲音來源的方向，毫不遲疑地走了過去，推門而入。當看到門內情景的一剎那，寧汐的心陡然被揪緊了。

上官遙環胸而立面色冷淡，上官遠面色鐵青咄咄逼人，上官燕滿臉淚水楚楚可憐，而張展瑜……正跪在上官遙、上官遠兄弟面前。

從她的角度，只能看到張展瑜僵直的背影。面對著撲面而來的辱罵，他甚至沒有還口，只重複著又說了一次——

「我對燕兒一片真心，希望您成全！」

上官遠罵了半天，口乾舌燥火氣上湧，見他還是這副樣子，越發惱火，正待張口再罵，門忽然被推開了。

上官遠怒氣沖沖地瞪了過去，卻發現來人的脾氣比他更大。

「上官遠！你這樣做算什麼男人！」寧汐怒不可抑，幾步便邁到了上官遠面前。雖然比上官遠矮了一個頭，可氣勢絲毫不弱半分。「張大哥和上官姊姊兩情相悅，你憑什麼從中阻撓？」

靈活愛笑的雙眸被怒意點燃，散發出前所未有的憤怒和氣勢。

屋子裡的人都被寧汐的突然出現震住了。上官遠一愣，上官遙嘴巴張得老大，上官燕哭聲陡然停了，張展瑜也震驚地抬起頭，眼神有些複雜。

孫掌櫃等人也被寧汐的突然爆發震住了，不自覺地頓住了腳步。

寧汐對這一切渾然不知，怒視著上官遠說道：「你想攀附權貴是你的事，可你不該利用自己的親侄女，更不該侮辱張大哥！」

這張憤怒的臉和另一張臉如此相似。

果然不愧是父女，不僅五官肖似，就連發火的時候神情都那麼的相似。

上官遠此時終於回過神來，也怒了，寒聲說道：「寧汐，這是我們上官家的事，跟妳有什麼關係？妳憑什麼在這兒指手畫腳？別以為妳做了容府的三少奶奶，我就怕了妳，請妳現在就給我離開。」

寧汐冷笑一聲。「我才懶得管你們上官家的事。要不是因為張大哥，誰求我都不會來。」猛地伸出手指。「上官遠，睜大你的眼睛看著她，看看她已經被你折騰成了什麼樣子。」

上官遠被動地順著寧汐所指的方向看去。

上官燕的眼睛早已哭得紅腫，滿臉淚痕，髮絲凌亂，狼狽極了。平日那個活潑俏麗爽朗堅強的少女，在短短的半天之內，就像變了個人似的……

# 第三百七十五章　決絕

看著上官燕傷心又狼狽的樣子，上官遠心裡陡然一疼。

上官燕的爹過世得早，是他和上官遙兄弟兩人細心的教養著上官燕長大。尤其是他，在這個侄女身上花的心思甚至比自己的兒女都要多些。上官燕自小就天資過人，在廚藝上很有天賦，又長了副好相貌，他怎麼可能不疼她？

可今天這件事，他自問並沒做錯。

張展瑜既沒錢又沒背景，不過就是個普通的廚子，就算做了鼎香樓的主廚，也還是個廚子。上官燕若是嫁了他，將來能有什麼好日子過？哪能比得上給三皇子做妾，將來三皇子若是登基做了皇帝，上官燕就是宮裡的妃子娘娘，享不盡的榮華富貴。上官家也能跟著沾光，或許會成為大燕王朝最著名的廚藝世家。

所以，他堅信自己並沒做錯。

上官遠原本稍有些軟化的心，又冷硬堅定起來，面無表情地說道：「張展瑜，我告訴你，我絕不可能同意將燕兒嫁給你，你給我徹底死了這條心，現在就請你帶著鼎香樓的人給我離開。」

一直悶不吭聲的孫掌櫃怒了，咬牙喊道：「展瑜，別跪著了，給我站起來。我倒不相信了，就憑你這樣的，想找什麼樣的漂亮媳婦找不到，非得在這兒受這份窩囊氣。咱們回去，你的親事包在我身上，我給你找最好的媒婆，漂亮姑娘可勁兒的找……」

「對對對，孫掌櫃說的對，咱憑什麼受他這份窩囊氣，還真以為是什麼天仙不成。」廚子們你一言我一語地嚷了起來，吵吵嚷嚷的，倒把原來劍拔弩張的氣氛沖淡了。上官遠和上官遙聽了連連冷笑，若不是自恃著身分，只怕早就吵起來了。

在這樣的喧鬧中，張展瑜的目光和上官燕在空中遙遙相對。似過了許久，又似只過了一剎那，張展瑜緩緩地站了起來。

上官燕沒有再落淚，臉上閃過一抹決絕。

上官燕撲通一聲跪了下來，先朝著上官遙用力地磕了幾個響頭，然後又轉向上官遠，所有人都是一驚，屋子裡陡然安靜了下來。

上官遠最瞭解上官燕的脾氣，見她這副樣子，心裡一慌，再也沒了原來的趾高氣揚盛氣凌人。「燕兒，妳這樣做什麼，快些起來。」

上官燕恍若未聞，咚咚地繼續磕頭，抬起頭來，額頭已經紅了一片，眼神卻異常平靜決絕。「三叔、四叔，我這輩子只喜歡張大哥，也只願意嫁給他。請恕侄女不孝，以後不能常陪伴兩位叔叔左右了。」然後，起身，和張展瑜並肩而立。

張展瑜顯然早已猜到她會這麼做，並不震驚，眼中溢滿了憐惜和柔情。

上官遙面色陡然變了。「燕兒，妳別胡鬧。」大庭廣眾之下說出這樣決絕的話，簡直與私奔無異……

上官遠的聲音也嘶啞了。「燕兒，為了這麼一個人，妳難道要拋開家族，和親人都斷絕關係嗎？就算不顧及我們，難道妳連親娘也不要了嗎？」

上官燕身子顫了顫，手心被手指掐得一陣陣刺痛，卻倔強地應道：「不是我不要你們，是你們都在逼我。我不要榮華富貴，我只求和喜歡的人朝夕相守。為什麼你們都要逼著我去給三皇子做妾？你們問過我的心意了嗎？」

上官遠被詰問得啞口無言。

上官燕的眼淚在眼眶裡直打轉，卻倔強地不肯掉下來。「四叔，您口口聲聲說是為了我好，您有沒有想過，我這樣身分卑微的女子就算入了三皇子的眼做了侍妾，又能如何？就算能受寵一段時間，可時間長了容貌總有衰退的時候，到時候我會落到什麼樣子，您想過嗎？」以色事人，對女子來說是何等的悲哀。

上官遠說得再冠冕堂皇，也掩蓋不了他的一片私心。

這一席話，終於使上官遠變了臉色。「燕兒，我真是為了妳著想……」

「四叔，您不用再說了。」上官燕深呼吸口氣，將到了眼角邊的淚水抑了回去。「只要您現在肯點頭同意我和張大哥在一起……」

「不行！」上官遠鐵青著臉，一口拒絕。

上官燕咬牙介面。「那好，從今天起，我出了這個門，再也不是上官家的女兒。我的終身大事，誰也別想左右。」毅然轉身離開。

張展瑜也沒料到上官燕如此決絕，不假思索地追了上去。

「燕兒！」上官遠和上官遙不約而同地喊了一聲。

上官燕腳步頓了頓，頭也不回的跑了出去。

眾人都沒料到事情急轉直下，竟鬧到了如此決絕的地步，孫掌櫃甚至喃喃地嘆了句。

「好烈的性子，怪不得展瑜會喜歡這丫頭。」

寧汐默然，心裡也不知是個什麼滋味。她一直以為自己瞭解張展瑜，也瞭解上官燕，直到今天才知道，原來他們都比她想像中的更好。

尤其是上官燕，竟為了張展瑜和親人徹底鬧翻，這樣的勇氣，可不是誰都有的。捫心自問，若是換了她，未必能做到這一步。

張展瑜此生能有這樣的女子相伴，果然有福氣。

鬧到這一步，寧汐自然也沒了和上官遠說話的興致，瞄了臉色灰敗如喪家之犬的上官遠一眼，扔下一句忠告。「上官姊姊的脾氣你應該比我更清楚，我勸你想開了之後，再去鼎香樓找他們。」

故意重重地說了「他們」兩個字，上官遠卻沒什麼反應，表情異常僵硬。

寧汐懶得再看他一眼，轉身離開一品樓。

回到鼎香樓，已經是傍晚了。客人們陸陸續續地來了，廚子們各自回廚房忙碌，孫掌櫃也忙去了前樓招呼客人。

上官燕蒼白著俏臉，緊緊地依偎在張展瑜身邊。張展瑜一直沈默著沒說話，只是緊緊地握住了上官燕的手。經過了此事之後，兩人的感情毫無疑問的邁進了一大步。

寧汐笑著打破沈默。「張大哥、上官姊姊，你們接下來有什麼打算？」

張展瑜不假思索地應道：「先得找個地方讓燕兒安頓下來。」其他的事情可以緩一緩再說，唯有這件事最急切。

上官燕就這麼跑了出來，連衣服都沒帶一件。

寧汐想了想說道：「如果上官姊姊不嫌棄，就先到我家住些日子吧！正好還有兩間空屋，張大哥也跟著一起去住，也方便照應上官姊姊。」

上官燕遲疑著看了張展瑜一眼，張展瑜倒是答應得很爽快。「那好，就先打擾幾天了。」關係如此親近，也不必說那些客套話了。

寧汐又催促道：「那你先帶上官姊姊到我家去吧，這兒有我呢！」上官燕固然心亂如麻，張展瑜待在這兒也沒心思做事，還不如早些去寧家安頓。

張展瑜感激地笑了笑，也不多說什麼，便帶著上官燕走了。

兩人走後，寧汐連發呆的時間也沒有，便捲起袖子忙了起來。正忙得不可開交，容瑾來了。

寧汐忙得沒空招呼他，隨口問道：「你怎麼來了？」

容瑾輕哼一聲。「怎麼就妳一個人，張展瑜哪兒去了？」寧汐在張展瑜的廚房裡做事已經夠讓人不高興了，更可氣的是張展瑜竟然留寧汐一個人在這兒忙活。

寧汐一聽話音，就知道容三少爺又鬧小性子了，忙低聲說道：「你先別生氣，他有些重要事情，先到我家去了。」

容瑾挑眉。「他去妳家幹麼？」

「這事說來話長，一時半會兒解釋不清楚，你等我忙完了再和你細細說。」寧汐頭也沒回，一個人照看著三、四個爐灶，恨不得多長兩隻手兩隻眼才好，哪還有閒暇應付容瑾。

容瑾只得將滿腹的疑問按捺下來。

廚房裡的事情他幫不上忙，說話又會讓寧汐分心，他索性環抱著雙臂站在一旁，靜靜地看著寧汐忙碌。

都說認真中的女人最美，這話果然不假。

寧汐穿的是以前的舊衣，長髮俐落地綰成簡單的髮髻，只在髮邊攢了一支髮簪，白裡透紅的俏臉異常的專注，明明樸素得不能再樸素，可卻美得不可思議。

那份生氣勃勃的美麗，和穿著華服美裳的精緻又不同，美得讓人移不開眼睛……

寧汐沒抬頭也能感受到兩道灼熱的眼神直直的盯著自己的後背，又是甜蜜又是無奈地飛速瞄了容瑾一眼。「你不要打擾我做事好不好？」

容瑾無辜地攤攤手。「我哪敢打擾妳，站得那麼遠，連話都沒敢說。」

話是沒錯，可他這麼看著她……她哪還有心思做事！

寧汐嬌嗔地白了他一眼，又將心神硬生生拉了回來。

這一忙就是一個多時辰，容瑾竟在滿是油煙的廚房裡也待了一個多時辰。寧汐雖然疲累不堪，可還是打起精神做了幾道拿手菜。填飽了肚子之後，才坐上馬車回了寧家小院。

容瑾見她滿臉倦色，心疼極了，將寧汐摟進懷中。「明天妳就別來了。」

「哪有這麼嬌貴。」寧汐打起精神笑道：「我以前天天都這樣忙，不也照樣過得好好的。」

容瑾不和她爭辯這個話題，轉而問起了張展瑜的事。

一提張展瑜，寧汐很自然的收斂了笑容，將今天發生的事情一一道來。

# 第三百七十六章　鼎力相助

容瑾先還漫不經心的，待聽到上官燕和上官遠毅然訣別的一幕，也有些動容了。真沒想到上官燕還有這份剛烈的脾氣！

「……她就這麼跑了出來，什麼都沒帶，也沒有落腳的地方，所以我就讓張大哥帶她先住到我家去。」這麼做其實還有一層深意，有她和容瑾在，上官遠就算想上門來找麻煩也得掂量一番。

容瑾似笑非笑地看了寧汐一眼。「妳對張展瑜的事情可真上心。」如果不是為了張展瑜，她也不會做出那樣魯莽的舉動來吧！

這時候居然還有閒心吃醋！寧汐又是好氣又是好笑。「喂，你別偏題好不好，我現在和你商議的是他們兩人的問題，你怎麼又扯到這個上來了？」

容瑾輕哼一聲。寧汐對張展瑜本就心存歉疚，又有相處多年的深厚感情，這樣複雜的情感匯聚在一起，雖不及男女之情熱烈，卻也比普通的師兄妹之情深厚得多，他要是看著順眼才是怪事。

此刻的張展瑜，和上官燕都在寧家小院裡待著。

阮氏知道了事情的來龍去脈之後，二話不說便將兩間屋子都收拾了出來，安撫道：「上官姑娘，妳就放心在這裡住下，住多久都沒問題。」

上官燕紅腫著眼睛道謝。「多謝寧大娘。」這一天經歷了這麼多的波折，她精神早已緊繃到了極點，現在一鬆懈下來，渾身都疲累不堪，眉宇間滿是倦怠。

張展瑜心疼極了，低聲說道：「妳要是累了，就先去歇著吧！」

上官燕打起精神笑了笑。「不用了，等寧汐妹妹回來再說。」

正說著話，門口已經有了動靜。寧暉搶著去開了門，果然是寧汐和容瑾回來了，眾人一起到了正屋裡圍著桌子坐下。

寧汐見上官燕花容憔悴，心裡一陣惻然，柔聲安慰道：「上官姊姊，妳先別急，在這兒好好住著休息幾天，說不定妳三叔、四叔很快就想開了，點頭同意妳和張大哥的親事……」

「不可能的。」上官燕低低地說道：「別人也就罷了，可四叔的脾氣最執拗，他認準的事情，絕不肯妥協。」頓了頓，又自嘲的笑道：「其實，我的脾氣最像他了。」

寧汐一想，果然如此。上官燕和上官遠對峙的時候，連神情都驚人的相似，果然不愧是親叔侄。

阮氏憐惜地看了上官燕一眼，別的不說，單衝上官燕今天的行為，她也對這個勇敢的姑娘生出了許多好感。不過，年輕人做事畢竟太過衝動，這事處理得太過急躁，留了許多的後遺症。

容瑾忽然問道：「三皇子見過上官姑娘嗎？」這話問得並不直接，可在場的人都聽出了其中的意思。

上官遠想攀附權貴和三皇子看中上官燕，這完全是兩碼事。前者好辦，要是後者，可就麻煩了。

張展瑜聲音低沈。「沒見過，不過，三皇子已經知道此事了。」

上官遠在宮中多年，自然有自己的人脈關係，不知通過哪一層關係攀上了三皇子身邊的親信管事。那個管事收了上官遠的好處，在三皇子面前不遺餘力地促成此事。三皇子雖不缺美貌的姬妾，可聽了上官燕廚藝美貌俱佳的傳言，倒也有了些興趣，便無可無不可地點了頭。

按著上官遠的打算，先將這事告知上官燕，再籌備進府事宜。沒料到上官燕脾氣十分倔強，就這麼不管不顧地跑了出來。

容瑾眉頭一皺，和寧暉對視一眼。

這事說大不大，說小也不小。上官家那邊的反應暫且不論，先得將三皇子這邊的問題解決掉才行，至少不能留下後患……

「要不，請二嫂出面說個情吧！」寧汐小聲建議。這事別人出面都不合適，還是蕭月兒出面最好。她和三皇子是兄妹，三皇子總不至於連這點面子都不給。

容瑾想了想說道：「可是二嫂動了胎氣正在養身體，煩勞她不太好吧！這樣吧，明天上朝的時候，我和二哥說一聲，讓他出面也是一樣的。」容琮官職不高不要緊，重要的是他乃本朝唯一的駙馬爺，三皇子不至於不買帳。

寧汐也覺得這個主意好，笑著點了頭。

張展瑜感激地看向容瑾。「多謝容少爺。」和寧汐自然不用客氣。

容瑾淡淡一笑。「舉手之勞，不用這麼客氣。上官姑娘對你有情有義，你不要辜負她的一番心意才好。」最好是早點和上官燕成親，以後總不會再惦記著寧汐了。

別人不懂，寧汐卻毫不費力地聽出了這句話背後的深意，忙低頭掩住唇邊的笑意。

這個容瑾，心眼比針尖也大不了多少。

一夜無話，第二天一大早，容瑾便上朝去了。

寧汐收拾好打算去鼎香樓，見張展瑜也打算走，忙說道：「張大哥，你別去了，留下來好好陪著上官姊姊吧！」

「可是，」張展瑜有些躊躇。「鼎香樓這麼忙，妳哪能應付得來……」

做主廚不是那麼容易的事情，不僅要忙著灶上的事情，還得負責管理廚房裡所有廚子和打雜跑堂的。寧汐以前畢竟沒做過這些事，乍然接手只怕不容易做得來。

寧汐秀眉一挑，不滿的白了他一眼。「喂，你這麼說是什麼意思？難道我還不如你嗎？」

張展瑜啞然失笑，只得告饒。「我一時口誤，妳就饒了我吧！」

正說笑著，上官燕走了過來，經過一夜的休息，她的精神比昨日好了一些。眼睛依然有些紅腫，可眼神卻清朗堅定，見張展瑜和寧汐有說有笑的親暱樣子，笑容微微一頓。

寧汐唯恐她多心，不動聲色地退開了幾步。

張展瑜迎了上去，關切地問道：「燕兒，妳現在怎麼樣？」

上官燕笑了笑。「別擔心，我沒什麼。」事實上，怎麼可能沒什麼？

和親人決絕鬧翻，甚至說出叛出家門這樣的話來，對上官燕的衝擊絕不小。昨夜她翻來覆去一整夜，根本沒怎麼睡。

張展瑜憐惜地看了她一眼，眼神溫柔極了。「燕兒，我這輩子一定會待妳好，讓妳幸福。」如此深情厚意，豈能相負！

他並未刻意提高音量，聲音甚至一如往日的平和沈穩，可眼神卻異常認真。

上官燕心裡陡然軟成了一池春水，唇邊浮起一朵笑意。

寧汐不想打擾這對有情人，悄然走了。接下來的一天，她過得前所未有的忙碌，主廚是如何辛苦，她總算領教了一回。剛忙過鍋灶上的事情，還得兼顧著所有廚房裡的情況，酒宴菜餚的安排需要過目，跑堂打雜的需要安排……林林總總的瑣碎事情不知有多少，半天下來，簡直忙得腳不沾地。

到了中午，容瑾來了。

寧汐忙著做了幾樣他愛吃的菜餚，親自端到了雅間裡。這一幕實在太熟悉了，頓時勾起了以前的回憶。

容瑾唇角揚起，低低地笑道：「汐兒，妳坐我身邊來，我告訴妳一個秘密。」

寧汐的好奇心被勾了起來，興致勃勃地坐了過去，還沒等身子坐穩，就被摟住深吻。直到雙頰通紅呼吸急促，容瑾才抬起頭來，壞壞地笑道：「這個秘密就是，我很早就想這麼做了。」

這個很早，指的當然是許久以前。當時他還不肯表露心意，兩人見了面常是互相鬥嘴，誰也不知道他對著那個伶牙俐齒的小姑娘的時候有了這份心。

當然，容瑾輕易是不肯承認這個事實的。

寧汐臉頰潮紅，雙眸既嬌且媚，軟軟地白了他一眼，心裡卻湧起一陣甜蜜。

容瑾的心被勾得癢癢的，忍不住俯頭，輕輕地吻住她的唇瓣。這個吻細膩纏綿，溫柔至極，似要藉著這樣親密的接觸，將心中源源不斷的愛戀都傳到她的心裡。

愛情果然是世上最奇妙的東西，本以為已經愛到了極致，可剛才她盈盈笑著進門的那一刻，他的心竟不受控制的怦怦亂跳，只想將她緊緊的摟進懷中再也不放開……

寧汐依偎在他懷中，低聲催促。「飯菜再不吃就涼了。」

「可我現在想吃的是妳。」容瑾低喃，聲音沙啞。

這兩天住在寧家，寧汐堅持不准他「胡鬧」，他已經憋了整整兩天沒親近她了。難得有獨處的機會，心底累積的慾望陡然冒了出來，強烈得不可思議。

朗朗白日，周圍環境喧鬧，這間雅室實在也不算好地方。可越是如此，那股衝動反而加倍的洶湧。

熱呼呼的氣息在她的耳邊肆意蔓延，心裡陡然升起一股熱流。寧汐的臉更紅了，手忙腳亂地推開了他。

「別，別鬧……」外面人來人往，雖然關著門，可外面的聲音還是隱隱約約能聽見的。也就是說，雅間裡的聲音也會傳到外面，要是被人聽到這裡有什麼異常的「動靜」，可就丟人了。

容瑾挑了挑眉，不以為然地說道：「怕什麼，都知道我們兩個在這兒，誰會不長眼睛的往裡面闖……」

話音未落，門便被粗魯地推開了。

寧汐和容瑾俱是一驚。

# 第三百七十七章 堅決

上官遠陰沈著臉站在門口，眼裡滿是怒火。這份怒意在看到容瑾之後，稍稍降了一些，卻還是拉長著臉問道：「燕兒呢，被你們藏哪兒去了？」

上官燕一夜未歸，他和上官遙都快急死了。

容瑾冷哼一聲，話語刻薄極了。「大白天的，是哪家的圈門沒關好，放瘋狗出來亂吠。」

上官遠怒氣攻心，也顧不得容瑾的身分了，冷笑著應道：「你們私藏良家少女，也不怕我拉著你們去見官嗎？還有，三皇子殿下要納燕兒為妾，你們想管也管不了吧！」

寧汐聽得火氣蹭蹭地往上湧，上前一步怒道：「真虧你有臉說出這樣的話！到底是怎麼回事，你該比誰都清楚。上官姊姊鐵了心要和張大哥在一起，你想攔也攔不住。」

最後一句直直的戳中上官遠心底的痛處，瞬間變了臉色。

容瑾淡淡地添上一句。「三皇子殿下那邊就不用你操心了，我想，殿下心地仁厚，絕不會勉強一個不甘不願的女子為妾的。」

上官遠聽得氣血翻騰，怒視著容瑾和寧汐。「別以為你們能一手遮天，我倒要看看，燕兒最後到底會聽誰的。」一說完，滿臉惱色拂袖而去。

有了這麼一齣，雅間裡剛才旖旎的氣氛蕩然無存。

寧汐一臉的憤憤不平。「這個上官遠太可恨了。」若不是他從中阻撓，張展瑜和上官燕的感情路也不會如此波折。

容瑾倒沒有多少憤慨，反而淡淡地笑道：「反過來，這也不全是壞事。」經歷了波折坎坷的感情才更濃烈更深厚。以前的張展瑜對上官燕或許還有幾分保留，可經過了此事之後，豈能不全心全意對上官燕？

寧汐默然片刻，不得不承認容瑾說的是事實。

她和容瑾之間不也如此嗎？從一開始的互相防備，到後來的情愫漸生，再到後來的心心相印結成連理，中間不知經歷了多少的波折。每經歷一次波折，兩人的感情便更深了一層。

張展瑜和上官燕若能堅強的熬過這一關，感情必然會有質的飛躍。

可在這之前，還有許多難關需要面對。

三皇子那邊，容琮親自出面登門說情。正如容瑾之前所料的那樣，三皇子從未見過上官燕，談不上有什麼執念，樂得送了個順水人情，承諾此事就此作罷。

聽說這個消息之後，眾人都鬆了口氣。尤其是張展瑜，去了這樁沈甸甸的心事，整個人都輕鬆多了，溫柔地對上官燕笑道：「現在總算不用擔心了！」

上官燕露出了歡喜的笑容。

阮氏笑著插嘴道：「既然這樣，索性把你們的親事辦了吧！」鬧到這一步，上官燕的閨譽徹底沒了，想不嫁張展瑜也不行了。

上官燕羞答答地低著頭不說話，眼角餘光卻連連瞄向張展瑜。張展瑜臉上浮起一抹暗紅，竟也有些手足無措。
寧汐在一旁看得直笑。「張大哥，上官姊姊正等著呢，你快些給個回話嘛！」
上官燕被打趣得俏臉通紅。
張展瑜定定神，恭敬地對阮氏說道：「一切就麻煩師娘了。」婚姻大事，本該有長輩操持。張展瑜父母雙亡，叔叔嬸子又遠在洛陽，最親的就是寧家人了。
阮氏連連笑道：「你放心吧，都交給我了，你安心等著做新郎官就好。」
張展瑜又紅了臉，和上官燕默默對視一眼，心頭俱浮起甜意。
寧汐由衷地笑道：「恭喜張大哥，恭喜上官姊姊。不對，應該改口叫嫂子了。」
上官燕被鬧了個大紅臉，羞怯地躲到了張展瑜的身後，此舉又惹來一陣笑聲。
寧暉笑著嘆道：「可惜我沒時間幫忙了，已經拖延了好幾天，再不走就不像話了。」
阮氏笑道：「等喜日子定好了，你回來喝喜酒就行。」
也只能這樣了。寧暉笑著點點頭，第二天，便領著葉薇一起回了郫縣。
阮氏做事雷厲風行，當天下午就和張展瑜商議起了婚期一事。「……我請人合了幾個好日子，你和燕兒看看哪個合意，就定下來吧！」
張展瑜想了想，選了五月初四這一天。
阮氏一愣。「會不會有點遲了？」幾個日子裡，就數這個最遲。算算日子，得等上三個多月。正所謂夜長夢多，他們兩個的情況比較特殊，還是早些成親才能安心吧！
張展瑜笑了笑，低低地應道：「師娘，燕兒這樣嫁給我，已經夠委屈了。我想好好籌備幾個月，給她一個像樣的婚禮。」

別的不說，至少也得買一處院子，不然連個真正的家都沒有，也太委屈上官燕了。他這幾年也有些積蓄，買一處稍微小的院子還是夠的。

阮氏讚許地點點頭。「你有這個想法自然好，我這就託人替你打聽打聽，看看附近有沒有合適的……」

兩人這邊商議著婚事的具體細節，那一邊，上官燕正和寧汐待在一起。

兩人相識也有不短時間了，可像現在這樣親暱地坐在一起說話還是第一回。一開始不免有些冷場的尷尬，兩人妳看著我我看著妳，面面相覷不知說些什麼。

寧汐咳嗽一聲打破沈默。「上官姊姊，在這兒住得還習慣嗎？」

上官燕輕輕點頭。「嗯，寧大娘待我很和氣。」

阮氏本著愛屋及烏的心思，唯恐上官燕住在寧家有絲毫不自在，對她照顧得分外周到。

「那就好，妳就把這兒當成自己的家，安心地住下吧！」起了話頭，接下來的話也順溜多了。「對了，有件事差點忘了告訴妳，昨天妳四叔特地去鼎香樓找妳了。」

提到上官遠，上官燕的笑容淡了下來，低頭不語，雖然口中說得決絕，可親情豈是說斷就能斷得了的？

寧汐暗暗嘆口氣，也不知該怎麼安撫上官燕，屋子裡陡然陷入沈默。

過了許久，上官燕才重新抬起頭來。「四叔的性子我最清楚，他還會再來找我的。」

上官遠雖然一時半刻沒找到寧家，可上官燕住在寧家的消息遲早會傳出去。上官遠找到寧家也是遲早的事情。

「不過，就算他找到我，我也不會跟他回去。」上官燕語氣異常平靜，卻透著堅決。她已經走出了這一步，就不會再後悔。哪怕眾叛親離，哪怕從今以後孤身一人，她也要堅持自己的愛情。

「上官姊姊，張大哥遇見妳真是他的福氣。」寧汐語氣真誠極了。

上官燕凝視著寧汐，半晌才低低地問道：「寧汐，妳真的這麼想嗎？」張展瑜曾那樣的喜歡寧汐，她雖然裝著不介意這段舊事，可心底一直有些忐忑，總覺得在張展瑜的心底，分量最重的並不是自己……

寧汐展顏一笑。「我已經嫁了人了，妳對我還有什麼不放心的。」

上官燕心底最隱晦的心事被這麼直接地挑破，有些訕訕地紅了臉。「對不起，我太小心眼了。」情人眼裡揉不進一粒沙，這樣的心情倒也能體會。

寧汐聳聳肩笑道：「要說到小心眼，妳可比容瑾差遠了。只要我和張大哥稍微說句話，他的臉就拉長了，真沒見過這樣愛吃醋的。」

上官燕失笑。「那是他在乎妳，才會表現得這麼明顯。」

寧汐想起容瑾，心裡甜絲絲的。兩人正說著話，張展瑜也過來了。

寧汐打趣道：「婚期商定好了嗎？說給我聽聽。」

上官燕俏臉微紅，也豎長了耳朵。

張展瑜笑著說道：「師娘請人算了幾個好日子，我想定在五月初四。」

寧汐微微一怔，旋即明白過來，張展瑜這是不想委屈了上官燕，笑著點點頭。「這樣也好，時間充裕，也能籌備得熱鬧隆重一些。」

上官燕輕輕咬著嘴唇，眼裡閃爍著喜悅羞澀的光芒，散發出不可思議的美麗。張展瑜看了一眼，眼睛便移不開了。

寧汐偷偷笑了，輕輕退了出去，將門悄悄關上。

此時晴空萬里，輕風微拂，天氣正好。

真是個好天氣！寧汐愉快地嘆口氣，唇角揚得高高的。

阮氏站在屋簷下，笑吟吟地朝寧汐招手，寧汐淘氣心一起，蹦蹦跳跳地跑了過去。

阮氏被逗樂了。「都出嫁了，還像個孩子似的，也不怕人見了笑話妳。」

寧汐嬌嗔地膩在阮氏的身邊，嬉鬧了一會兒之後，才笑道：「張大哥和上官姊姊真是合適的一對。」

阮氏嘆道：「是啊，也不知那個上官遠鬧騰個什麼勁兒，挺好的一對，被逼到現在這樣子。」好在上官燕心性堅強，不然，兩人現在可就勞燕分飛了。

正說著話，院門被敲響了。

這個時辰，應該是容瑾回來了！寧汐笑咪咪地跑著去開了門，可門開了之後，寧汐頓時愣住了。

竟然是上官遙、上官遠兄弟兩人沈著臉虎視眈眈的站在門外。

除了他們兩個，還有一個三十多歲的婦人。這個婦人穿得乾淨整潔，薄施脂粉，頗有姿色，再細細一看，五官竟有些莫名的熟悉。
寧汐心裡一動，立刻猜到了來人的身分。

# 第三百七十八章 激烈交鋒

寧汐笑盈盈的打了聲招呼。「這位一定是上官姊姊的母親吧，我冒昧地叫您一聲伯母，希望您別見怪。」相貌如此相似，又和上官遠兄弟連袂一同前來，除了上官燕的親娘還能有誰？

那個婦人本是滿臉的怒容，被寧汐這麼客氣的笑臉相迎，倒有些愣住了。

寧汐又熱情地笑道：「伯母，快請進來，上官姊姊就在裡面呢！」

正所謂伸手不打笑臉人，她這麼熱情客氣，那個婦人也不好再繃著臉，沈默著便進了院子。

上官遙、上官遠也沒料到寧汐會來這麼一招，對視一眼，心裡俱是疑竇。這個丫頭，之前像凶神惡煞一樣，現在忽然又換了張面孔，到底是什麼意思？

寧汐可不管他們兩個在想什麼，笑咪咪的引著婦人進了院子，揚聲喊道：「娘，來客人了。」

阮氏一看便知道是怎麼回事，忙笑著迎了上來，熱情的喊道：「是上官嫂子吧，快些進來坐。汐兒，快去叫上官姑娘出來。」

余氏被母女倆的熱情弄得一愣一愣的，忍不住瞄了上官遠一眼。他不是說上官燕被她們哄騙來的嗎？可看這架勢，完全不是那麼回事嘛！

上官遠沈著臉，冷哼一聲。「妳們別在這兒裝模作樣了，燕兒在哪兒，快些讓她出來，我們這就帶她回去。」

寧汐的火氣蹭地冒了出來，正待反脣相稽，就聽阮氏笑吟吟的應道：「這位就是上官御廚吧！上官姑娘是走是留，得看她自己的心意。再不然，還有上官嫂子在這兒，似乎還輪不到你先說話吧！」這一番話不疾不徐，句句在理，把上官遠噎得說不出話來。

阮氏又笑著挽起余氏的胳膊。「上官嫂子，來，我們進去說話。」

余氏身不由己地被拉著進了屋子，上官遠兄弟兩人進退不得，頗有些尷尬。寧汐也不去看他們兩人，逕自去敲了上官燕的屋子。

屋內的兩人正沈浸在柔情密意中，渾然不知外面發生了什麼。猛地聽到了敲門聲，俱被嚇了一跳。張展瑜略有些窘迫的聲音傳來。「誰？」

若不是時機不對，寧汐保不准已經笑出聲來，現在當然沒這個心情。「你們兩個快出來，上官姊姊的娘來了。」

什麼？上官燕也顧不得羞澀了，急急地開了門。「我娘呢，她在哪兒？」

寧汐迅速地打量她一眼，見她衣衫整齊不算失禮，才放心地說道：「我娘正陪著她在屋子裡說話……」

話音未落，上官燕已經跑了出去。張展瑜不假思索地也跟著往外跑，寧汐忙扯了張展瑜的袖子。「張大哥，上官遠他們也都來了，你今天說話可要小心些。」

張展瑜深呼吸口氣，點了點頭。

接下來的場面，對張展瑜來說是最嚴峻的考驗！

上官遙和上官遠對他的敵意十分明顯，眼神冷颼颼的像刀子一般。那一邊，上官燕已有一年多沒見過親娘，抱著余氏哭得唏哩嘩啦。

張展瑜有心上前哄幾句，卻也知道此舉不妥，略有些尷尬的站在了一邊。

余氏的眼圈也紅了，哽咽著說道：「妳這個不省心的丫頭，怎麼能這麼狠心就跑出來。妳不要上官家不要娘了嗎？」

上官燕哪裡還能說得出話來，又是搖頭又是落淚。

「上官家養妳這麼多年，妳說丟就丟，妳對得起妳死去的爹嗎？」余氏邊哭邊數落。「妳一個清清白白的黃花閨女，跟一個男人跑了，這事要是傳出去，妳以後還怎麼做人？娘還有什麼臉見人？當著我和妳三叔、四叔的面，妳現在回答我，到底是要這個男人，還是要娘？」

上官燕身子一顫，眼淚簌簌地往下滑落。

上官遠嘴角露出一絲得意，瞟了張展瑜一眼。

張展瑜雙手握得緊緊的，臉隱隱泛白。

寧汐暗道不妙，硬的不成，就來軟的，居然還特地將遠在老家的余氏也找來了，上官遠這一招果然厲害。上官燕縱然有再多的決心，可對著泣不成聲的親娘，又豈能說出一個不字？

阮氏咳了咳，委婉的勸道：「上官嫂子，妳先別哭，有話慢慢說。閨女大了，也到了有主見的時候，有些事情想管也管不了，倒不如成全了他們。展瑜這孩子雖然不愛說話，可性子好得很，又會疼人，上官姑娘嫁給他絕不會受委屈的……」

余氏用帕子擦了擦眼淚，紅著眼圈說道：「寧家妹子，我們兩個都是做娘的，今天妳也給我評個理，哪有這樣無媒無聘就跟著男人跑了的？要是傳出去，燕兒的名聲可就全毀了。今天我來，就是要把燕兒給帶回去，妳說我有沒有做錯？」

阮氏也不是好惹的，聞言淡淡一笑。「上官嫂子說得當然在理，不過，也得看是什麼事情。如果上官姑娘當日不跑出來，現在只怕已經被送到三皇子的府上做侍妾了。難道上官嫂子也希望自己的閨女給人當妾嗎？」

余氏哭聲一頓。

這句話算是說到她心坎裡了。她只有上官燕這麼一個女兒，自然不樂見自己的女兒給人做妾。就算對方是皇子，可侍妾畢竟低人一等……

上官遠見勢不妙，忙沈聲說道：「大嫂，妳別上了她們的當，快些帶燕兒回去再說。」

寧汐譏諷地笑道：「上官御廚，你是不是又打算好了要讓上官姊姊給誰做妾了？」

「妳……」上官遠的臉脹紅了，不知是被氣的還是惱羞成怒，抑或是兩者兼而有之，妳了半天也沒說出一句完整的話來。

寧汐的嘴皮子可利索得很，想也不想地說了下去。「我還真沒見過你這樣的叔叔，為了自己的前程，想盡了法子要把自己的親侄女往火坑裡送。要是上官姊姊真的給三皇子做了侍妾，對你的好處一定不少吧！」

那是當然。如果有三皇子做靠山，也就等於和惠貴妃搭上了關係。對他這個御廚自然大大的有好處，也不至於總是被寧有方壓了一頭了。

「妳別血口噴人！」上官遠當然絕不可能承認這些，義正辭嚴地說道：「我這麼做都是為了燕兒好……」

「事實到底是什麼，你心裡最清楚。」寧汐伶牙俐齒的反駁。「要是你真的為上官姊姊好，就該成全她的心意，讓她和心上人長相廝守。你這麼做，根本沒替她考慮過將來。」

上官遠的臉又脹紅了。「誰說我沒替她考慮過？她嫁給一個窮廚子，能有什麼出息。給三皇子殿下做妾，錦衣玉食榮華富貴享用不盡，將來若是三皇子殿下做了太子做了皇上，她就是貴妃……」

「你就是用這些來欺騙上官伯母的吧！」寧汐不客氣地打斷他的話，冷笑著反擊。「那你有沒有告訴伯母，三皇子府上美人多得是，有些幾個月就失了寵，連三皇子的面都見不到？你有沒有告訴伯母，身為侍妾，地位卑下，受閒氣不說，就算生了孩子也不能叫自己一聲娘？你有沒有告訴伯母，三皇子和大皇子爭奪太子之位，大皇子更占優勢。等將來大皇子做了皇上，三皇子的日子會很難熬？你有沒有告訴伯母，就算三皇子真的能做太子做皇上，他身邊的侍妾也不可能被輕易的封妃？」

這一連串的詰問一句比一句犀利，句句都直擊要害。

上官遠面色難看極了，偏偏連一句反駁的話也說不出來，因為，寧汐說的句句都是實話。他不是沒想過這些，只是想攀附三皇子的心太過急切，選擇了忽視……

余氏早已聽得動容。

上官燕的啜泣聲漸漸停了，用袖子擦了擦臉上的眼淚，緩緩地在余氏面前跪了下來，哀戚地懇求道：「娘，寧汐妹妹說的都是我的心裡話。我不要什麼榮華富貴，我只想和張大哥在一起。娘，女兒不孝，您就成全了女兒這一回吧！」

張展瑜撲通一聲跪了下來，真誠又懇切的說道：「伯母，我對燕兒是真心的，求您成全！」

余氏有一剎那的茫然，下意識地看了張展瑜一眼。

這個年輕男子，有同齡人少見的沈穩堅毅，相貌俊朗，目光清明。和俏麗的上官燕並排跪在一起，竟十分的相配。

就是這個男子，讓女兒一心一意的喜歡，甚至不惜和家人訣別也要嫁給他……

上官遠見余氏神色有些鬆動，心裡暗暗著急，急急地上前一步。「大嫂，妳可千萬別心軟。還是快些把燕兒帶回去再說……」

「四弟，」余氏定定的看著上官遠，緩緩的問道：「寧姑娘剛才說的那些，都是真的嗎？」

上官遠眼神閃爍不定。「大嫂，妳怎麼能相信她的胡言亂語，我是燕兒的親叔叔，怎麼可能不心疼她。我們先把燕兒帶回去，不想做三皇子的侍妾也無所謂，以後我一定替燕兒找一門合意的親事。」

說這些話的時候，上官遠的底氣遠不如往日足。

余氏也不是蠢人，豈能看不出來？一顆心直直地沈了下去，也不知是個什麼滋味，臉色變幻不定。

# 第三百七十九章 峰迴路轉

寧汐見情勢有了逆轉，精神一振，連連朝阮氏使眼色。

阮氏和寧汐不愧是母女，默契十足，先長長的嘆了口氣，然後語重心長的說道：「上官嫂子，上官姑娘的幸福就在妳一念之間，妳可要想好了。到底是上官御廚的前途重要，還是上官姑娘終身幸福更重要？」

這還用想嗎？

當然是閨女的終身大事最重要。

余氏也是個性子堅強果斷的婦人，之前被上官遠的花言巧語蒙蔽，現在一回過勁來，自然有了計較。

「燕兒，妳起來跟娘回去。」余氏斷然說道。

上官燕臉色陡然白了，眼淚唰地就湧出來了。

已經說到這分上，余氏還是沒心軟嗎？

張展瑜臉色一片蒼白，雙拳握得緊緊的，指甲陷入掌心，卻感覺不到絲毫疼痛。

上官遠精神一振，唇角逸出一絲微笑，還沒等這抹笑意完全展開，就在聽到余氏接下來的話語時變了臉色——

「傻丫頭，終身大事哪能這麼草率。總得先跟娘回去，等人家上門來提親下聘吧！」

上官燕不敢置信地瞪圓了眼睛，眼淚猶在眼角盈盈欲墜。「娘，您說的是真的嗎？您真的同意我和張大哥的親事了嗎？」

余氏笑了笑，正色對阮氏說道：「孩子們還小，不懂這些俗禮。不過，我就這麼一個女兒，總不能太過隨意了……」

還沒等她說完，阮氏便迅速接過了話頭，滿臉帶笑。「上官嫂子說得是，之前是我們考慮不周，差點委屈了上官姑娘。這樣吧，今天嫂子先帶上官姑娘回去，明天我就找媒人上門提親商定婚事如何？」

余氏含笑點頭。這一連串變故讓眾人都有些傻眼了。張展瑜愣愣地跪在那兒，頭腦暈乎乎的。

寧汐忙低聲提醒。「張大哥，還不快點起來替上官姊姊收拾東西？」

張展瑜這才回過神來，慌忙站了起來，正要說什麼，就聽余氏淡淡地說道：「不用收拾了，燕兒匆匆忙忙跑出來，估計也沒帶什麼東西出來。我這就帶她先回去，有什麼事明天見面再說吧！」

張展瑜也不知道要說什麼了，只一個勁兒的笑著點頭。

上官遠霍然變了臉色。「大嫂，妳……」

「四弟，」余氏淡淡地看了上官遠一眼。「燕兒是我唯一的閨女，我比誰都在乎她的終身幸福。既然她和張展瑜情投意合，我就作主答應這門親事了。如果你覺得不滿，可以回去稟報公爹一聲，我以後不回上官家也就是了。」

這番話既犀利又果決，上官遠臉色變了又變，臉色精彩極了。

他滿心以為請了余氏出馬就能阻止這門親事，沒想到余氏竟在最要緊的關頭倒戈相向。他縱然有再多的不滿，又能說什麼？余氏才是上官燕的親娘，在上官燕的終身大事上，誰能比她更有發言權？

寧汐心裡暗暗為余氏喝彩，三言兩語就將上官遠說得無言以對，果然厲害！以前她一直覺得上官燕的脾氣像上官遠，現在見了余氏總算明白了，上官燕的脾氣完全就是承襲她的親娘啊！

上官遙一直沒吭聲，此時站出來圓場。「好了，有什麼事回去再說。」這裡畢竟是寧家，在這兒吵起來太難看了。

上官遠深呼吸口氣，將滿心的不快和怨氣都壓了回去。

余氏客客氣氣地和阮氏寒暄了幾句，便領著上官燕走了。張展瑜沒機會說話，只來得及和上官燕對視一眼，便眼睜睜的看著上官燕走了。

寧汐見他失魂落魄的樣子，忍不住笑道：「張大哥，人都走了，你還看個什麼勁兒。等明天去商定了親事，以後把上官姊姊娶過門，愛看多久都行。」

張展瑜臉上浮起一絲暗紅，心裡卻前所未有的輕鬆釋然。

山窮水盡疑無路柳暗花明又一村，有了余氏的首肯，他和上官燕的親事才算圓滿。

當天晚上，容瑾便從寧汐的口中得知了事情的最新進展，挑眉笑道：「有這麼一個厲害的丈母娘，張展瑜將來可有得苦頭吃了。」

寧汐想了想，也忍不住笑了。可不是嘛？余氏只有這麼一個閨女，張展瑜又無親人在旁，將來必然要奉養余氏。就從今天來看，余氏可絕對是個厲害婦人，張展瑜將來不頭痛才是怪事。

不過，也好在余氏是這樣的脾氣，不然，張展瑜和上官燕的親事只怕還有一番波折。

第二天，阮氏找了個媒婆，領著張展瑜，一起去找余氏。

這樣的場合，寧汐自然不方便出面，便又去了鼎香樓做事，心裡卻一直惦記著那邊的消息。好在到了臨近傍晚的時候，張展瑜回鼎香樓了。

寧汐迫不及待地追問道：「怎麼樣，商議妥當了嗎？」

其實，不用問也知道事情必然很順利，瞧張展瑜一臉的容光煥發唇角含笑的樣子，眼角眉梢都是滿足和喜悅。

果然，就聽張展瑜含笑點頭。「嗯，都商議得差不多了。」

婚期倒是沒改，就定了五月初四，下聘的日子就定在了三天以後。余氏也沒過分刁難張展瑜，只提出了一點要求。「……至少也得買一處院子，收拾得妥妥當當的做新房吧！」

這要求實在不算過分，張展瑜毫不猶豫地就點頭應了。「不瞞伯母，我本來也有這個打算。我這幾年還算有些積蓄，買處小一些的院子也夠了。」

余氏見張展瑜態度懇切真誠，對這個未來女婿的評價倒是多了幾分好感。接下來，便商議起了婚事的細節。

「上官遠沒為難你吧？」寧汐小心翼翼地問道。

張展瑜笑了笑。「他一直沒出來。」這當然要歸功於余氏。

寧汐歡喜的道賀。「太好了，恭喜你了，張大哥。」有情人終成眷屬，沒什麼比這個更讓人高興的了。

張展瑜滿心的喜悅藏也藏不住，笑著應道：「別忙著恭喜我，等成親的時候可得麻煩你們幫忙操持呢！」婚事的操辦最是繁瑣，有些事情他自己不好出面。就拿今天來說，多虧了阮氏出面領著媒人上門提親。

寧汐答應得異常爽快。「那是一定，不招呼我也會去的。」他們倆之間的感情有些微妙，並不曖昧，卻比師兄妹情意深厚得多。這一點，容瑾也很清楚，也因此總是免不了有些醋意。

面對著那張如花的笑顏，張展瑜也微微一笑，心裡前所未有的坦然。

他清楚地知道，他將要攜手共度一生的女子會是爽朗堅強熱情的上官燕。他會珍惜和上官燕之間的感情，可他這一生永遠不會忘了寧汐，他心底永遠有個角落珍藏著這張笑臉……

不出半個時辰，鼎香樓上下便都知道了這個好消息。前來給張展瑜道喜的人簡直絡繹不絕，整個廚房內外都喜氣洋洋的，有廚子已經笑著嚷了起來。

「張大廚，這樣的好事不慶祝一番可不行。」明擺著要酒喝了。

張展瑜咧嘴一笑，慷慨地應道：「好，今天晚上收工之後，我請大家喝酒。」眾廚子頓時嗷嗷亂叫起來。

孫掌櫃也來湊趣。「酒算展瑜的，菜算我的。」

吵吵嚷嚷地鬧了一陣之後，各人各司其職，先忙著應付客人。等客人散得差不多了，大堂裡的桌席也擺好了。張展瑜要親自掌廚，寧汐忙笑道：「張大哥，今天你是主角，大家都等著你呢，你還是快些去吧！這兒有我就行了。」

張展瑜略一猶豫。「妳也忙了一天了，能不能撐得住？」

寧汐俏皮地眨眨眼。「又信不過我了是不是？」

張展瑜啞然失笑，也不再多說，便去了大堂。大部分菜餚都是經過處理的，又有兩個二廚留下幫忙，寧汐一個人總算能應付得來。

雖然身體疲倦，可精神卻又出奇得好。

容瑾找來的時候，見到的便是眾人在大堂大吃大喝、寧汐卻在廚房揮汗如雨的情景，臉頓時沈下來了，繃著臉站在那兒不吭聲。

寧汐用袖子擦了擦汗，笑著問道：「你什麼時候來的，快些到大堂那邊去，廚房這兒又髒又亂，你就別在這兒待著了。」

容瑾淡淡地應道：「不用了，我已經吃過了。」

「吃過有什麼關係，去喝兩杯喜酒嘛！」寧汐哪能看不出他的臉色不對，賣力地嬌嗔。「張大哥和上官姊姊的親事已經定了，這樣的好事，大家都很高興呢！你也高興點，去祝賀張大哥幾句，別掃了大家的興致。」

「有妳道賀就行，他哪會在乎我去不去道喜。」淡不可察的酸味飄得滿屋子都是。

寧汐聽得又是好氣又是好笑。「喂，到這時候你還亂吃什麼乾醋，他很快就要成親了！」不會再惦記著她了好不好。

好說歹說，總算將容瑾哄去了大堂，寧汐這才鬆了口氣。嫁了這麼一個小心眼又愛斤斤計較的男人，有時候也真讓人頭痛。

# 第三百八十章　死對頭

接下來的幾天，張展瑜忙起了買宅子的事情。

如今京城的地價比兩年前要貴得多，普通地段一處兩進的小院子，也要二、三百兩。阮氏託人四處打聽，倒是尋到了一處合適的院子。這處院子雖然不大，可也足夠幾口人住的了，和寧家小院只隔了兩條街，步行片刻就能到。

原來的戶主打算遷居，因此急著將宅子出手，要價二百兩，這個價格倒也還算公道。

阮氏催促著張展瑜快些付定銀買下這處宅子。「這個地段這個價格可不算貴，還是快些買下吧！免得被別人看中搶先買走了。」

張展瑜略有些遲疑。他手裡的積蓄不多不少，正好二百兩。買宅子倒是夠了，可若是此時全用光了，其他種種瑣碎費用又該怎麼辦？

阮氏見他滿臉猶豫，頓時會意過來，笑著說道：「你是不是手頭不方便？」

張展瑜訕訕地點點頭。「要是全用來買宅子，成親時擺酒席的費用就不夠了。」

阮氏不假思索地說道：「這個不用你擔心，先把宅子買了再說，其他需要花錢的地方，都交給我就行。」

「這怎麼行……」張展瑜忙不迭地推辭。

阮氏嗔怪地看了他一眼。「和我還說這些客套話。你叫了我這麼久師娘，師娘疼你一些就不行了嗎？」

張展瑜心裡熱呼呼的，嘴唇動了動，卻什麼也說不出口，眼眶早已濕潤了。

這麼多年來，他早已習慣了孤身一人，不管有什麼事情，都一個人承擔下來。這已經成了他根深蒂固的習慣。

可今天，他忽然又感受到了久違的溫暖和關愛。這讓他怎能不感動？

「好了，就這麼說定了，下午我們就去付定銀。」阮氏笑著說道：「對了，這樣的大喜事還沒來得及告訴你師傅一聲，他要是知道了，還不知道高興成什麼樣子呢！」

張展瑜也笑了。他和寧有方名為師徒，實則情同父子。他的終身大事有了著落，不用想也知道寧有方會是怎樣的高興。

下午，阮氏陪著張展瑜去付了訂金，商定了五天後去衙門辦理房屋過戶手續之類的瑣事。這樁大事一定，張展瑜總算鬆了口氣。

說來也巧，當天晚上，寧有方便從宮裡趕回來了。

師徒兩個見面，自有一番熱鬧。寧汐聞訊從鼎香樓趕了回來，再加上容瑾，幾個人圍坐在桌子旁，別提多喧鬧了。

阮氏在一旁笑道：「你還不知道展瑜已經訂親的事情吧！」

寧有方咧嘴一笑。「誰說我不知道，我前兩天就知道了。」

阮氏和張展瑜都是一愣。

寧汐迅速地會意過來，抿唇笑道：「爹一定是從上官御廚那裡得的消息吧！」

這樁事裡，最鬱悶懊惱的人莫過於上官遠了。三皇子那邊沒搭上，又和上官燕母女徹底鬧翻了，以他狹窄的心胸，見了寧有方不口出惡言才是怪事。

寧有方笑著點點頭。

上官遠這幾天心情異常暴躁，和誰說話都是夾槍帶棒的，對著寧有方就更沒好臉色了。寧有方冷眼看著，心裡也暗暗覺得奇怪，上官遠雖然和他不對盤，可這麼情溢於表的卻也少見。他是個直性子，不喜歡彎彎繞繞那一套，直截了當地問道：「有什麼事就直說，別陰陽怪氣的找不痛快。」

上官遠心裡憋足了一肚子火氣，說話自然好聽不到哪兒去。「寧大廚，你可真是找了個好徒弟啊！也不知用了什麼法子，把我侄女哄騙得死心塌地的。」

寧有方一聽，便知道是怎麼回事了，故意笑道：「我還以為是什麼事，這可是好事一樁，將來我們兩個也算親戚了。」

上官遠被氣得臉都綠了。

寧有方繪聲繪色地描述著當時的情景，把寧汐等人都逗樂了。

張展瑜笑了笑，歉意地說道：「師傅，真是對不住，因為我的事情，弄得您和上官御廚兩人不快……」

「你別自責了。」寧有方滿不在乎地笑道：「就算沒你和上官燕這樁事情，上官遠見了我也沒什麼好臉色。」冰凍三尺非一日之寒，他們兩個不對盤也不是一天、兩天的事情了。

事實上，上官遠反對得如此激烈，也和寧有方不無關係。張展瑜是誰的徒弟不好，偏偏是寧有方的愛徒。正所謂「愛屋及烏」，他對張展瑜自然沒有絲毫好感。

張展瑜本有些惴惴不安，見寧有方如此坦然，總算放了心，笑著說道：「師傅，我和燕兒的婚期就定在五月初四，到時候您可一定記得回來喝喜酒。」

寧有方朗聲笑道：「那是當然，我一定記得回來。」

心情暢快之餘，各人不免都多喝了幾杯。寧汐極少沾酒，今日卻也有了酒興。淺酌了幾杯，卻不勝酒力，俏臉燦若雲霞，耳根都紅了。

容瑾看得心癢難耐，悄悄地伸出手，摸上了寧汐的腿。

寧汐喝了幾杯酒，有些微醺，膽子比往日大多了。竟沒有閃躲，反而笑盈盈的瞄了容瑾一眼。那一眼的風情，嬌媚得無法用言語形容。

容瑾指尖一陣酥麻，然後迅速地蔓延至全身，他哪還有心思喝酒，滿腦子想的都是回房以後的事情。

寧汐被他熱呼呼的大手摸得渾身發軟，竟也有了躁熱之感。

自從回娘家住下之後，她便竭力阻止容瑾「胡來」，最多親親摸摸過些口手之癮。算算日子，他們竟有十天左右沒親熱過了，別說容瑾憋得難受，就連她也有些想了……

只可惜，寧有方今晚的興致異常高昂，拉著張展瑜天南地北扯個沒完，容瑾和寧汐自然也得在一旁作陪。

容瑾心裡暗暗嘀咕著，待會兒得讓寧汐加倍「補償」他不可。這些天，他都快憋出毛病來了……

阮氏果然善解人意，見寧有方嘮叨個沒完，便笑道：「汐兒，妳先陪著容瑾回屋子歇著去吧！妳爹今晚和展瑜怕是要聊個通宵，你們兩個就別陪著了。」

沒等寧汐點頭，容瑾已經搶著應了，緊緊地攥著寧汐的手，回了屋子。剛一關上門，連點燭檯都顧不上，便緊緊地摟住了寧汐，灼燙的嘴唇急切的尋找寧汐的紅唇。

寧汐微啟紅唇，伸出靈活的小舌，和容瑾的唇舌交纏共舞。

周圍一片黑暗，兩人急切又熱烈地接吻撫摸，卻又不敢發出太大的聲音，免得驚動了寧有方等人，反而增添了幾分類似偷情的刺激。

容瑾再也按捺不住心裡洶湧的慾望，將寧汐抵在門後，手探入裙中，將薄薄輕軟的褻褲脫至膝蓋處，又將自己下半身的衣物盡數脫了，露出硬邦邦的物件，在她濕潤柔軟的私處磨蹭了幾下。

寧汐口中逸出難耐的呻吟，那呻吟聲聽在容瑾的耳中，比世上任何催情的藥物都更有效。

容瑾挺動身子，深深地占有了懷中的可人兒。在徹底進入的一剎那，容瑾滿足地嘆息了一聲，寧汐更是嬌喘聲聲，扭動著身子要求更多。

容瑾低低地笑了，輕輕啃咬著她的耳垂呢喃。「寶貝，別急，我這就給妳。」話音未落，便猛地抽了出來，再猛力進入。

寧汐軟軟的攀附著他的身子，微微仰著頭承受著他的衝刺。難以言喻的快感從交合處傳來，兩人衣衫都未脫盡，這樣的結合比往日更刺激更狂野。

容瑾迅猛地衝刺了幾下，忽地停住了。

「容瑾……」寧汐星眸渙散，嬌軟的低喃。

容瑾退了出來，讓她翻轉身子趴在門邊，渾圓翹挺的臀部微微翹起，弧度異常的貼合，容瑾的慾火越發高漲，猛地用力挺入。

這樣的姿勢實在讓人覺得羞恥……

寧汐的臉頰滾燙，想抗議，可身體的反應卻異常的誠實，熱熱的蜜汁不斷從身體裡湧出，下面濕熱潤滑極了，她甚至不停地擺動臀部，迎合著容瑾狂風暴雨般的衝擊，很快兩人便到了高潮。

容瑾粗喘著將熱液灑進她的身體裡，頭腦中一根緊繃的弦陡然鬆了開來。

寧汐額上滿是汗珠，軟軟的靠在容瑾的懷裡喘息。容瑾雙手環著她的纖腰，心裡異常的滿足。

過了許久，寧汐才有力氣說話。「剛才我們的聲音，不會被爹他們聽見吧？」

「不會，妳就放心好了。」容瑾眼都不眨地撒謊。

寧汐懷疑地看了他一眼，正想再說什麼，忽然覺得體內有些異樣，頓時睜圓了雙眸。

「喂，你才剛……怎麼又……」他們兩人還保持著剛才交合的姿勢，他甚至沒從她體內退出來，有一點點異動，她立刻有了感覺。

「又怎麼了？」容瑾壞笑著動了動。

寧汐臉頰潮紅，羞惱地瞪了他一眼。「不准在這兒，到床上去。」

「遵命！」容瑾低笑著應了，就這麼將她抱了起來，寧汐驚呼一聲。然後，被容瑾抱著走到了床邊，這「滋味」真是一言難盡……

這一夜，不知翻來覆去折騰了多少回，寧汐累得筋疲力竭，連睜眼的力氣都沒了，迷迷糊糊地睡著了。

臨睡前的那一刻，腦子裡只有一個念頭，以後還是「細水長流」的好。

# 第三百八十一章　果然如此

第二天，寧汐理所當然地起遲了。

縱慾果然不是好事，全身又痠又軟，別說去鼎香樓做事了，就連走路都沒力氣。

阮氏心裡有數，卻不說破，笑著說道：「展瑜已經去鼎香樓了，妳就別去了，今天好好歇著。」

寧汐在阮氏了然的目光下微微紅了臉，羞惱地將這筆帳都記到了容瑾的頭上。好在容瑾一大早便走了，不然此刻不知要挨多少記羞憤的白眼。

阮氏見寧汐羞窘得說不出話來，忙忍住笑意。口中說著「我去看看妳爹起床了沒有」，便走了。寧汐一個人待了半晌，臉上的紅潮總算退了。

寧有方起床吃了早飯之後，便也去了鼎香樓，寧家小院裡只剩下寧汐和阮氏兩人。

春日晴朗，陽光正好。

寧汐慵懶地坐在院子裡曬著太陽，隨意地做起了針線活兒解悶。她從未認真地學過女紅，針線活兒自然不算好。

阮氏瞄了幾眼，笑著指點了幾句，順便數落道：「嫁了人，可不能像以前那樣懶散，總得學著做點針線活兒。容瑾穿的衣物，妳也該上點心。」別的不說，至少也該學著做些鞋襪內衣吧！

寧汐有些心虛地辯解。「府裡手藝好的繡娘多得很，哪用得著我動手。再說了，他對穿著又挑剔，肯定會嫌棄我做得不好……」

阮氏嗔怪地白了她一眼。「哪來這麼多的藉口，只要妳有這份心，容瑾怎麼可能嫌棄。」

寧汐乖乖挨訓，然後在阮氏的指點下學起了做鞋襪。一開始還有些勉強和應付，可到後來漸漸找到了其中的樂趣，倒是興致盎然起來。

正忙活著，院門被敲響了。

寧汐搶著去開了門，見了來人不由得一愣。「荷香，妳怎麼來了？快些進來。」荷香盈盈笑著進了寧家小院，給阮氏行禮問安。

阮氏很識趣地隨意找了個藉口進了屋子，荷香是蕭月兒身邊最親信的心腹，這麼巴巴的到寧家小院來找寧汐，肯定是有什麼重要事情。

阮氏一走，荷香的笑容便收斂起來，低聲說道：「公主讓我送個信給妳，若是有空，最好回府一趟，她有重要的事情和妳說。」卻不肯明說到底是什麼事。

見荷香面色沈重，寧汐心裡咯噔一動，反射性地問道：「二嫂怎麼了？」該不會又和容琮吵架嘔氣了吧？

荷香忙道：「公主身子好得很。」

蕭月兒本人沒事，那自然就是別的事情了……

寧汐心裡有了不妙的預感，微微蹙起了眉頭，想了想說道：「這樣吧，妳先回去告訴二嫂一聲，我這就收拾行李，下午就回去。」

荷香點點頭，便離開了。

寧汐先去找阮氏說了要回府的事情，阮氏雖然滿心不捨，卻也知道必然發生了什麼事情寧汐才會趕著回去，連忙幫著寧汐一起收拾行李。

到了下午，小安子駕著府裡的馬車來接寧汐回府。

寧汐依依不捨地拉著阮氏的手。「娘，以後有空了，我一定再回來看您。」寧有方還沒回來，想道個別都不行了。

阮氏心裡酸酸的，面上卻擠出笑容。「妳安心回去吧！」出了嫁的女兒就是別人家的媳婦，回娘家倒像是作客了。

寧汐緊緊地抱了阮氏一下，終於狠心上了馬車。馬車平穩快速地向前行駛，寧汐坐在馬車裡，腦子卻片刻沒停過。

蕭月兒明知她在娘家住著，卻這麼急匆匆的叫她回府，肯定是發生了很重要的事情。而且，這件事情對她來說，必然不是好消息。

前後一推想，答案自然的浮上了心頭。這個消息，一定和四皇子有關！

難道，大皇子和三皇子聯手，也沒能攔住四皇子回京城？

寧汐面色凝重起來。這些天，容瑾每天早出晚歸，對朝中的事情隻字不提，她自然也無從知道任何消息，只能胡亂地猜想罷了。可越想越覺得，此事的可能極大……

正想著，馬車已經停了。

小安子殷勤的聲音響起。「三少奶奶，已經到了，奴才先叫人來收拾行李，您是打算先回去歇著，還是……」

「我先去找二嫂。」寧汐不假思索地說著，利索地下了馬車，還沒等小安子有什麼反應，就急匆匆地走遠了。

小安子只覺得一頭霧水。上午荷香找到了他，讓他下午去接三少奶奶回府。如今少奶奶回府了，又是這樣的反應……難道，二少奶奶和二少爺又吵架嘔氣了？

寧汐急匆匆地到了蕭月兒的院子裡。

荷香早已等候多時，忙迎了寧汐進屋，蕭月兒正蹙著眉頭坐在窗邊發呆。見了寧汐，總算有了些反應。「寧汐，妳總算回來了。」

荷香也不多話，默默地支開了所有下人，然後守在門邊。

蕭月兒也沒心情兜圈子，皺著眉頭嘆道：「父皇今天剛下了旨意，讓四皇兄回京城探望梅妃，最多五、六天，四皇兄就要回京城來了。」

雖然早已猜到了是這個結果，可乍然聽了這個消息，寧汐的心陡然一沈，臉上早已沒了笑意。四皇子，居然真的要回來了……

腦中閃過那張陰鷙狠戾的面孔，寧汐的心陡然揪緊了，雙手不自覺地緊緊握起。

蕭月兒壓低了聲音快速地說道：「這個消息，是大皇兄早上派人送給我的。我知道之後，便急著讓荷香給妳送信。」四皇子一旦回來，寧汐可不能在寧家繼續住下去了。容府高門大院，又有眾多侍衛守護，總比別的地方要安全多了。

寧汐定定神，擠出一個笑容。「謝謝妳了。」

「和我還說這些客套話做什麼。」蕭月兒略有些不滿地瞪了寧汐一眼，然後又憂心忡忡地嘆氣。「梅妃倒也有些本事，竟然真的打動了父皇，真的下了這道聖旨。」

大皇子和三皇子雖然各懷心思，在這件事上倒是立場一致，背後做了什麼無人知道，不過，皇上的猶豫顯而易見。沒想到，到最後還是作了這樣的決定。

寧汐心裡亂糟糟的，一時也不知道要說什麼。

蕭月兒何嘗不是滿心的擔憂？大皇子三皇子為了爭奪太子之位，這半年來就沒消停過。雖然大皇子占了些上風，可沒到最後關頭，誰也不敢輕言結局。再多了一個居心叵測的四皇子，只怕又有得熱鬧了。

寧汐自然知道蕭月兒的心事，低聲安撫道：「妳不用擔心，就算四皇子回了京城，也沒了爭奪太子的實力。這太子之位，一定是大皇子殿下的。」

半年前的事情歷歷在目，皇上對四皇子也寒了心，四皇子就算回了京城，也不可能有以前的風光。

蕭月兒苦笑一聲。「就怕四皇兄成心給大皇兄添堵。萬一他要是鼎力支持三皇兄，大皇兄可就吃力了。」四皇子暗暗經營多年，總有自己的心腹和力量。如果他全力支持三皇子，大皇子可就吃虧了。

這才是蕭月兒和大皇子真正憂心的一點。

寧汐被這麼一提醒，總算明白過來了。蕭月兒雖然天真未泯心地良善，可畢竟出身皇宮，耳邊聽的眼中看到的都是這些爭權奪利的陰謀詭計，看問題可比她要深遠得多了。她擔心的不過是容瑾和自己的安危，蕭月兒考慮的卻遠遠不只這些……

「大皇子殿下既然已經想到這些，也得提前做好防範才是。」寧汐也提不出什麼行之有效的建議，只能泛泛地寬慰了幾句。「只要處處多防備小心些，料想四皇子也掀不起什麼風浪來。」

蕭月兒點點頭。「我會提醒他的，對了，妳也要小心點。」四皇子心性狠辣，又詭計多端，萬一要是真的對寧汐下手，可就不妙了。

寧汐應了一聲，腦中想的卻是容瑾。

當日四皇子走的時候，容瑾被他言語所激，憤怒之餘，用劍刺傷了四皇子。已經半年過去了，四皇子的傷肯定已經好了，只是不知道四皇子有沒有懷恨在心。這一回來，容瑾也得處處小心了……

兩人言不及義的隨意聊了幾句，因為俱是滿腹心事，也沒了多少聊天的興致。往往說了幾句，便陷入沈默，各自發呆想著心事。

天色漸晚，容將軍等人都回府了。

容琮顯然也得了消息，見寧汐在蕭月兒屋子裡說話，倒也不奇怪，按慣例先問蕭月兒。「今天身體怎麼樣？」

蕭月兒打起精神笑道：「挺好的，孩子還動了幾下。」懷孕四個多月，肚子已經隆起，自然也有胎動了。

容琮眼睛一亮。「真的嗎？」說著，便湊到了蕭月兒身邊，大有聽聽胎動的架勢。

寧汐忙識趣地起身告辭。

蕭月兒不便起身相送，便命荷香一路送著寧汐回了院子。剛一進屋，翠玉等丫鬟便迎了上來。

寧汐心情煩亂，也沒心情和她們說話，簡單地吩咐了兩句，便將她們都攆出了屋子。一個人靜靜的待著，反而清醒了不少。

四皇子回京已經成了無法迴避的事實，與其胡思亂想別的，倒不如好好想想接下來應該怎麼應對才是……

——未完，待續，請看文創風099《食全食美》8完結篇

# 天才廚藝美少女遇上天下最挑剔刁嘴的美少年

重生的試煉．穿越的新鮮
人情的溫暖．溫柔的情意
精緻烹煮的美食佳餚，佐以專一的愛情調味，
引得你食指大動、會心一笑……

# 嫡女策

勾心之最高段，鬥角絕不服輸

宅門絕妙好手／西蘭

文創風 041 1

董家嫡出大小姐——董風荷，是董家這一輩唯一的嫡系，
卻不受祖母喜歡，不遭父親待見。
庶妹罵她是野種，姨娘跟祖母合謀，
將她許給京城出了名的——莊郡王府杭家的四少爺。
這一切，她從來都雲淡風輕，只想與母親平淡度日。
但她可不是那等任人欺凌的主子，犯著她，別怪她翻臉不認人。
嫁入王府，她才知道娘家的爭鬥跟這兒比只是小巫見大巫，
傳言她的夫君剋妻剋子、寵妾成群，惡名遠播，
這男人風流浪蕩似乎又城府很深，教她看不透澈；
而這座王府看似平靜卻暗潮洶湧，
看來她得仔細拿捏小心度日存活了……

文創風 043 2

自從風荷嫁入他們莊郡王杭家，
這從上到下、大大小小的，沒少給她添麻煩、使絆子，
但他的小妻子在如此暗潮洶湧的杭家竟能存活得這麼好，
不由地教他刮目相看起來……
她的心計，她的手腕，她的勇敢，她的羞怯，
都像為他挖了一個坑，一步一步引誘他往下跳。
試圖勾引他的女子很多，但沒人能像她輕易地探到了他的心，
她用一根無形的絲線在他心上繞了一圈又一圈，讓他痛卻舒服。
任憑他城府再深、心眼再多，仍控制不住地去靠近她……
他害怕了，因為他不知被征服的是她還是他？

文創風 044 3

風荷知道自己嫁的杭家四少，絕非等閒之輩，
更不是風流成性的紈袴子弟，他懷著莫大的秘密……
身為妻子的她不多問，配合著他作戲，
裝著跟他夫妻不睦，看著裝扮成他的假夫君在杭家出沒，
甚至看著「他」與妾室們調情、留宿其中。
她安分打理王府事務，偏偏「有心人」不放過她，下起狠招，
他的姨娘肚子裡的孩子留不住，連五少爺夫人肚裡的也出事了，
這一個個矛頭全指向她，終於盼到他回來了，
面對如此的百口莫辯、「證據確鑿」的險境，
她不怕，也不為自己多說一句，
她等著看，他是信她不信，對她有情或無情……

文創風 047 4

他們夫妻成親至今尚未圓房，王府裡從上到下，
這明裡不説，暗裡都是極關切的。
任是杭天曜再腹黑，也想不到他的妻子從新婚當日就給他設了一個局，
他卻一步步陷進去，化為她手心的繞指柔。
對風荷他並不是完全沒有私心的，但他亦想等待去感動風荷，
想看到她心甘情願在自己身下的魅惑風姿……
不然，以他一個成熟男子，夜夜對著喜愛的妻子早就忍不住了。
過去，為了自身安全他對所有女子都是避而遠之，
只有風荷讓他覺得安心，因此他不得不忍耐著，只為了得到更多……

文創風 048 5

風荷自從嫁了大家認定扶不起的杭家四少這位紈袴子弟後，
她還真是沒幾天風平浪靜的日子可過。
就連中秋佳節杭家團圓家宴上，還衝著她上演著一齣大戲——
她這四少夫人，不僅得了太妃疼寵，連風流浪蕩的夫君也改了性子，
這王府世子的位置眼看就快落入杭家四少身上，
看不過眼的居然拿風荷的身世作文章，把髒水往她身上潑，
污了她的身世，就等於絆了杭家四少成為世子的可能，
前兒那些算計使絆，比起這回僅能算是小奸小惡小伎倆了，
杭四與風荷這對小夫妻才剛剛恩愛好上，
卻要面對上自太妃王爺、下至奴僕們的懷疑，
還要想方設法阻斷杭、董兩府家醜外揚、聲譽大壞……，

文創風 052 6

「董風荷，我這輩子就要妳一個了，
不管妳願不願意，都死死纏著妳，看妳能逃到哪兒去。」
他不得不對自己承認，自己是真心實意地愛著風荷，
顧不及男人的臉面，他再也不掙扎了，
甚至開口向她要求承諾，承諾她這一輩子都不會離開自己。
現在她有了身孕，懷著他期待已久的孩子，
王府裡裡外外的，不知有多少人盯著她，打著她的主意。
不把她身邊的危險一一去除了，他在外面是一刻不得安心。
明槍易躲暗箭難防，一想到這，他就徹夜難眠。
他決定要一一剔除府裡能近她身的一切危險，
就連不該他男人插手的內院之事，他也攬上身，
雷厲風行地從他的妾室開始「下手」「整頓」……
莫怪他狠，他的心、他的情只能給一個女人！

文創風 053 7

自從他當上了世子，風荷成了世子妃之後，王府裡的暗潮洶湧依舊沒個平息，
暗處的敵人手段愈漸奸險，簡直像豁出去了似的。真教人恨得咬牙！
那天要不是他正好趕到，他的妻子、未出世的孩子如何保得住？
失去風荷，過往所有的付出，辛苦熬過來的一切都失去意義。
如果之前他費了千萬的心力護她，往後他將加倍做到滴水不漏，
抵擋一切可能，保住他所愛的妻、所愛的孩子……

只要想起他救她那時，他驚惶萬分、心痛不已的神情，風荷又是難過又是心疼。
她所嫁的這個男人，愛她是不是勝過愛自己了呢，
所以他才願意那樣不顧自己的安危去救她……
她突然間覺得，心裡曾有的那個理想丈夫的男子，都在那一刻遠去了，
這個男人，才是她要一輩子相依相守的人。
只要他心裡一日有她，她都不會離開他……

文創風 098

# 食全食美 7

國家圖書館出版品預行編目資料

食全食美 / 尋找失落的愛情著. --
初版. -- 臺北市 : 狗屋, 民102.06-民102.07
冊 ; 公分. --(文創風)
ISBN 978-986-328-084-2(第7冊:平裝). --

857.7 102009599

| | |
|---|---|
| 著作者 | 尋找失落的愛情 |
| 編輯 | 王佳薇 |
| 校對 | 黃薇霓　黃亭蓁 |
| 發行所 | 狗屋出版社有限公司 |
| 地址 | 台北市104中山區龍江路71巷15號1樓 |
| 電話 | 02-2776-5889～0 |
| 發行字號 | 局版台業字845號 |
| 法律顧問 | 蕭雄淋律師 |
| 總經銷 | 知遠文化事業有限公司 |
| 電話 | 02-2664-8800 |
| 初版 | 102年7月 |
| 國際書碼 | ISBN-13　978-986-328-084-2 |
| 原著書名 | 《十全食美》，由起點女生網(www.qdmm.com)授權出版 |

定價250元
狗屋劃撥帳號：19001626
網址：love.doghouse.com.tw　E-mail：love@doghouse.com.tw